KB148707

신화에서 역사로 다시 태어난
위대한 불멸의 영웅

주몽 朱蒙

1

극본_최완규·정형수
소설_홍석주

황금나침반

영혼의 고향인 조상들의 나라,
그로부터 비롯되었고
다시 그로 돌아갈 영원한 빛의 나라,
태양이 지지 않는 산봉우리,
그 영원한 땅,
그곳으로 돌아갈 수 있기를.

드넓은 영토보다 더 웅대했던 우리 영웅들의 기상을 찾아
_ 최완규 · 정형수

서양의 철학자나 예술가들은 풀리지 않는 난관에 부딪칠 때면 희랍으로 달려간다는 얘기를 들은 적 있습니다.

역사의 세계이며 또한 신화의 세계이기도 한 그곳은, 영토보다 소중한 정신의 보고寶庫이기 때문일 것입니다.

작업실 책상 앞에 커다란 지도 한 장을 붙여놓았습니다.

광활한 만주 벌판…… 옛 우리 선조들이 고조선, 부여, 고구려, 발해를 세우고 거침없이 말 달렸던 대지…….

눈을 감으면 어느새 고구려 고분벽화 속 말 한 마리가 튀어나와 푸른 바이칼에서 시작해 거친 동북평원을 지나 쑹화 강까지 힘차게 내달리는 장면이 떠오릅니다.

드넓은 영토보다 더 웅대했던 선조들의 기상과 정신이 온몸을 휘감습니다.

그러다 눈을 뜨면 우리의 현실이 답답해집니다.

광활한 만주에서 한반도로, 그도 모자라 휴전선으로 두 동강 난 영토보다 더 서글픈 것은, 너무도 작아진 우리들의 정신입니다.

잃어버린 영토는 언젠가 되찾을 수 있어도, 잃어버린 정신은 다시

복원하기 어렵다는 것을 압니다.

　해모수, 금와, 유화, 주몽, 소서노, 대소……. 우리의 기억 속에서 풍화되어가는 부여와 고구려의 영웅들.

　이 책을 통해 고분벽화 속에 깃든 그분들의 영혼이 깨어 나와 움츠러든 우리의 기상과 정신을 일깨워줄 수 있다면, 이 글을 쓰는 그 어떤 의미보다 소중할 것입니다.

가장 뜨거웠던 시대를 향한 간절한 그리움

_홍석주

《삼국사기》를 쓴 김부식은 그 책의 표문表文에서 임금의 말을 빌려, 당대의 지식인들이 중국의 역사는 잘 알면서 정작 우리나라 동방삼국의 역사는 제대로 알지 못하는 것은 참으로 유감스러운 일이라고 탄식하고 있다.

이러한 김부식의 탄식은 그로부터 천년에 가까운 세월이 흐른 오늘날에 이르러서도 여전한 형편이니 안타까운 일이 아닐 수 없다.

어디 중국의 역사뿐이겠는가. 그보다 더 아득한 그리스나 로마의 옛 역사에 대해서는 줄줄 꿰면서도 정작 우리 민족의 고대사는 실재한 사실로서가 아니라 기껏 신화나 전설의 꼴로 의식 속에 박제화되어 있을 따름이다. 이는 이 시기를 기록한 사서의 신화적 기술 방식에 연유한 바 크지만, 그보다는 이를 우리의 역사로 끌어안으려는 적극적인 노력이 부족한 탓이 아닐까 싶다.

최근 들어 고구려에 대한 일반의 관심이 커져 가히 열풍이라 할 정도라 하니 반가운 일이다. 이러한 현상이 고구려를 자신의 변방정권으로 자리매김하려는 중국의 소위 '동북공정'에 의해 촉발되었음을 부인할 수 없지만, 또한 이에는 우리 민족의 유전자 속에 각인된 민족의 원형으로서의 고구려에 대한 간절한 그리움이 내재되어 있는 까닭이라고 믿는다.

한 가지 염려스러운 것은 고구려에 대한 우리의 관심이 얼마나 광대한 영토를 가진 위대한 대제국이었냐 하는 데만 집중된 듯한 점이다. 오늘날 우리에게 고구려가 새로운 인식의 대상으로 떠오르는 것은 대륙을 호령한 동아시아 최대강국으로서 이 시대가 요구하는 새로운 국가적 패러다임의 모델이어서가 아니라 우리 민족사의 뿌리와 내력이 거기에 있기 때문이다. 고구려에 대한 관심의 시작은 바로 거기서부터 비롯되어야 하리란 것이 나의 생각이다.

이 책은 고구려를 건국한 주몽의 파란만장한 일대기를 다룬 소설이다. 주몽은 단언컨대 우리 민족사를 통틀어 그 類유를 찾아보기 어려운 풍운아이자 일대 영웅이다. 그가 산 시대는 우리 역사상 진취적 기상과 민족적 활력이 가장 뜨겁게 달아오르던 시대였다. 그리고 그가 걸어간 땅은 이제는 우리가 잃어버린 땅, 요동의 광활한 대륙이었다. 그 인물과 그 시대를 다룬 이야기가 어찌 신나고 재미있지 않으랴.

이제는 찾기 어려운 미덕이 되어버린 사내들의 야성과 강건미, 진정한 용기와 참다운 의로움, 인간의 위대함과 존엄 등은 이 소설을 쓰는 내내 나의 마음을 달군 잉걸불이 되었다. 이 소설이 주몽을 비롯한 숱한 영웅들의 장엄하고 통쾌무비한 삶을 다루고 있긴 하지만, 단순한 무협 영웅담으로 읽혀지는 것을 염려하는 까닭이 여기에 있다.

그 아득한 옛날, 그 땅의 사람들을 이야기하는 일에 어찌 어려움이 없었겠는가. 이에는 그간 고구려의 역사를 연구해온 훌륭한 학자들의 수고와 노력이 큰 힘이 되었다. 이 자리를 빌려 우리 학계의 많은 고구려사 연구자들에게 깊이 감사드리는 바다. 특히 고대사에 대한 다양한 자료를 제공하고 조언해준 서강대의 조경란 선생에게 각별한 감사를 표한다.

해모수解慕漱 동이족의 청년 영웅. 망국 조선의 부흥을 위해 노력하며 조선의 유민을 구출하는 일에 신명을 바친다. 생명을 구해준 유화와 아름다운 사랑을 나누지만, 토빌군의 대장이자 어린시절의 친구 양정에게 목숨을 잃을 위기에 처한다. 하지만 후일 유약한 주몽을 강건한 사내로 일으켜 세우는 데 결정적인 역할을 한다.

유화柳花 비류수 가의 서하국 군장 하백의 딸. 해모수와의 슬픈 사랑으로 주몽을 얻고, 금와의 궁에서 그의 보호 아래 지내게 된다. 금와의 황후인 원씨의 갖은 핍박을 견디며 주몽을 새로운 나라의 창업주로 만들기 위해 노력한다.

금와金蛙 부여국 왕. 태자 시절, 오랜 벗인 해모수를 도와 조선 유민의 구출에 힘쓰고 조선의 부흥운동에도 도움을 준다. 유화를 깊이 사랑해 해모수가 죽은 후 유화를 자신의 궁에 들이고, 일생 그녀를 향한 사랑을 그치지 않는다. 해모수의 아들인 주몽을 아끼고 사랑한다.

주몽朱蒙 해모수와 유화 사이에 태어나 부여국 왕 금와의 궁에서 자라난다. 갓난 아기 때 여미을의 모해로 죽을 고비를 겪고, 성장해서도 부여의 황후와 왕자들의 모략으로 숱한 위기를 겪는다. 소서노와 운명적인 사랑을 나누는 한편, 새로운 왕국에 대한 동이족의 열망을 자각, 부여를 떠나 마침내 위대한 제국 고구려를 건국한다.

소서노召西弩　계루국 군장 연타발의 딸로, 빼어난 미색과 뛰어난 지혜를 겸비한 여인. 거상 연타발의 상단을 이끄는 행수로 활약하다 주몽을 만나 사랑에 빠진다. 주몽을 도와 고구려 건국에 결정적인 역할을 하고, 후일 아들 비류, 온조와 함께 남하해 백제를 건국하는 일에도 주도적 역할을 한다. 우리나라 역사상 두 나라를 창업한 전무후무한 여걸이다.

대소帶素　부여국 왕 금와의 장자로 무예가 출중하고 야심이 크다. 다물활 사건 이후 주몽의 존재에 극도의 경계심과 두려움을 가지고 그를 제거하려 한다. 사랑하는 소서노마저 주몽을 사랑하기에 이르자 그의 분노와 증오는 더욱 커진다. 주몽과 그의 증오와 대립은 후일 고구려와 부여의 길고 긴 전쟁으로 이어진다.

부영芙英　부여국 대장군의 딸로 아비가 토벌하러 간 숙신의 무리에게 투항하자 지방 제가의 노비로 팔린다. 뛰어난 용모가 여미을의 눈에 띄어 신궁의 여관이 되지만 주몽의 철없는 행동으로 궁에서 쫓겨난다. 이후 저잣거리의 객점에서 비참한 생활을 이어가지만 역시 궁에서 내침을 받은 주몽을 만나 사랑하게 된다. 후일 홀로 주몽의 아들 유리를 낳아 키운다.

부득불不得弗　부여의 최고 대신인 대사자. 지략과 충성심이 뛰어난 인물로 동이에 새로운 나라가 일어나 부여를 위협하게 될 상황을 우려해 해모수와 주몽을 제거하려 한다.

여미을汝美乙　부여 신궁의 주인인 신녀神女. 용모가 아름다울 뿐만 아니라, 천문과 역학에 밝고 예지력과 지모가 뛰어나 인간사의 길흉을 헤아림에 막힘이 없다. 나라의 크고 작은 일에 가르침을 내리고 갖가지 의식을 주관한다.

연타발延陀勃 졸본에 위치한 소국 계루국의 군장. 상재가 뛰어나 동이 지역 최대의 상단을 이끄는 거상으로 막대한 재부를 이루었다. 자신의 나라를 부강하게 만들 새로운 방편으로 강철의 개발에 뛰어든다.

영포英圃 금와의 둘째왕자로 대소의 동생. 거대한 체구에 용력이 출중하다. 대소를 도와 주몽을 제거하는 일에 앞장선다.

황후 원씨元氏 금와의 부인으로 태자비 시절 금와가 궁으로 데려온 유화에게 극도의 질투심을 갖는다. 자신의 아들 대소를 왕으로 세우기 위해 노력하는 한편, 유화와 주몽을 제거하는 일에 방법을 가리지 않는다.

양정楊晶 해모수와 금와의 어린 시절 친구. 조선의 마지막 왕 우거를 모살하는 일에 앞장섬으로써 이들과는 다른 길을 걷는다. 한나라의 거기장군에 오른 후 해모수를 토벌하는 일에 앞장선다. 후일 현토군 태수로 부임해 부여국 왕 금와를 압박한다.

계필季弼 오랜 세월 연타발을 보필해온 졸본 상단의 행수. 상술이 뛰어나고 금전의 출납에 밝다.

우태優台 계필의 아들로 아버지와 함께 졸본 상단의 상업에 중요한 역할을 한다. 어릴 때부터 함께 자란 소서노를 마음으로 연모하고, 후일 그와 혼인하여 비류, 온조 두 아들을 얻는다.

사용泗茸 소서노의 벗이자 졸본 상단의 지략가. 남녀를 구분할 수 없는 신비한 용모에 천문과 역, 산술, 의술에 밝고 하늘과 땅의 흐름을 살펴 인간사를 예지하는 신묘한 능력을 지녔다. 대소의 음모에 빠져 심한 상처를 입은 주몽을 구명하고, 그의 몸에 깃든 여미을의 저주를 벗기는 데 힘쓴다.

해부루解夫婁　부여국의 국왕으로 금와의 아버지.

하백河伯　유화의 아버지이자 비류수 가에 위치한 서하국의 군장. 유화가 부상당한 해모수를 보호해준 일로 인해 토벌군 장수 양정에게 성 전체가 도륙당하는 참화를 입는다.

추선인秋仙人　해모수가 이끄는 다물군의 장수. 망국 조선의 부흥을 위해 목숨을 도외시한 노력을 기울이고 해모수를 위해 충성을 다한다.

적치赤雉　부여국의 대장군. 부득불의 영에 따라 유화와 주몽을 살해하려 나서지만, 주몽이 해모수의 혈손임을 알고 오히려 그를 위해 목숨을 버린다.

차 례

인물관계

혈연관계 ―――――
혼인관계 ――――― ――――― (double line)
연정관계 ← - - - - →
우호관계 ・・・・・・・・・・・
대립관계 ═══════

해부루 ― 금와 ‥‥ 여미을
              ‥‥ 부득불
              ‥‥ 적치

원씨 ― 금와

금와 ═ 양정
금와 ― - - 유화

대소 ― 영포

소서노 ― 연타발
우태 ― 계필
사웅

소서노 ═ 우태
우태 ― - - 주몽

하백 ― 유화
양정 ═ 해모수

유화 ― 주몽
해모수 ‥‥ 추선인

주몽 ═ 부영

잃어버린 왕국

요동遼東의 봄은 하늘의 붉은 햇덩이를 가리는 자욱한 황진黃塵으로부터 시작된다.

중원 땅 서북부의 탑극랍마간塔克拉瑪干사막과 흉노의 땅 고비사막의 사구砂丘에서 비롯된 모래폭풍은 대륙의 수만 리 창천을 날고 셀 수 없는 강을 건너 요동벌을 누렇게 뒤덮는다.

누른 들과 누른 산, 누른 하늘과 누른 강.

얼마나 오랫동안 기다려온 봄이란 말인가.

지난 겨울은 유난히 춥고 눈이 많았다. 수숫대 이엉이 무거운 눈으로 덮인 지붕 아래 누워 사람들은 뼛속까지 파고드는 추위와 굶주림과 싸우며 기나긴 북국의 겨울밤을 견뎠다. 성 안 우물가에 심어진 수백 년 된 향나무 가지가 눈에 꺾이고 북문 밖 들녘에 때까치의 얼어 죽은 몸뚱어리가 어지럽게 널린 것도 그해 겨울의 일이었다.

겨울은 나날이 동굴 속처럼 깊어가고, 천지간에 봄의 기미란 어디에도 찾을 바 없는 날들이 한도 없이 계속되었다.

하지만 그런 속에서도 사람들은 언젠가는 다가올 봄에 대한 희망을 버리지 않았다. 그리하여 마침내 흙벽의 바라지창을 흔들고 지나가는 바람 속에 수상한 훈향이 느껴지고, 눈 덮인 산등성이에 복수초가 노란 꽃을 피웠다는 소문이 들려오면 사람들은 서둘러 입고 있던 두터운 겨울옷을 벗어던지고 울바자를 나선다.

하지만 바람 찬 거리에서 그들의 흐린 눈이 목격한 것은 피붙이같이 정겹던 산야, 천지를 온통 뒤덮고 있는 누런 먼지바람일 따름이었다.

아, 아…… 호지무화초胡地無花草니 춘래불사춘春來不似春인가. 2천 년 조선朝鮮의 왕업이 중원의 적들에게 유린된 지 어느덧 여러 해. 오랑캐의 강역이 되어버린 땅에는 꽃이 피어도 봄은 오지 않는 것인가. 시야를 가득 채운 이 거칠고 무자비한 모래바람은 대체 무엇이란 말인가. 그렇다면 수다스런 바람이 전해준 봄소식이란 망국 백성의 가슴속에 쌓인 서러움과 눈물이 빚은 헛된 꿈이었단 말인가.

모진 바람 소리는 하늘 위에 가득하고, 바람에 날려온 검불인 듯 낯선 거리, 낯선 땅 위에 우두커니 선 사람들에게 삶은, 목숨은 다시 한 번 꿈속의 일인 듯 아득해진다.

하지만 이러한 인간세의 정한은 아랑곳하지 않은 채, 오고 감에 일호의 어긋남도 없는 것이 또한 계절이다. 알 수 없는 곳으로부터 불어온 맑은 바람이 천공의 먼지를 씻어가고, 겨우내 모진 삭풍에 유린된 고목에서 생명의 푸른 싹이 하나둘 돋아나기 시작하면 천지간에 봄은 바쁘게 무르익기 시작한다.

한무제漢武帝 즉위 38년.

무제가 옛 조선의 땅에 세운 네 개의 군 가운데 하나인 현토군玄兎郡의 군치소郡治所*인 고구려현高句麗縣에 봄이 왔다. 바람의 방향까지도 들여다보일 듯한 밝은 햇살이 누리에 가득하고, 햇살을 담뿍 받은 땅은 부드러운 흙냄새를 아지랑이에 담아 피워올렸다. 담장 너머에 숨어 있던 복사꽃, 백매화가 다투어 꽃봉오리를 피우면서 성도成都의 거리는 놀랍도록 밝은 모습으로 변했다.

"와, 와!"

중천에 뜬 태양이 맑은 빛살을 흩뿌리는 한낮. 고살을 채운 나른한 정적을 깨뜨리며 들려오는 소리가 있었다. 많은 사람들이 무리를 지어 쏟아내는 함성이었다. 함성에 섞여 현弦과 죽竹이 어우러진 음률도 들려왔다.

성의 북쪽 언덕 위에 자리 잡고 있는 현토군의 군사郡舍에서 황제의 칙사를 위한 하마연下馬宴*이 열렸다. 한의 수도 장안長安에서 온 칙사의 요란한 행차가 성문에 당도한 것이 수일 전의 일이었다.

평소 검은 전돌 담장을 따라 무장한 갑병甲兵의 경계가 삼엄하던 군사의 문이 활짝 열리고, 관아의 너른 마당이 저잣거리처럼 사람들로 벅적대고 있었다. 마당 가운데에 마련된 비무장比武場*에선 두 명의 장한이 죽을힘을 다해 병장기를 휘두르고 있고, 동헌 대청 아래에선 악공과 무희들이 갖은 기예를 뽐내고 있었다. 병장기가 부딪치면서 내는 금속성과 이어지는 사람들의 탄성, 음악 소리가 뒤섞여 관아는

---

* 군치소 : 군의 통치자인 태수가 부임해 있는 곳. 현토군은 고구려현, 낙랑군은 조선현 등.
* 하마연 : 사신이 도착했을 때 베풀던 연회.
* 비무장 : 무술을 겨루기 위한 장소.

달아오른 번철처럼 뜨거운 열기에 싸여 있었다.

고구려현의 관아는 동이東夷를 무력으로 아우른 한의 오만이 한눈에 잡힐 만큼 크고 화려했다. 팔작지붕 위 높이 치솟은 용마루뿐 아니라 기와 한 장, 단청 문양 하나에도 천하를 타고 앉았다는 중원족의 자부심이 드러나 보였다.

너른 대청 위에는 붉은 비단옷에 오색 실로 수놓은 화려한 관을 쓴 태수太守가 의젓이 자리 잡고 있었다. 그의 곁에 앉은, 작은 체수에 잔나비상을 한 중년이 황제의 칙사였다. 그들 주위로 군과 현의 상하 관속들이 늘어앉아 취기로 불쾌한 얼굴을 들이밀고 있었다. 그들 앞에 놓인 잔칫상에는 맥적, 어회, 전복쌈, 양고기찜, 수란 같은 수륙진찬이 크고 작은 기명에 그득하고, 잔마다 맑고 붉은 술이 흘러넘쳤다.

"와!"

마당을 메운 사람들의 탄성이 드높아지고 있었다. 비무장 안 두 장한의 대결이 점차 뜨거운 기세를 더해가고 있었다. 마당 한가운데 목재 단을 낮게 쌓은 뒤 네 방위를 맞춰 황군을 상징하는 황기를 꽂고 삼줄로 두른 것이 비무대회장이었다.

언뜻 싸움은 세의 우열이 이미 가름난 듯 싱거워 보였다. 공격을 압도하는 쪽은 부월斧鉞을 쥔 칠 척 거한으로 서른 근은 좋이 돼 보이는 외날도끼를 바람개비처럼 휘두르며 맹렬한 공격을 퍼붓고 있었다. 그에 비해 짧은 예도銳刀를 한 손에 든 상대는 연신 뒷걸음을 치며 쏟아지는 부월을 피하기에 급급해 보였다.

금방이라도 예도 사내의 몸뚱어리가 장작개비처럼 요정이 날 것 같은 싸움은, 그러나 시간이 흐르면서 점차 뜻밖의 양상을 보이고 있었다. 부월의 공격은 여전히 사납고 힘차기 그지없었다. 하지만 바람을 가르는 날카로운 공격이 수십 합을 넘기면서도 상대의 옷깃 한 점 베지 못하자 비무장을 둘러싼 사람들 사이에서 혀를 차는 비웃음 소리가 흘러나오기 시작했다.

"천둥 소리에 놀란 개 뛰듯 하는 게 칼싸움이라면 저자보단 우리 집 누렁이가 더 낫겠구먼. 쯧쯧."

"그려. 저것이 지금 싸움을 하는 게여, 도끼를 들고 춤을 추는 게여?"

"그리고 보니 저 칼잽이가 지금 장단을 맞추며 춤꾼을 부리고 있는 게 아닌가."

아닌게아니라 양상이 그러했다. 여전히 부월의 일방적인 공격이 계속되고 있었지만 언제부턴가 싸움의 주인은 오히려 날아드는 부월을 피하기에 급급한 예도의 사내 쪽인 듯해 보였다. 검은 경장輕裝 차림에 검은 복두를 쓴, 여자처럼 얼굴이 흰 젊은 사내였다.

넉 자가량의 짧은 예도에 의지하고 있는 경장의 사내는 부월의 분별없는 공격에 바람 앞의 촛불처럼 위태로워 보였다. 하지만 그럴 때마다 놀랄 만큼 민활한 움직임으로 번번이 부월의 공격을 무위로 돌리고 있었다. 눈앞에서 어지러운 부월을 어렵지 않게 피하는 보법도 교묘하다 할 것이거니와 때때로 슬쩍슬쩍 내밀어 부월을 받아내는 예도의 칼끝 또한 날카롭기 그지없어 상대의 간담을 서늘하게 하기에 충분했다.

"요 쥐새끼 같은 놈!"

용심을 다한 공격이 다시 허공을 베기에 이르자 분을 참지 못한 거한이 다시 맹렬한 공격을 퍼붓기 시작했다. 사내의 부월이 상대의 바른편 어깨를 사선으로 베며 날카롭게 날아들었다. 날을 강철로 마감한 거한의 부월이 경장 사내의 몸을 가를 찰나였다. 경장 사내의 상체가 허공에 몸을 눕히듯 뒤로 젖혀졌다. 그와 동시에 구부린 대나무와 같은 탄력으로 쑤욱 몸이 허공으로 솟아오르더니, 그의 예도가 짧은 호를 그리며 날아 빠르게 장한의 목덜미를 스치고 지나갔다. 황급히 부월을 거둬들이는 장한의 얼굴이 백지장처럼 하얗게 질려 있었다. 경장 사내의 칼끝이 한 치만 길었어도 이미 장한은 목 없는 고혼이 되었을지도 모를 일이었다.

"아……."

주위를 담처럼 둘러싼 사람들 사이에서 나직한 탄식이 흘러나왔다.

하지만 비록 그렇다 하나 남다른 용력 하나로 저잣거리의 장돌뱅이 좌전보다 많은 싸움판을 전전하며 살아온 사내였다. 다시 도끼자루를 다잡아 쥔 사내가 호흡을 가다듬으며 공격에 나섰다. 허공을 가르는 부월의 바람 소리가 사람들의 놀란 탄성을 날카롭게 베며 지나갔다.

◆ ◆ ◆

비무장의 가공할 칼부림일랑 딴세상의 일인 듯, 마당 한켠에서는 악공의 연주가 이어지고 있었다. 연회의 주인인 칙사의 시선이 가닿고 있는 곳도 대청 아래 채화석에 자리한 악공과 무희들 쪽이었다.

사현금과 완함, 탄쟁, 공후 등이 어우러진 한 절의 음곡이 끝나자 잠자리 날개로 지은 듯한 가벼운 나삼 차림의 무희 하나가 앞으로 나서 춤을 추기 시작했다. 완함의 애절한 가락이 그 뒤를 따랐다.

펼쳤다 거두고, 나아가다가 돌아서는 손과 발의 움직임이 더할 수 없이 고혹적이었다. 버들같이 가는 허리에 매단 금구슬이 몸의 움직임에 따라 번쩍번쩍 빛을 발했다. 교태를 머금은 무희의 흰 얼굴이 대청 쪽을 향할 때마다 쏟아질 듯 턱을 빼고 있던 칙사의 엉덩이가 좌불안석 연신 들썩거렸다.

"허엉, 저년, 저 자태 좀 보게. 허허허, 고것 참……."

불콰한 얼굴로 술잔을 들이켜던 태수가 그런 칙사를 돌아보며 빙긋이 웃음을 흘렸다.

"칙사께선 저 계집이 그리 밉지 않으신가 봅니다. 허허허……."

"그렇다마다요. 내 경사京師에 있을 때 동이 계집의 자색과 미태가 빼어나다는 말을 귀가 아프게 들었지만 그저 술자리의 객담으로만 여겼더니, 이제 보니 도리어 소문이 이에 미치지 못하는 것 같소."

"허허, 그렇습니까?"

"저 계집아이 하나만 봐도 태수 어른의 치세가 어떠한지 알 수 있을 것 같소이다."

"허허, 아무래도 주인의 접대가 소홀하여 칙사께서 저를 질타하시는 모양입니다."

"질타라니, 그렇지 않소이다. 자연의 이치란 것이, 하늘의 해가 고루고루 비추어야 땅 위의 초목과 꽃이 잘 자라는 법 아니겠소. 저 계집의 자색이 저리 고운 것도 따지고 보면 태수 어른이 다 선정을 베푸신 탓이 아니고 무엇이겠소?"

"하하하, 그렇습니까? 그렇다면야 칙사 어른의 체수가 이리 의젓하신 것은 황상의 어진 성화聖化 덕이겠습니다."

"그야 이를 말이겠소. 하하하……."

둘 사이의 수작에 넌지시 귀를 기울이고 있던 현령과 상하 관속들이 때를 맞추어 와자한 웃음을 터뜨렸다. 태수의 선치善治에 대한 칭송이 앞을 다투어 쏟아지고 넘쳐흐르는 술잔이 또 한 순배 좌중을 돌았다.

"객로에 심신이 고단하실 터인데, 오늘은 황도의 일일랑 잊으시고 편히 주연을 즐기시길 바랍니다."

"허허, 그러겠소이다. 황성의 폐하께선 옛 조선의 유민들이 아직도 망국의 왕조를 잊지 못해 준동하지나 않을까 심려가 크시오. 헌데 내 이렇게 태수의 늠름한 치세를 보니 마음 든든하기 그지없소."

"유민의 준동이라니, 당치 않은 말씀이십니다. 보천지하普天之下에 막비왕토莫非王土이고, 솔토지빈率土之濱에 막비왕신莫非王臣이라. 하늘 아래 폐하의 땅 아닌 곳이 없고, 만민 가운데 폐하의 신하 아닌 자가 없는데, 감히 누가 그런 무도한 짓을 도모하겠습니까?"

"하지만 조선인들에게 신망이 높다는 해모수解慕漱란 자는 지혜와 무용이 빼어난 일대 영물이란 소문이 자자하더이다."

"하하하! 칙사께선 겁 많은 참새들이 퍼뜨린 허황된 소문을 들으셨 습니다. 해모수 그자는 우리 황군에게 쥐새끼같이 쫓겨다니는 한 줌 도 안 되는 비적의 수괴일 뿐입니다. 그렇잖아도 내 그자의 수급을 가 져오는 자에게 백금의 상급을 내리겠다고 영을 내렸습니다. 아마도 칙사께서 장안으로 돌아가시기 전에 그자의 몸뚱어리 없는 면상을 보 시게 될 것입니다."

"그래요? 하하하! 그렇다면 황상께서도 큰 시름을 더실 것이오. 내 돌아가 그대로 고하리다."

호박잔에 담긴 술이 다시 한 순배 좌중을 돌고 났을 때였다.

◆ ◆ ◆

"와!"

마당에 모여 선 사람들 사이에서 일제히 높은 탄성이 솟았다.

동헌 대청 위 사람들의 시선이 그제야 비무장 쪽을 향했다.

비무장 한가운데, 검은색 경장 차림의 젊은 사내가 한 손에 쥔 예도를 늘어뜨린 채 우뚝 서 있었다. 그의 칼끝 아래 밑동이 잘린 나무처럼 나동그라져 있는 것은 조금 전까지 태산이라도 토막 낼 듯 무거운 부월을 휘두르던 사내였다. 예도의 사내가 어디를 어떻게 손을 썼는지 피 한 점 흘리지 않으면서도 사내는 전의를 상실한 채 반쯤 넋이 나간 표정이었다. 경장 사내의 예도가 천천히 바닥에 누운 장한의 목을 향했다. 공포에 젖은 눈으로 위를 올려다보던 사내가 한 차례 어깨를 떨더니 천천히 고개를 꺾으며 고패를 뺐다.

"졌소…… 내가, 졌소."

"와!"

사람들 속에서 다시 환성이 올랐다. 승부는 이로써 가름되었다.

비무장 밖에서 둘의 대결을 지켜보던 관복 차림의 군관 하나가 삼줄 안으로 걸어들어갔다. 그가 좌중을 둘러보며 소리쳤다.

"자, 예도가 부월을 이겼소! 이자를 대적할 사람은 지금 나서시오!"

사람들 사이의 소음이 점차 잦아들면서 기대에 찬 눈빛이 비무장을 응시했다. 군관이 다시 소리쳤다.

"이자와 대적할 사람이 있으면 나서시오!"

"……."

"없다면 오늘 비무대회의 승리를 결정토록 하겠소. 우승한 자에게는 태수님의 영에 따라 멀리 서역에서 가져온 대원마大宛馬를 상으로 내릴 것이오!"

사람들의 시선이 군관의 손길을 따라 비무장 뒤편으로 향했다.

거기 말구종의 손에 고삐를 잡힌 준마 한 필이 긴 갈기를 바람에 날리며 늠름하게 서 있었다. 하루에 능히 천 리를 달리고도 지칠 줄을 모른다는 천하의 명마였다. 기름진 검은 갈기와 당당한 흉곽, 바닥을 완강하게 딛고 선 날렵하고 힘찬 다리가 한눈에 보기에도 비할 바 없는 준마였다. 사람들의 시선이 말과 경장 사내 사이를 재빠르게 오갔다. 그때였다.

"대원마의 주인이 늦게 당도하였습니다!"

비무장에 둘러선 사람들 사이를 헤치며 한 사내가 천천히 단 위로 올라섰다. 길이가 여섯 자나 되는 철극鐵戟을 손에 든 털배자 차림의 젊은 사내였다.

"비록 재주 불민하나, 내가 한번 상대하여 보겠소."

두 장한이 목재로 맞추어놓은 비무장의 바닥을 나누어 마주섰다. 담벼락을 따라 도열해 선 수십 인의 병사와 비무장 주변을 메운 사람들의 호기심에 찬 눈길이 일제히 두 사람을 향했다.

곧 드러나게 될 무술 솜씨만큼이나 흥미로운 것이 마주선 두 사람의 대조적인 용모였다. 무사들이 즐겨 입는 검은 경장 차림의 사내는 언뜻 여성스러움이 느껴질 만큼 선이 고운 얼굴이었다. 맑은 이마 아래 짙은 눈썹, 반듯한 콧날과 선 고운 입술이 언뜻 빼어난 미색의 여인을 떠올리게 할 만큼 청수한 모습이었다.

그에 반해 마주선 철극의 사내는 검불을 뒤집어쓴 듯한 봉두난발에 검은 피부, 사냥꾼들이 흔히 걸치는 짐승의 털가죽으로 만든 배자까지 꿰찬 모습이 갈데없이 풍찬노숙으로 한세월을 삼는 걸인의 모습이었다. 더구나 사내는 한쪽 눈을 가죽 안대로 가린 외눈박이였다.

그런데 묘한 것은 그런 상이한 용모에도 불구하고 어딘지 두 사람이 매우 닮아 보인다는 점이었다. 봄날의 밝은 햇살 속에 마주선 두 사람은 한 가지에 매달린 두 잎사귀처럼 닮아 보였다. 아마도 그것은 서로를 바라보는 날카로운 눈길과 굳게 다문 입술에서 느껴지는 반석같이 굳은 장부의 기개와 담대한 용기, 그리고 결코 상대에게 승리를 허락하지 않겠다는 강한 호승심에서 비롯된 것일지도 모를 터였다.

시합을 알리는 뿔피리 소리의 긴 여음이 사라지자 외눈박이 사내가 천천히 극을 가슴 앞으로 들어올려 두 손으로 마주 잡았다. 하얗게 벼려진 창두가 햇살 속에서 번쩍 날카로운 빛을 발했다. 중국의 전설적 임금인 황제黃帝 헌원軒轅*이 탁록에서 치우와 더불어 싸울 때 병기로 삼았다는 것이 바로 창이었다.

동시에 경장의 사내가 왼발을 앞으로 천천히 내밀며 예도를 들어 칼끝이 몸 뒤로 향하도록 칼자루를 왼쪽 귀 위쪽으로 올리고 도신刀身이 땅과 수평이 되게 자세를 낮추었다. 동이의 전통적인 검법인 24세법 가운데 일법인 거정세擧鼎勢였다.

그로부터 이어진 것은 그 자리의 사람들 모두가 일생을 두고도 잊지 못할 일대 격전이었다. 경장 사내의 날카로운 예도가 자옥한 검기를 일으키며 상대를 덮쳤다. 바람 한 점 비집고 들 틈이 없을 정도로 조밀한 검세가 숨 쉴 틈 없이 상대를 향해 짓쳐들었다. 조금 전 부월을 든 거한을 상대할 때와는 비교할 수 없이 빠르고 위맹한 손속이었다.

---

* 황제 헌원 : 중국의 국가 기틀을 정한 실질적인 한족의 시조. 사마천의 《사기》에 따르면 "황제는 소전少典의 아들이다. 성은 공손公孫씨이고 이름은 헌원"이라고 한다.

하지만 그런 예도의 기세에 반푼도 부족함이 없이 맞서는 것이 또한 외눈박이 사내의 철극이었다. 태산 같은 기세로 압박해 들어오는 예도를 후리고 막고 찌르며 상대의 공격을 번번이 무위로 돌리는 한편, 때때로 허공에서 먹이를 덮치는 소리개의 기세로 상대의 허점을 파고들어 순식간에 형세를 반전시키곤 했다.

범 같고 용 같은 일대 고수들의 대결이었다. 맞부딪치는 두 개의 병장기에서 떨어지는 금속성이 사방을 가득 채웠다. 현란하게 펼쳐지는 검기 속에 사람의 모습은 보이지 않고, 창과 칼만이 저 스스로 살아있는 생물이 되어 상대의 빈틈을 찾아 베고 찌르기를 거듭하는 형국이었다.

목숨을 도외시한 대결이 어느새 수십 합을 넘어서고 있었다. 어느 한쪽으로도 세의 우열을 가름하기 어려운 접전이었다. 찌르고 막고 베고 되받아치는 동작들이 잘 짜맞춘 요철처럼 절묘하게 어우러지는 광경은, 언뜻 그것이 피를 부르는 검투가 아니라 오랜 세월 서로 손발을 맞춰온 짝패들의 춤사위같이 아름답게 느껴지기까지 했다.

악공들의 연주가 그친 지는 이미 오래였다. 비무장 주변에 늘어선 사람들뿐 아니라 관아 안 숙수간熟手間*의 칼자*들까지 모두 온몸이 눈알이 되어 두 장한의 대결을 지켜보았다.

대청 위 주석酒席의 칙사가 손에 든 술잔을 채 들이켜지 못하고 넋 잃은 표정으로 마당을 건너보고 있었다.

"저, 저자들이 정녕 신인神人이 아니라 사람이란 말이오?"

몸에 밴 오만으로 연회 내내 무심한 태도를 잃지 않던 태수의 얼굴

---

* 숙수간 : 잔치와 같이 큰일이 있을 때 음식을 만드는 곳.
* 칼자 : 지방 관아에 속하여 음식 만드는 일을 맡아보던 하인.

에도 적이 놀란 표정이 떠올라 있었다.

"칙사께서는 무에 그리 놀라십니까? 무부들의 칼장난을 처음 보신 것도 아닐 터인데요."

"하지만 저들의 무공이 놀랍지 않소. 이름 없는 무사들의 무예가 저 정도이면 황상께서 동이의 준동을 염려하시는 게 기우만은 아닌 듯하오. 저만한 솜씨면 황궁의 무사로 데려가 써도 부족함이 없지 않겠소."

"하하하! 칙사의 농언이 지나치십니다. 천하의 끝에 자리 잡은 이런 궁벽한 땅의 일개 이름 없는 무부들을 두고 황궁 무사라니요. 우리 중원에서라면 저만한 솜씨야 갯가의 모래알보다 더 많을 것입니다."

먼지 한 점의 우열도 가리기 어려운 대결이 또다시 십여 합을 넘기고 있었다. 하지만 두 사내의 창과 예도는 기세가 줄어들기는커녕 시간이 지날수록 더욱더 맹위를 발하는 듯했다.

주목欄木으로 깎은 극의 자루가 파도처럼 빠르게 물결치며 경장 사내의 옆구리를 파고들었다. 벼린 창끝이 사내의 옆구리를 꿰뚫으려는 찰나였다. 바람을 가르듯 날아온 예도가 극을 퉁겨냄과 동시에 사내의 경장 앞섶이 펄럭이며 허공으로 날아올랐다. 구름을 밟듯 가볍게 허공으로 떠오른 경장 사내의 몸이 훌쩍 외눈박이 사내의 머리 위를 넘어선 뒤 바닥으로 내려섰다. 그 순간이었다.

상대의 몸놀림을 예측하고 있었던 듯 재빨리 몸을 뒤집어 바닥을 구른 외눈박이 사내가 바닥에 내려서는 사내의 아랫도리를 후렸다.

"아!"

비무장에 둘러선 누군가의 입에서 다급한 탄성이 터졌다. 사내의 아랫도리가 날카롭게 벼려진 창끝에 산적처럼 꿰뚫릴 순간이었다. 날아드는 창보다 먼저 사내의 예도가 바람을 가르며 날았다.

묵직한 파열음에 뒤이어 믿을 수 없을 만큼 무거운 정적이 찾아왔다.

철극의 사내가 화등잔처럼 커진 외눈으로 자신의 손을 내려다보고 있었다. 날아드는 칼날을 피해 바닥을 두 번이나 굴러 간신히 몸을 일으킨 다음의 일이었다. 사내의 손에 쥐어진 것은 태산이라도 무너뜨릴 듯 기세등등하던 철극이 아니라 그저 한 토막의 보잘것없는 나무조각일 따름이었다. 경장 사내의 예도가 극을 두 동강 내어 창두를 허공으로 날려버린 것이었다.

외눈박이 사내가 믿기지 않는다는 표정을 들어 상대를 바라보았다. 경장 사내가 빙그레 웃음 띤 얼굴로 입을 열었다.

"창자루의 재질이 그리 단단하지 못한 것 같소. 원한다면 다른 병기를 들어도 좋소."

외눈박이 사내가 천천히 고개를 숙이며 공수의 예를 취했다.

"노형의 은의에 감사드리오. 하지만 그럴 필요가 없을 것 같소. 내 오늘 비로소 하늘이 높고 땅이 넓은 줄 알았소이다. 그러할진대 어찌 보잘것없는 재주를 내세워 다시 수치를 자초하는 어리석음을 범할 것이오."

"와!"

관아를 가득 메운 사람들이 일제히 한 소리로 환성을 올렸다. 이로써 비무대회의 패자와 대원마의 주인은 결정이 난 듯했다.

좌중의 소란을 잠재우며 동헌의 태수가 자리에서 일어섰다. 그리고 경장의 사내를 향해 위엄 있는 목소리로 말했다.

"보아하니 중원의 무학武學을 익힌 한족 무인은 아니고, 그저 녹슨 칼자루를 품에 안고 저잣거리를 떠돌며 입신양명을 꿈꾸는 동이의 뜨내기 칼잡이 같은데, 네 기량이 제법 눈길을 줄 만하구나. 내 너를 특별히 가상히 여겨 상급을 내릴 터이니, 원하는 바가 있으면 말해보아라!"

조금도 망설임이 없는 경장 무사의 목소리가 뒤따랐다.

"보잘것없는 재주를 분에 넘치게 치하해주시니 그것만도 몸둘 바를 모를 일이거늘, 달리 또 무엇을 바라겠습니까. 다만 영명하신 태수께서 술 한 잔을 내려주신다면 일생의 광영으로 생각하겠습니다."

태수의 허락이 떨어지자 경장 무사가 성큼성큼 걸음을 옮겨 동헌 대청으로 올랐다. 백주가 담긴 술잔을 내리며 태수가 말했다.

"너를 내 군문의 병사로 삼아 존귀하신 황제를 위해 목숨을 버릴 기회를 허락할 것이니, 너의 출처와 성명자를 말해보아라."

"하늘을 지붕 삼아 땅을 이불 삼아 동가식서가숙하는 뜨내기에게 내세울 이름자가 있겠습니까. 하지만 태수께서 하명하시니 천한 이름이나마 말씀드리겠습니다. 저는 조선의 무사 해모수라 합니다."

취흥이 도도하던 술자리가 일순 찬물을 뿌린 듯 조용해졌다. 잠시 뒤 잠긴 듯한 태수의 목소리가 들렸다.

"다시 말해보거라. 네놈 이름이 뭐라고 하였느냐?"

"대조선의 백성이며 천제의 자손인 단군의 신복 해모수라 하였소!"

"뭐, 뭐라고?"

설마 하던 대청 위의 관속들이 손에 든 술잔을 떨어뜨리며 저마다 한 걸음씩 뒤로 물러앉았다. 하지만 해모수의 청수한 얼굴에는 여전히 별다른 변화가 없었다. 무심한 듯 깊은 눈길로 자신을 바라보는 해모수를 보며 태수는 난생처음 가슴이 덜컥 내려앉는 공포를 느꼈다.

잠시 후 그나마 배포가 있어 보이는 자 하나가 자리를 떨치고 일어서며 마당을 향해 소리쳤다.

"해, 해모수가 나타났다! 뭣들 하느냐! 당장 이놈을 잡지 않고!"

대청 위의 수상한 분위기에 미심쩍은 표정을 짓고 있던 병사들이 그제야 환도를 고쳐잡고 우르르 대청을 향해 몰려가기 시작했다. 그 때였다.

"네 이놈들! 누구든 함부로 가벼이 움직이는 자가 있으면 당장 목 없는 귀신이 될 것이니 그리 알아라!"

소리치며 대청으로 다가서는 병사들 앞을 막아서는 사람이 있었다. 조금 전 해모수와 더불어 숨막히는 혈전을 벌인 철극의 사내였다. 손에는 어디서 구했는지 환두대도環頭大刀* 한 자루가 들려 있었다. 동시에 마당의 사람들 속에서 무장한 십수 인이 뛰어나와 사내의 주위에 벌여 섰다.

"다, 다물군多勿軍이다!"

누구의 입에서인지 공포에 질린 목소리가 터져나왔다.

다물군.

동이족의 젊은 영웅 해모수가 거느리는 군병으로, 하나같이 무예가 절등하기로 소문나 이 지역에 진주한 한의 군사들에겐 저승에서 온 두억시니만큼이나 두려움을 주는 이름이었다.

"다물군이다! 다물군이 나타났다!"

두려움으로 떨리는 목소리가 병사들 사이에 파문처럼 퍼져나갔다. 머릿수나 손에 든 병장기의 양으로 보면 몇 곱절은 더 많은 현토군의 병사들이었지만 누구 하나 선뜻 앞으로 나서려는 자가 없었다.

해모수의 예도가 천천히 태수의 목덜미를 향했다. 핏기가 가신 창백한 얼굴의 태수가 떨리는 목소리로 말했다.

---

* 환두대도 : 손잡이 끝이 둥근 형태의 큰 칼. 둥근고리큰칼.

"이, 이게 무슨 짓이냐? 네놈이 감히 날 해칠 작정이냐?"

"하늘의 백성들이 대대로 평화롭고 아름다운 삶을 살아가던 이 땅을 침탈하여 무도한 만행을 저지른 너희 중원 오랑캐들을 생각하면 당장 하나하나를 도륙하여 날짐승의 먹이로 삼아도 시원치 않을 것이다!"

칼끝으로 태수의 목을 겨누고 선 해모수의 수려한 얼굴에서 은은한 노여움이 피어올랐다. 태수의 얼굴에 어린 공포의 빛이 더욱 짙어졌다.

태수를 향해 있던 해모수의 예도가 그 곁에서 꼬리를 말아쥔 형색으로 두려움에 떨고 있는 칙사를 향했다.

"네가 장안에서 왔다는 한주漢主의 사신이냐?"

"예. 그…… 그러합니다."

눈만 감는다면 시신이라 해도 믿을 만큼 하얗게 질린 얼굴의 칙사가 더듬더듬 말을 받았다.

"하지만 오늘은 가련한 목숨을 살리는 대신 어리석은 네놈들에게 하늘의 바른 도리를 가르쳐 훈계로 삼겠다. 그러니 귀머거리가 아니라면 지금부터 내가 하는 말을 뼈에 새기고 살에 녹여 잊지 말아야 할 것이다!"

"……"

"네놈들이 구이九夷의 땅이라는 이곳 조선은 예로부터 하늘의 주인이신 환인 천제께서 천하의 생령을 널리 이롭게 할 나라를 세우기 위해 그 바탕으로 삼으신 거룩한 땅이다. 환인 천제의 자손인 단군왕검께서 신국神國의 기업을 여신 이래 그 아름다운 왕업의 이어짐이 면면하기가 다함이 없었다. 본시 이 땅의 백성은 화목과 인화를 귀하게 여겨 한 번도 힘을 앞세워 근린의 족속들을 핍박한 적이 없었다. 천리와 인정이 그러함에도 너희 대륙의 중원족은 일시간 세력의 강대함을 믿고 천제의 나라를 무단히 침략하여 평화로운 땅을 더러운 말발굽으로 짓밟고, 이 땅의 백성들에게 모진 악행을 저지르기에 서슴이 없었다. 그간 너희 족속이 저지른 행악이 이러하니 어찌 하늘의 벌이 두렵지 않겠는가!"

열기를 더해가는 해모수의 목소리가 대청을 지나 마당까지 낭랑하게 퍼져갔다.

"너희들의 무도한 행위에 고통받은 이 땅의 백성들을 생각하면 당장 네놈들을 도륙함이 마땅하지만, 이제 인의로써 그 잘못을 가르치니 무엇이 옳고 무엇이 그른지를 따져 감히 하늘을 바꾸려는 어리석은 짓을 그치고 속히 너희 나라 땅으로 돌아가거라! 너는 당장 장안으로 돌아가 네 주인에게 이 같은 하늘의 뜻을 전하고 이 땅의 신과 백성에게 저지른 무도한 악행에 대해 머리카락을 잘라 속죄하라고 일러라. 알겠느냐?"

"예, 예. 잘 알겠습니다. 목숨만 살려주신다면 반드시 그렇게 고하겠습니다."

"태수는 들으라! 군사 뇌옥에 너희들의 학정을 피해 정든 고향을 떠난 유망민들이 백여 인 갇혀 있음을 안다. 당장 그들을 풀어 이곳으로 데려오너라!"

해모수의 얼굴을 노려보는 태수의 얼굴에 분노의 빛이 일었다. 하지만 달리 길이 없음을 모르지 않는 듯 주위를 불러 영을 내렸다.

"가서, 그자들의 오라를 풀어 데려오너라."

잠시 후 관아의 옥에 갇혀 있던 백여 인의 조선 유민들이 후들거리는 걸음을 앞세워 마당으로 걸어나왔다. 눈앞의 사정이 이해되지 않는 듯 의아한 표정이던 사람들이 해모수란 이름을 듣자 죽은 목숨에서 살아난 듯 소리쳤다.

"해모수님이시다! 해모수님이 우릴 구하러 오셨다!"

유민들을 앞세운 다물군이 관아를 떠났다. 그들의 뒤를 살피기 위해 일다경一茶頃* 정도 더 관아에 머물렀던 해모수와 털배자의 사내가 말을 잡아타고 마당으로 나섰다.

"태수는 더 큰 횡화를 면하려면 오늘의 내 말을 명심하여야 할 것이오. 이 대원마는 태수가 우의로 준 선물이라 여겨 고맙게 받겠소이다. 그럼, 잘 있으시오!"

등자에 올라탄 해모수가 고삐를 감아쥐었다. 긴 목을 치켜세운 말이 한바탕 긴 코울음을 쏟아냈다. 해모수의 칼끝에서 놓여난 태수가 그제야 분을 참지 못한 소리를 내질렀다.

"뭣들 하느냐! 당장 저놈들을 잡아라!"

성급하게 달려들던 몇몇 병사들이 순식간에 털배자 사내의 환두대도에 베인 채 피를 쏟으며 바닥으로 나동그라졌다.

해모수와 털배자 사내를 태운 두 마필이 바람을 일으키며 대문을 달려나갔다. 그제야 마당에 서 있던 병사들이 주술에서 풀려난 듯 허둥거리며 말을 끌어온다 병장기를 찾아 쥔다 부산을 떨기 시작했다.

◆ ◆ ◆

두 필의 준마가 푸른빛에 잠긴 숲길을 바람처럼 달려가고 있었다. 산짐승도 길을 잃을 만한 깊은 산 속이었다. 마상에 올라앉은 두 사내

* 일다경 : 뜨거운 차를 한 잔 마실 정도의 시간.

의 온몸이 피로 얼룩지고, 숨결은 거칠고 가팔랐다. 뒤를 따르던 털배자 사내가 고개를 돌려 이따금 뒷길을 살폈다. 조금 전까지 그악스럽게 뒤를 따르던 현토군의 기마대가 더는 보이지 않았다.

대원마를 집어타고 쏜살같이 관아의 문을 나설 때만 해도 모든 것이 순조로웠다. 부여국夫餘國 왕자 금와金蛙와 머리를 맞대고 궁리를 튼 것과 일호의 어긋남도 없었다. 하지만 성문을 뚫는 과정에서 예기치 않은 사단이 있었다. 성 밖에서 산야전 훈련을 마치고 돌아오던 일단의 기마대와 맞닥뜨렸다. 불가피한 접전이 한 식경이나 계속되었다. 중무장을 한 기마 정병과의 교전은 수많은 싸움을 겪은 해모수에게도 버거운 일이었다. 몇 번이나 목숨을 잃을 뻔한 위기가 있었다. 죽을힘을 다해 기마대 십여 기를 베어넘기고 간신히 목숨을 부지해 현토성을 벗어날 수 있었다.

쉬지 않고 산길을 달려 숲을 벗어난 말들이 다복솔이 듬성한 산 중턱에 다다르자 걸음을 늦추었다. 주위를 살피던 해모수의 눈길이 저만치 놓인 커다란 바위를 향했다. 바위 뒤편에서 한 사내가 걸어나오는 게 보였다. 현토군의 군사에서 조선의 유민을 이끌고 떠난 다물군의 추선인秋仙人이었다.

"장군!"

빠른 걸음으로 다가온 추선인의 얼굴이 반가움으로 빛나고 있었다.

"무사하십니까, 장군?"

"가히 하늘의 보살핌이 있었다네. 그대들은 무고한가?"

"예, 모두 무사합니다."

추선인이 바른편 다복솔 쪽을 눈길로 가리켰다. 크고 작은 다복솔더미 속에서 주춤주춤 몸을 일으킨 유민들이 해모수를 향해 걸어나왔다. 이어 산 속 이곳저곳에서 무장한 다물군들이 숨긴 몸을 드러냈다.

마상에 올라앉은 해모수의 눈길이 유민의 무리를 향했다. 누리엔 봄빛이 완연하건만 아직도 누더기와 진배없는 겨울옷을 걸치고 여윌 대로 여윈 얼굴엔 덕지덕지 버짐이 피어난 이들이 해모수를 올려다보고 있었다. 순간 가슴속 깊은 곳에서 묵직한 아픔이 느껴졌다. 짙은 피로처럼 온몸을 엄습하는 처연한 슬픔을 해모수는 떨칠 수가 없었다.

아, 잃어버린 왕국의 잃어버린 백성들이여…… 대조선의 2천 년 사직이 어이하여 이에 이르렀단 말인가…….

천제의 자손이신 단군왕검께서 천제가 택하신 거룩한 땅에 새로운 하늘을 여신 이래 나라는 태평하고 백성은 은부하니, 그 아름다운 기업이 누천년에 이르도록 흔들림이 없었다. 대륙에서 진秦이 쇠하고 한이 발흥하던 격변의 시기에 연나라 유이민의 무리 가운데 위만衛滿이란 자가 조선으로 내항하여 천손의 보위를 빼앗아 왕위를 이었다 하나 그 또한 동이의 겨레붙이였으니 그 적통의 오롯함에는 변함이 없었다.

하지만 그 손자인 우거왕 치세에, 초楚를 멸하고 중원 대륙을 하나로 거둔 한이 동방의 강자로 군림한 조선의 위세를 우려하여 한편으로는 달래고 한편으로는 핍박하기를 그치지 않더니, 마침내 무제 즉위 32년 육군 5만과 수군 7천을 내어 조선의 강역을 침노하기에 이르렀다. 한이 강대한 조선의 군사를 맞아 1년여에 이르도록 별다른 성과를 거두지 못하였으나, 한의 위세를 두려워한 조선상朝鮮相 노인路人, 상相 한음韓陰, 이계상尼谿相 참參 같은 어리석고 비루한 무리들이 안으로 내분을 일으켜 조선의 왕을 주살하였다. 그리하여 조선의 왕도인 왕검성은 허무하게 무너져 돌 위에 놓인 돌 하나 없을 지경으로 부서지고 말았으니, 이로써 2천 년 조선의 왕업은 사라지고 조선의 신민은 모두 오랑캐의 지배를 받는 노예의 몸이 되고 말았다.

하지만 비록 왕성은 무너지고 왕도는 적도의 소굴이 되었다 하나 천제의 백성이 어찌 오랑캐의 신민이 되어 살아갈 수 있으랴. 더욱이 조선의 옛 땅을 타고 앉은 한족이 필설로 다할 수 없는 학정을 가하기에 그침이 없으니, 이에 조선의 백성은 잃어버린 왕국, 잃어버린 왕을 찾아 누대로 삶을 놓아먹이던 본향을 떠났다.

한나라 관리의 학정을 피해 정겹던 옛집을 버리고 남부여대하여 황야로 나선 이들이 경향 각처에서 들불처럼 일었으니 그 수효가 가히 헤아리기 어려울 정도였다. 이에 한의 군현은 이들 유민이 모반을 도모하는 자들이라 하여 군사를 동원해 때로 잡아가고 때로 참살하기를 주저하지 않으니, 추위와 굶주림에 시달리고 칼 든 백정들에게 쫓기는 그 어려움과 고통이 어떠하였으랴.

하지만, 그럼에도 잃어버린 왕국의 백성인 그들이 가닿을 곳은 어디에도 없었다. 들소도 범도 아니면서 황야를 헤매야 하는 그들. 그들이 가야 할 길은 지상으로 난 길이 아니었으니, 밤과 낮을 다투어 걸어도 그들이 당도해야 할 땅은 바이 멀기만 하고 뒤를 쫓는 한족의 무리는 승냥이와 이리 떼처럼 사나울 뿐이었다.

아, 저 천금보다 귀한 조선의 백성이여…… 동방의 주인인 이들이 다 함께 모여 화락할 땅은 정녕 존재하지 않는다는 말인가…….

해모수는 차마 그들의 간절한 눈길을 마주 바라볼 수 없어 고개를 들어 하늘을 바랐다. 청명한 하늘 위로 숲의 향기를 머금은 바람이 불어갔다.

해모수의 시선이 다시 유민의 무리를 향했다.

"조선의 신명께서는 현토성에서 겪은 그대들의 고초를 아실 것이오. 이제 한군漢軍의 손에서 벗어났다고 하나 언제 다시 그들이 뒤쫓아 올지 모를 일이오. 내가 조선의 형제국인 부여 땅 어귀에 그대들이 거할 장소를 마련하여 두었으니 잠시 그곳으로 가서 고단한 몸을 쉬길 바라오."

유민의 무리 가운데서 한 사람이 앞으로 나서더니 뚜렷한 소리로 말했다.

"그곳이 비록 무릉향과 같은 별천지라 하여도 우리에게는 역시 이방일 뿐입니다. 바라건대 장군께서는 우리에게도 한나라의 도적과 맞서 싸울 수 있는 기회를 허락하시길 바라오!"

"그렇습니다, 장군! 우리도 장군의 솔하가 되어 함께 싸우고 싶습니다!"

유민의 무리가 모두 한 목소리가 되어 외쳤다. 해모수는 다시 눈시울이 뜨거워짐을 느꼈다.

"처음 고향땅을 나서면서 먹은 마음 가운데 하나가 조선의 청년 장수 해모수를 찾아 그의 군사가 되어 잃어버린 나라를 되찾는 일에 목숨을 버리자는 것이었습니다. 부디 우리들을 거두어주십시오!"

해모수가 말했다.

"그대들의 반석같이 굳은 의지를 어찌 모르겠소! 나 또한 목숨이 다하는 날까지 이 땅에 조선의 나라를 다시 세우는 일에 노력을 그치지 않을 것이오. 하지만 아직은 일의 경과가 그에 이르지 않았소. 그러니 그대들은 잠시 부여 땅에 가서 때를 기다리시오. 때가 이르면 내 반드시 그대들을 불러 하늘의 뜻을 이루는 일에 동역하라 할 것이오!"

유민의 무리 사이로 숙연한 기운이 번져갔다. 처음 입을 연 자가 다시 말했다.

"장군의 말씀을 좇아 따르겠습니다. 부디 그때가 속히 당도하기를 일심으로 기다리겠습니다. 부름이 있는 날, 우리들은 천 리를 불원하고 장군께 달려가겠습니다. 그동안 부디 귀하신 몸이 상하지 않도록 하늘의 가호가 있기를 바랄 따름입니다."

"고맙소. 참으로 고맙소……."

떨리는 해모수의 음성이 바람을 타고 산등성이 위로 퍼져나갔다.

추선인의 향도 아래 유민의 무리가 떠나갔다. 그 뒤를 무장한 다물군이 따랐다.

멀어져가는 유민의 무리를 바라보던 해모수가 고개를 돌려 곁에 선 마상의 사내를 바라보았다.

"우리도 이제 헤어질 때가 됐군. 가더라도 얼굴이나 닦고 가게. 그 안대도 벗고. 부여 사람들이 지옥에서 살아온 두억시니인 줄 알고 기급절사하겠네."

해모수가 허리춤에서 삼베 자락을 끌러 건넸다.

변장을 위해 얼굴에 바른 검댕을 지우고 안대를 벗자 사내의 진면목이 드러났다. 봉두난발에도 불구하고 뜻밖에 반듯한 귀공자의 면모였다. 부여국 왕 해부루解夫婁의 장자인 금와 왕자가 바로 그였다. 해모수와는 어린 시절부터 우의를 나눠온 동기와도 같은 벗이었다.

"참 자네도 어지간하더군. 우리가 창검을 맞댄 것은 저들을 속이기 위한 위계였거늘, 하마터면 이 해모수가 벗의 손에 죽임을 당할 뻔하지 않았는가. 가히 자네의 무예는 동이를 통틀어도 당할 자가 없을 것이네."

"……."

"자네가 그만큼이나마 곁을 내주었으니, 내가 목숨을 부지할 수 있었지 않았겠나. 하하하…….”

“그렇지 않았다는 것을 누구보다 자네가 더 잘 알 것이네. 내가 자네에게 겻을 내줄 만한 깜냥이 아니란 걸 말일세. 난 아무래도 아직 자네가 이룬 무공의 경지에는 이르지 못한 듯하이.”

우정 미소를 띤 금와의 목소리가 쓸쓸했다. 금와를 마주 보던 해모수의 얼굴에 의아한 빛이 떠올랐다.

“자네, 안색이 왜 그런가? 몸이 불편한 겐가?”

“……아닐세. 별일 아니니 마음 쓰지 말게.”

그렇게 말하는 금와의 몸이 말안장 위에서 한쪽으로 크게 기울었다. 빠르게 말에서 뛰어내린 해모수가 금와의 몸을 받쳐 안았다.

“이보게, 금와!”

금와를 안은 옷소매에서 붉은 핏빛이 번지고 있었다.

“자네 부상을 당한 게 아닌가! 그런 몸으로 지금껏 버텨왔단 말인가?”

“성문 앞 교전에서 기병의 환도에 등을 상한 것 같네. 하지만 크게 염려할 정도는 아니니 어린아이처럼 소리 지르지는 말게.”

“그렇다면 당장 상처를 치료해야 할 것이 아닌가, 이 미련한 친구야!”

“아무래도 부여로 돌아가기엔 틀린 것 같네. 할 수 없이 누더기 굴 같은 자네 산채로 가서 신세를 져야 할 것 같구먼.”

힘겨운 소리를 내어 말하는 금와의 얼굴에 희미한 미소가 어리고 있었다.

　부여국의 태자 금와가 부여궁으로 돌아온 것은 그로부터 열흘이 지
난 후의 일이었다.

　부여. 장성長成의 북쪽, 요동의 대평원에 자리한 부여는 토질이 비옥
하여 오곡이 풍성하고, 백성들의 기상이 꿋꿋해 오래전부터 동방의
강국으로 자리해온 나라였다. 동으로는 읍루挹婁, 서로는 선비鮮卑, 남
으로는 한韓과 접했는데, 그 강역이 2천 리에 이르고 거민이 8만 호에
달했다. 나라의 법도가 엄정하고 백성들 사이의 기율이 오롯해 사직
이 4백여 년에 이르도록 나라의 기강이 흔들린 적이 없어 대륙을 통일
한 진과 한도 함부로 넘보지 못하였다.

　부여는 조선과 혈통을 같이하는 예맥족의 나라로, 농경과 유목을
업으로 살아가는 백성들은 한결같이 천성이 유순하고 평화를 사랑하
며 도를 숭상하여 고래로부터 군자의 나라로 알려져왔다. 하지만 동
방의 일대 대국이던 조선이 한에게 무너지고, 그 옛땅에 한족의 군현
이 들어앉아 동이 전역을 그들의 영토로 삼으려는 뜻을 노골화하기에
이르니, 바야흐로 역사의 격변은 부여에 있어서도 예외가 아니었다.

　금와가 탄 말이 부여성의 성문에 이르렀을 무렵, 부여국 왕 해부루
의 대전에는 먹구름과도 같은 무거운 공기가 감돌고 있었다.

　"그 수가 백여 인이나 된다 하였소?"

　"그렇습니다, 폐하. 다물군의 향도 아래 1백여에 이르는 조선 유민
들이 부여 땅으로 들어와 휘발수 아래에 자리를 잡았다고 합니다. 강
의 상하 유역에 터를 잡은 유민의 수만 해도 이미 기천을 헤아린다고
합니다."

"으음……."

대장군 적치赤雉가 고하는 다급한 소리에 해부루가 무거운 한숨을 내쉬었다.

"폐하, 이 일은 결코 가볍게 여기실 일이 아닙니다. 비록 조선이 우리와는 그 혈맥을 같이하는 나라이고 유민들의 정상情狀이 딱하다 하나, 이처럼 유민들을 받아들일 경우 자칫 우리 부여에 큰 화가 미치지 않을까 걱정입니다."

이렇게 말하고 나선 이는 부여 조정의 백관의 머리라 할 대사자大使者 부득불不得弗이었다. 커다란 체수에 드높은 이마와 부리부리한 봉안鳳眼이 호협한 인상을 주는 중년으로 국왕 해부루의 오른팔이라 할 만큼 신망을 받는 이였다.

"하면, 저들을 어찌하여야 한단 말이오, 대사자. 목숨을 부지하기 위해 찾아든 이들을 내칠 수야 없는 일이 아니오."

"폐하, 저들의 배후에는 해모수가 있습니다. 조선의 부흥을 도모하는 해모수가 저들을 모아 장차 한과 일전을 결하려 하는 것입니다. 조선의 유민과 한 사이에 전쟁이 일어난다면 우리 부여도 그 전화에서 무사하지 못할 것입니다."

"……."

"한에서는 이미 해모수 무리를 나라의 큰 역당으로 간주하여 토벌하려 한다는 소문입니다. 이번에 현토군에 한왕漢王의 칙사가 온 것도 동이 지역에서 일고 있는 조선의 부흥 움직임을 살피기 위해서라고 합니다. 더구나 칙사를 대접하는 자리에 해모수가 난입하여 태수와 칙사를 욕보이고 조선의 유민을 빼내었다고 합니다. 그 과정에서 기병 수십 기까지 베었다고 하니, 필시 한이 이를 묵과하지는 않을 것입니다.”

“……”

“들리는 소문으로는 한의 최강 정예병인 철기병이 이미 동이를 향해 발진하였다고 합니다.”

해부루의 얼굴에 내려앉은 수심이 한층 짙어졌다. 한의 철기병이 누구인가. 웬만한 병장기로는 뚫을 수 없는 강철갑옷으로 무장한 개마부대介馬部隊로서, 동방의 강대국 조선을 무너뜨릴 때 그 선봉에 섰던 부대가 아닌가.

“폐하! 장차 무서운 광풍이 동이의 땅에 불어닥칠 것입니다. 한나라 개마부대의 창칼이 자칫 부여를 향한다면 이 땅에도 참혹한 비극이 벌어질 것입니다.”

“그럼 우리가 어찌해야 한단 말씀입니까, 대사자?”

적치가 물었다.

“지금 당장 조선 유민의 무리를 부여 땅에서 몰아내서 저들의 준동에 부여가 상관치 않는다는 것을 보이셔야 합니다, 폐하. 조선은 이미 이 땅 위에서 사라진 나라입니다. 나라가 없으면 백성도 없습니다. 저 백성들 어디에 어느 나라 어느 왕의 신민이란 표식이 있단 말입니까. 백성들이란 오직 강한 지배자의 신민일 따름입니다.”

“……으음.”

“폐하! 자칫 작은 인정이 큰 화를 부르는 일이 없도록 경계하셔야 합니다.”

“잘 알겠소. 대사자의 뜻을 헤아려 처사토록 할 터이니 기다리도록 하시오.”

해부루가 무거운 입을 열어 답했다.

"……태자한테서는 아직 아무런 기별이 없소?"

"예, 폐하. 이번엔 사냥길이 머나 봅니다. 신녀神女 여미을汝美乙이 천문天文을 보니 일간 환궁하실 것이라 합니다. 너무 심려치 마소서."

"이 어지러운 때에 태자라는 자가 대체 어디서 무엇을 하는지, 쯧쯧……."

◆ ◆ ◆

해부루 앞을 물러난 부득불이 대전 뜨락을 내려섰을 때였다. 봄바람에 실려 부드러운 살내음이 풍기는가 하더니 자박자박 나직한 발소리가 들리고 한 여인이 다가와 섰다. 신궁을 지키는 여관女官 천랑이었다.

"대사자님! 신녀께서 대사자님을 잠시 신궁으로 뫼시라 분부하셨습니다."

"신녀께서? 어쩐 일이냐?"

부여궁 북쪽 깊은 곳 대나무숲 속에 자리한 신궁은 그 길목에서부터 먼지 한 점 없이 깨끗이 빗질된 길과 길 옆의 푸른 대숲이 어딘지 속진에 싸인 이 세상과는 다른 탈속의 느낌을 주었다. 궁은 서른 칸 남짓 되는 크지 않은 규모였다. 바깥의 기둥은 단청을 올리지 않고, 안쪽 추녀에 푸른빛 단청을 입혀 전체적으로 차갑고 가라앉은 느낌이었다.

푸른 휘장으로 감싼 장방長房 위에 신녀 여미을이 단아한 자태로 앉아 부득불을 기다리고 있었다. 언제나 차가운 아름다움을 풍기는 여미을의 얼굴이 오늘따라 더욱 차가운 빛을 뿌리고 있다고 부득불은 생각했다. 방향을 알 수 없는 곳에서 짙은 향훈이 풍겨왔다.

"먼 곳까지 대사자 어른을 청한 무례를 용서하십시오."

"상관치 않소. 나라 안팎의 일이 안개 속처럼 한 치 앞을 내다보기 어려운 지경이오. 내 그렇지 않아도 그대를 찾을까 하던 참이었소."

장방 맞은편 자리에 올라앉은 부득불이 나직한 소리로 말했다. 나이를 짐작할 수 없는 여미을의 아름다운 얼굴이 새삼 부득불의 가슴에 알 수 없는 불안감을 던졌다. 하늘의 상을 살펴 인간사의 길흉을 헤아리고, 땅의 주름을 살펴 하늘의 뜻을 짐작한다는 여미을이었다. 대를 이은 신궁의 주인 가운데 그 용모의 아름답기가 단연 첫째라 할 만했고, 그 신비한 능력 또한 뭇 별들 가운데 북두라 할 만했다.

"그래, 나를 이렇게 청한 까닭이 무엇이오?"

"대사자께서도 근일 소문으로 떠돌고 있는 하늘의 이상한 변괴에 대해서 들으셨습니까?"

"그렇소. 세성歲星과 형혹熒惑, 태백太白, 수성水星, 진성鎭星 등 오성五星*이 동쪽 하늘에 나란히 모였다는 말을 들었소. 장차 이 나라에 알 수 없는 재변이 일어날 조짐이라고들도 하고……."

"이 나라뿐 아니라 중원에까지 큰 혼란이 일 것입니다. 하지만 이는 천지간의 흐름을 바로잡으려는 하늘의 뜻이니 도리에 순응하면 그리 큰 어려움은 없을 듯합니다. 그런데 제가 일월과 성운을 보아오던 중 며칠 전부터 참으로 괴이한 일을 보았습니다."

"괴이한 일이라니, 그게 무엇이오?"

"사흘 전 부여의 해 안에 작은 흑점 하나가 보이더니 사라졌습니다. 그리고 이튿날에는 흑점이 두개 나타나더니 사라지고 말았습니다."

---

* 오성 : 중국에서 고대부터 알려져 있는 다섯 개의 행성. 태양계에서 지구에 가까운 다섯 개의 별, 즉 목성 · 화성 · 금성 · 수성 · 토성을 이른다.

"······."

"어제는 세 개의 흑점이 나타나더니, 오늘은 급기야 부여의 해 속에 세 개의 다리를 가진 새가 뚜렷이 떠올라 한 식경을 있다가 사라졌습니다."

"다리를 세 개 가진 새?"

"세 발 달린 까마귀, 삼족오三足烏였습니다."

"그렇다면 그 징조가 흉이오, 길이오?"

"까마귀는 동이족이 사랑하는 길조로, 삼족오는 태양을 상징하는 신령스러운 새입니다. 태양조인 삼족오의 세 다리는 천지만상을 이루는 세 가지, 즉 하늘과 땅과 사람을 의미하는 것으로, 따라서 삼족오는 천지인이 하나로 어우러져 우주 만물이 완성되는 이치를 밝히는 깨달음의 새입니다."

"······."

"또한 삼족오는 하늘의 권세를 상징하는 새이며, 하늘로부터 부여받은 신성한 왕권을 상징하는 새이기도 합니다. 부여의 해 속에 삼족오가 나타났다는 것은 장차 부여 땅에 뛰어난 영웅이 나타나 새로운 왕권을 펼쳐 동이를 하나로 아우를 징조로 여겨집니다."

"뛰어난 영웅? 새로운 왕권을 펴 동이를 하나로 아우를 징조?"

어떤 경우에도 침착함을 잃지 않는 부득불의 얼굴이 대번에 붉어지며 노성에 가까운 목소리가 방 안을 울렸다.

"······."

"그렇다면 그것이 우리 부여의 흉이오, 길이오? 말해보시오, 여미을!"

"송구하오나, 들은 적도 없고 본 적도 없어 무어라 말씀드릴 수 없습니다."

여미을의 말에 부득불은 크게 충격을 받은 듯한 표정이 되어 망연히 상대를 건너다볼 뿐이었다. 신녀인 여미을이 알 수 없는 일이라면 이 기막힌 징조를 내리신 하늘의 뜻은 대체 무엇이란 말인가.

하늘의 권세를 대신할 영웅. 하늘로부터 부여받은 신성한 왕권을 펼 새로운 왕자王者가 나타날 것이다…… 이 땅과 그 속의 모든 생령이 안은 고통과 고난, 이 시대가 안고 있는 위기와 불안을 일거에 물리쳐 연년세세 이어질 왕국을 세울 위대한 영웅이…… 아, 하지만 과연 그는 우리 부여를 살릴 구원자일 것인가, 아니면 사직을 무너뜨릴 역도일 것인가…….

부득불은 떨리는 가슴을 주체하기 어려워 가만히 나직한 한숨을 몰아쉬었다.

◆　◆　◆

등촉이 밝혀진 태자궁 침소의 비단 보료에 기대 앉아 금와는 말이 없었다. 찻잔이 놓인 다담상에 마주앉은 태자비 원씨元氏가 시종 애틋한 눈길을 보내고 있는 것도 모르는 표정이었다.

환궁을 고하는 자리에서 국왕 해부루는 조선 유민을 나라의 경계 밖으로 내칠 뜻을 알렸다. 금와가 온당치 않은 처사임을 고했시만 해부루의 생각은 흔들림이 없어 보였다. 간신히 그들 무리의 가여움을 들어 약간의 말미를 얻었지만 그 또한 지호간의 일일 것이다.

하늘을 지붕 삼아 정처없이 떠돌 저들이 가야 할 곳은 어디인가. 주림과 찬 새벽이슬에 더해 승냥이처럼 뒤를 쫓는 한나라 군사의 창칼은 또 어찌 피할 것인가.

조선이 망한 후 한동안 광인이 되어 천하를 떠돌다 나타난 해모수로부터 조선의 부흥이라는 놀라운 이야기를 들었을 때, 금와가 전적으로 그의 말을 수긍한 것은 아니었다. 애당초 부여는 조선과는 다른 사직이었고, 동이의 정통이 조선에 있다는 말도 금와로선 받아들이기 어려운 것이었다. 하지만 그와 함께 동이의 산야를 주유하며 만난 조선 유민의 참상은 정 많은 금와로 하여금 망설임 없이 그들을 구하는 일에 동참하게 했다. 이름 없는 축생도 그 생명이 귀하거늘, 하물며 그들은 부여와 피를 나눈 동족이 아닌가.

하지만 한과의 분쟁을 저어하는 아버지 해부루와 조정 대신들에게는 천부당만부당한 일이었다. 금와는 그간 사냥이나 원유遠遊를 구실 삼아 해모수가 꿈꾸는 대업의 길에 동행했다. 부여의 왕과 신하가 이런 자신의 행적을 알게 되면 과연 어떤 태도를 보일 것인가.

"태자님!"

금와를 부르는 원비의 목소리가 자못 은근했다.

"대소帶素가 그저께 벌써 첫걸음을 뗐습니다. 이러다간 돌 전에 말을 부리겠다고 하지 않을까 걱정입니다. 어찌나 먹음새가 좋고 튼튼한지 장차 천하를 호령할 대장군 감이라고 궐 안 사람들이 하나같이 입을 모으고 있습니다."

품안에서 잠이 든 아이를 사랑스런 눈길로 더듬으며 원비가 말했다. 신녀 여미을이 용의 정기를 타고났다고 예언한 금와의 아들 대소였다. 혼인을 한 지 3년 만에 얻은 첫아이인 데다 대통을 이을 장자여서 온 나라가 탄생을 두고 기뻐 떠들썩했던 것이 지난 가을인데 벌써 걸음을 떼기 시작했다는 것이다.

하지만 금와의 표정에는 여전히 아무런 변화가 없었다. 촉화 그늘이 일렁이는 얼굴 위에 어린 수심이 사냥을 떠나기 전보다 더욱 짙어진 듯했다.

"달포 만에 보시는 아이가 아닙니까? 태자께서도 한번 안아주세요."

원비가 무릎걸음으로 다가와 품안의 아이를 내밀었다. 하지만 금와에게선 여전히 별다른 반응이 없었다.

"태자님!"

"……지금은 몸이 피곤하니 다음날에 그리하리다. 태자비께서는 물러가 쉬도록 하시오. 이 몸도 그만 조용히 쉬고 싶소."

금와를 바라보는 원비의 얼굴에 원망과 안타까움이 촛불의 그림자처럼 일렁거렸다.

보름 동안이나 소식 한 자 없이 바깥세상을 떠돌다 돌아온 남편의 이 차가움이라니.

하지만 원비는 솟구치는 원망을 애써 다스렸다. 거친 야생의 짐승을 쫓아 산야를 뛰어다녔으니 그 육신이 피곤하기도 할 것이다. 지금 그에게 필요한 것은 지어미와 자식이 아니라 온전한 휴식이리라.

하지만, 그럼에도 참을 수 없는 슬픔과 서러움이 가슴속에서 차올랐다. 어이하여 이분은 나를 이토록 고이지 않는 것인가. 나란 존재가 이분의 심중 어느 구석에 한 조각이라도 남아 있단 말인가. 잔정이 없는 차가운 성정의 사람이란 것을 모르는 바 아니지만, 날마다 그만을 그리며 사는 지어미의 마음을 어찌 이다지도 몰라준단 말인가.

"알겠습니다. 이만 물러갈 터이니 편히 쉬십시오."

다가와 손을 내미는 젖어미를 물리치고 대소를 품에 더욱 깊이 껴안은 원비가 천천히 자리에서 일어섰다.

원비가 나가자 텅 빈 방에서 금와의 우울은 더욱 깊어졌다. 월창月窓

을 흔드는 바람에 촛불이 한 번씩 크게 일렁이며 방 안의 사물을 흔들었다. 그런 다음이면 방 안은 더욱 무거운 적막 속으로 가라앉았다.

해모수의 산채에서 약초와 침으로 다스린 등의 자상이 무슨 징조처럼 다시 묵직한 통증을 일으켰다. 유민의 구원에 나서면서 크고 작은 전투를 치렀고, 크고 작은 상처를 입었다. 목숨이 위태로운 고비를 넘기기도 했다.

과연 이 일이 생명을 내맡길 만큼 나에게 중한 의미를 가지는 것인가. 천지를 유리걸식하며 떠도는 망국의 유민들을 구한다는 것이 과연 가능하기나 한 일인가. 그들을 구하기 위해서 정녕 한나라와 목숨을 건 일전을 벌일 용의가 있는가.

생각하면 자신이 해모수의 무리와 어울려 그 위험한 일에 생사를 함께한 것은 실상 그가 내세우는 그 광휘 휘황한 대의가 아니라 답답한 궐 안을 벗어나 산야를 마음껏 달릴 수 있는 자유로움 때문이 아닌가 싶기도 했다. 어질고 아름다운 아내, 귀여운 자식, 기반이 굳건한 일국의 태자, 약속된 만인지상의 보위. 무엇 하나 부족함이나 어려움이 없었건만 금와는 궐 안에 있는 동안 늘 빈 들의 나무처럼 쓸쓸하고 허허로웠다.

무슨 까닭인가.

자신이 믿는 대의를 위해 감연히 목숨을 버릴 준비가 되어 있는 해모수는 얼마나 행복한 사나이인가. 하지만 내게는 그 무엇인가. 나에게는 과연 그를 위해 목숨을 버릴 무엇이 있기라도 한 것인가.

나무로 빚은 사람의 형상처럼 굳은 모습으로 앉아 금와는 오래 그 밤을 지켰다. 태자궁의 밤이 속절없이 깊어갔다.

유화라는 이름의 여인

창검을 세운 위병들이 수풀처럼 늘어선 현토성의 성문으로 전에 없
던 긴 인마의 행렬이 연이어 들이닥치고 있었다. 대개 화려한 비단옷
에다 위엄을 휘장처럼 두른 의젓한 장자들과 수행에 나선 솔하들이었
다. 무리의 뒤로는 고을의 각종 토산품을 실은 부담마負擔馬들이 긴 줄
을 이루며 뒤따랐다. 생일을 맞은 현토군의 태수가 마련한 연회에 초
청받은 인근 나라의 왕과 군장君長*들이었다.

인마의 무리가 성 안으로 들어서려는 때 작은 소란이 있었다.

"이 부담들은 태수님께 드리는 우리 고을의 폐물이라 하지 않았소!
그런데도 도적을 대하듯 노상에서 속뒤짐을 하겠단 말이오?"

"허 참, 이자들이 귀머거리들인가! 해모수란 도적이 성 내로 들어온

---

* 군장 : 원시 부족 사회의 우두머리. 임금.

다는 소문이 있어 사람이든 짐이든 엄히 검색하라는 영이 내렸다지 않소. 잔소리 말고 썩 말에서 내려 수레의 짐들을 풀어보시오.”

성문을 지키는 위병의 부장副將과 무리의 행수로 보이는 사내 사이에 고성이 오갔다.

“눈뜬장님이 아니라면 보시오! 여기 계신 분은 서하국西河國의 군장이신 하백河伯 어른이시란 말이오. 그런데 도적의 무리처럼 뒤짐을 하겠다니, 이런 법이 대체 어디에 있소!”

“젠장, 군장인지 된장인지 우린 그런 거 모르오. 우린 다만 성문을 드나드는 자는 남녀노소를 불문하고 철저히 뒤져 수상한 자가 있으면 당장 잡아들이라는 영을 받았을 뿐이오. 누구든 불응하는 자가 있으면 목을 벨 것이오!”

난감해하는 사내를 앞에 두고 의기양양한 부장이 숫제 환도자루를 잡았다 놓았다 하며 으르댔다.

“어허, 뭘 꾸물거리는 게냐! 모가지에서 머리가 떨어진 다음에야 정신을 차리겠느냐?”

그때였다.

“네 이놈! 듣자하니 방자하기가 짝이 없구나. 하급 위사 따위가 감히 어디라고 함부로 해라를 하느냐!”

앙칼진 여인의 목소리였다. 하늘 속으로 이마를 들이밀 듯 한껏 거만하게 고개를 세우고 있던 부장이 놀라 소리 나는 쪽으로 고개를 돌렸다. 무리 가운데에서 눈같이 흰 백마 한 필이 앞으로 나서고 있었다. 마상에 올라앉은 사람은 날렵한 기마복 차림에 풍성한 머리를 길게 늘어뜨린 젊은 여인이었다.

무리의 끝을 이어 막 성문 안으로 들어선 금와의 눈길이 여인을 향했다. 알 수 없는 힘이 금와로 하여금 말을 몰아 몇 걸음 앞으로 나아가게 했다.

아름다운 여인이었다. 눈부신 봄빛이 무색할 만큼 하얗게 빛나는 피부와 명장의 솜씨로 그린 듯한 아미蛾眉, 호수같이 맑은 두 눈과 선 고운 입술이 미색 하나로 대륙을 흔들었다는 월나라의 서시에 비하여도 부족함이 없을 듯했다. 더구나 여인의 아름다움을 더욱 빛나게 하는 것은 차가운 태도 위에 서려 있는 알 수 없는 어떤 기품이었다.

여인의 또박또박한 목소리가 부장의 머리 위로 쏟아졌다.

"우리는 이곳 태수님의 초청을 받아 온 손님이다! 사삿집에서도 손을 청한 주인의 예가 그렇지 않거늘, 하물며 한 나라의 주인이신 군장 어른 앞에서 일개 위사 따위가 함부로 입을 놀리다니! 네놈 목이 몇 개나 되기에 이토록 방자하단 말이냐!"

거침없는 호통에 당황한 눈치를 보이던 부장이 이내 빙글거리는 웃음을 띠며 느긋하게 대꾸했다.

"젠장, 난 군장인지 된장인지 그런 거 모른다고 하지 않았소. 이자들이 아무래도 뜨거운 맛을 봐야……."

휙!

바람을 가르는 날카로운 소리와 함께 입을 놀리던 부장이 얼굴을 감싸며 바닥으로 쓰러졌다. 고통스러운 신음이 얼굴을 감싼 두 손 사이에서 흘러나왔다. 쇠를 박은 여인의 말채찍이 부장의 얼굴을 후린 것이었다.

"이 계집이……."

벌떡 자리에서 일어선 부장이 볼에서 흘러내리는 핏물을 확인하자 눈알이 뒤집힌 얼굴이 되어 환도를 뽑아들었다.

"죽으려고 환장을 했나! 감히 나를 쳐!"

부장의 칼날이 여인을 향해 날아드는 순간이었다.

"그만두어라!"

우렁찬 소리와 함께 한 필의 말이 두 사람 앞으로 다가들었다. 동이의 과하마果下馬*보다는 머리 하나가 더 높아 보이는 커다란 호달마胡達馬*에 한 장수가 우뚝 올라앉아 있었다. 마상을 올려다본 부장이 금세 풀이 죽어 고개를 숙였다.

"자, 장군님!"

"못난 놈. 해모수를 잡으라고 쥐어준 칼을 어찌 아녀자에게 휘두르느냐?"

"허나, 저 계집이……."

"시끄럽다! 당장 그 칼을 집어넣지 못하겠느냐!"

갑옷 차림인 장수의 눈길이 여인을 향했다.

"군중軍中의 영은 어느 누구, 어떤 경우라도 엄정해야 하는 법이오. 그대는 오늘 저자의 칼에 목숨을 잃었어도 누구를 탓할 바 없었을 것이오."

위엄 있는 목소리였으나, 또한 많은 부하를 거느린 장수의 오만과 위세가 숨길 수 없이 드러나는 말투였다.

"목숨이 귀하다 한들 불의한 일을 모른 채 두고 본다면 어찌 그를 귀한 생명이라 하겠습니까!"

두려움을 모르는 여인의 당찬 대응이었다. 마상의 장수가 빙긋이

---

* 과하마 : 과일나무 밑을 지나갈 수 있을 정도로 작은 말이라는 뜻으로, 키가 몹시 작은 동이 지역의 토종 말을 가리킴.
* 호달마 : 중국 북방에서 나던 몸집이 큰 말.

웃음을 띤 얼굴로 말했다.

"서하에서 오신 분들이라니 내 이번은 특별히 수색을 면하여주겠소. 태수님께서 기다리시니 그만 성 안으로 들어가시오."

장수가 길을 드티자 가볍게 고개를 숙여 읍을 한 여인이 능숙하게 말을 몰아 성문으로 들어섰다. 그 뒤를 붉은 포를 입은 군장을 위시한 무리가 따랐다.

여인의 모습이 시야에서 사라지도록 눈길을 떼지 못하고 있는 금와에게 부득불이 다가왔다.

"태자님!"

"저 여인이 누구인지 아시오?"

"서하국 군장의 여식인 유화柳花 아가씨입니다."

"유화……."

금와가 말고삐를 당겨 앞으로 걸음을 옮기기 시작했다. 금와의 말이 위병들 사이를 막 빠져나가려 할 즈음이었다.

"금와 왕자님!"

다가온 이는 예의 마상의 장수였다. 금와의 얼굴 위로 낭패한 표정이 얼핏 떠올랐다 사라졌다.

"옛친구를 보고도 그냥 지나치시다니, 어찌 인정이라 하겠습니까? 설마 저를 잊어버리신 것은 아니겠지요?"

"자넬 잊을 리가 있겠는가, 양정楊晶."

두 사람의 눈길이 허공에서 강하게 얽혔다.

갑옷의 장수 양정은 소년 시절 금와가 조선의 도성인 왕검성에서 유학할 때 함께 수학한 벗이었다. 부여국의 왕자 금와와 조선의 대신인 성기의 아들 해모수, 그리고 조선의 상相인 한음의 아들 양정은 같은 문을 드나들며 공부하고, 대나무로 만든 말을 함께 타고 놀던 옛친구들이었다.

한결같이 지혜롭고 총명했던 그들은 경학, 산학, 병학, 천문학 같은 학문에 있어서나 무예의 빼어남에 있어서나 많은 동학同學 가운데서도 단연 뛰어났었다. 게다가 심중의 포부와 배포까지 서로가 요철처럼 맞아떨어져, 만난 지 얼마 되지 않아 곧 영원한 우정을 약속하는 사이가 되었다.

하지만 한의 무제가 대군을 몰아 조선을 침범하면서 그들의 운명은 서로 다른 길을 걷기 시작했다. 한의 군대가 왕검성을 포위한 지 한 해를 넘어서자 철옹성같이 견고하던 조선도 균열의 조짐을 보이기 시작했다. 그런 움직임의 선봉에 선 이가 조선상 노인과 상 한음, 이계상 참 등 조선 조정의 동량 같은 대신들이었다.

한의 지칠 줄 모르는 공격에 두려움을 느낀 이들은 자신들의 손으로 왕검성을 한에 바쳐 목숨을 도모하기로 의논하고 마침내 자신들의 왕인 우거왕을 모살했다. 이때 아비 한음을 도와 왕을 죽이는 일에 앞선 이가 조선군의 일대를 지휘하는 교위의 벼슬에 있던 양정이었다.

한이 조선을 취하고 논공을 행할 때 양정은 아비 한음과 함께 그 공을 크게 인정받아 한의 거기장군車騎將軍에 올랐다. 그리고 이제 한군의 주력이라 할 개마부대를 이끌고 한에 반역의 기치를 세운 해모수를 토벌하기 위해 옛 조선 땅을 찾아온 것이었다.

"수년 전 태자 책봉을 받으셨다는 소식을 들었습니다. 뒤늦게나마 축하드리오."

"뜻밖이군. 자네가 해모수를 토벌할 장수가 되어 이곳에 오다니. 그것이 자네가 말하는 인정인가?"

금와의 말이 마디마디 얼음이 박힌 듯 차가웠다. 양정이 고개를 젖히며 호기로운 웃음을 터뜨렸다.

"인정이다마다요. 벗의 허물을 다스려 바른길로 이끄는 것 또한 우의가 아니겠습니까. 아무튼 머지않아 옛벗들이 함께 만나게 될 일을 생각하니 벌써부터 가슴이 뜁니다. 하하하……."

◆ ◆ ◆

크고 화려한 대축연이었다.

동방의 크고 작은 나라와 고을의 수장, 대신들이 커다란 연회장을 가득 메우고 있었다. 연회장의 중앙 상석에 자리한 현토군의 태수는 시종 흔감한 표정이었다. 명색 자신의 생일 잔치머리인 것이다. 태수의 오채찬란한 비단포와 흰 비단관이 오늘따라 위엄을 더하는 듯했다.

"허허허, 원로임에도 이렇게 많은 군장들께서 하례차 참석해주시니, 참으로 고맙고 감사하외다. 부디 맘껏 들고 맘껏 즐기시기를 바라오!"

연회석을 채우고 앉은 동예, 옥저, 행인, 비류, 개마, 구다, 양맥, 서하 등 인근 나라의 왕과 군장들이 그에 화답하여 술잔을 들었다. 국왕 해부루를 대신해 참석한 금와도 자신의 앞에 놓인 호박잔을 비웠다. 뉘라서 현토성 태수의 초청을 거절할 수 있었으랴. 말이 연회고 초청이지 실상은 소환에 다름 아닌 자리란 것을 모르는 이가 없을 터였다. 지난번 태수 아들의 돌잔치가 그러했고, 황제의 생일날이 그러했다. 다만 염려스러운 것은 한의 위세를 앞세운 군의 태수가 또 무슨 억지를 부리고 무엇을 겁박할지 알 수 없는 노릇이란 것이었다. 군장들의 얼굴이 웃음 띤 표정에도 불구하고 어딘지 긴장과 불안으로 굳은 듯 보이는 까닭이 여기에 있었다.

하지만 그럼에도 연회는 또한 연회였다. 채운 술잔이 늘어나고 비운 음식접시가 쌓여가자 좌중의 취흥은 점차 도도해지고 웃음소리도 드높아졌다. 악공과 무희들의 음률과 춤도 한층 무르익어갔다.

좌중의 소란도, 악공들의 음률 한 가닥도 금와에게는 귓전에 와닿지 않았다. 금와의 모든 주의와 관심은 오직 한곳, 건너편 하백 군장의 바른편에 앉은 유화에게 집중되어 있었다.

여인의 무엇이 이토록 강한 힘으로 나를 이끄는 것인가, 라고 금와는 벌써 몇 번이나 자신을 향해 물었다. 주석酒席을 차지한 군장들의 화려한 비단 야회복 속에서도 유화는 빛 속의 빛처럼 단연 눈부신 존재였다. 아름다운 자태와 고귀한 기품은 이제껏 금와가 그 어떤 인간에게서도 경험하지 못한 것이었다.

금와는 끊임없이 유화에게로 향하는 시선을 부끄럽게 여겼다. 그로서는 또한 한 번도 경험한 바 없는 일이기 때문이었다. 하지만 외면하려 하면 할수록 눈길보다 먼저 마음이 유화 쪽으로 달려갔다.

금와의 끝없는 관심에도 불구하고 유화는 그의 존재 따윈 조금도 의식하지 못하는 듯한 태도였다. 단 한 번, 유화의 무심한 시선이 금와를 향한 적이 있었다. 흔적 없이 스쳐간 바람 같은 시선에도 불구하고 금와는 마치 독주를 들이켠 듯 얼굴이 달아오르고 숨이 막혔다. 무슨 일인가, 이 터무니없는 기분이라니…….

"도적들의 발호로 소란이 그치지 않던 땅에 이렇게 풍악이 흘러넘치니 바야흐로 우리 동이에도 태평성대가 온 것 같습니다. 이 모두가 현량하신 태수님의 덕인 듯합니다. 부디 만수무강하시기를 기원합니다."

태수의 곁에 붙어 앉은 고구려현의 현령이 헤픈 웃음에 곁들여 아첨의 말을 올렸다.

"하하하…… 고맙소. 고래로부터 이곳 동이가 우리 중원의 큰 골칫거리였음은 그대들도 알 것이오. 은 · 주대로부터 진대에 이르기까지 시도 때도 없이 제국의 동북변을 침범하여 재산을 노략질하고 백성을 해치기를 그치지 않았소. 이제 영용하신 황제 폐하께서 조선을 멸하시고 그 근심의 뿌리를 없이하셨으니, 어찌 기쁜 일이 아니겠소."

술에 취한 듯 자부심에 도취된 듯, 태수의 목소리에 열기가 더해졌다.

"그런데 아직도 망국을 잊지 못하는 자들이 있어 무리를 지어 준동을 획책하고 있다 하니, 가소로운 일이 아닐 수 없소. 내 오늘 그대들을 이렇게 한자리에 초청한 것은 이 몸의 호일好日이어서가 아니라, 황제 폐하의 영을 전하기 위함이오."

일순간 좌중의 소란이 고자누룩해졌다. 군장들의 긴장된 눈길이 태수를 향했다.

"황제 폐하께서는 최근 동이에서 일고 있는 불순한 움직임을 미타히 여기시어 한의 자랑인 정예 기마병단의 일대를 보내셨소. 아울러 도적의 수괴인 해모수를 반드시 잡아 장안으로 압송하라는 영을 내리셨소. 여기 있는 양정 장군이 대임을 수행하기 위해 오신 기병대의 대장이시오."

태수의 소개가 있자 양정이 자리에서 일어나 좌중을 향해 공수하고 허리를 숙였다. 태수의 말이 이어졌다.

"곧 해모수 도당을 소탕하기 위한 대대적인 군사 작전이 시작될 것이오. 이것은 황상의 엄명인 바, 여기 모인 여러분 모두가 이 일에 극력 동참하여야 할 것이오. 명심할 것은 어느 나라든 어느 고을이든 해모수를 숨기거나 돕는 곳이 있다면 축생을 막론하고 살아있는 모든 것이 도륙을 면치 못할 것이오. 이 점 명심하길 바라오.”

태수의 말 마디마디가 차가운 공포가 되어 사람들의 폐부 속으로 흘러들었다. 저마다 취기가 가신 얼굴로 말없이 태수와 그의 곁에 앉은 양정을 응시할 뿐이었다.

“대신 해모수가 은거하고 있는 곳을 고하는 나라에는 공신에 값하는 큰 상을 내리시겠다고 폐하께서 약속하셨소. 무엇이 그대들과 나라를 위하는 길인지를 살펴 어리석은 일로 화를 당하는 일이 없도록 하시오!”

돌을 얹어놓은 듯한 무거운 침묵이 한동안 좌중을 짓눌렀다. 위엄있는 얼굴로 천천히 좌우를 둘러보던 태수가 우정 큰 소리로 웃음을 터뜨렸다.

“하하하, 잔치 자리에 여흥이 없으니 어째 계집 없는 색주가 같아서 맨숭하기가 짝이 없구만. 여봐라!”

태수가 소리를 질러 아랫것을 불렀다. 어디선가 군관 하나가 바람처럼 달려와 영을 받아들고는 다시 바람처럼 물러갔다.

연회석을 메운 하객 가운데 잠시 후에 벌어질 그 끔찍한 참상을 짐작한 이는 단 한 사람도 없었음이 분명했다. 하여 이후 그들이 받은 충격은 더욱 컸다.

무장한 병사들의 손에 이끌려 꾸러미에 엮인 조기 두릅처럼 한 무리의 사람들이 연회장 마당으로 들어서고 있었다. 남녀노소 하여 20여 인에 달하는 조선인 유민들이었다.

"이자들은 황제 폐하의 은혜를 저버린 채 해모수의 패거리에 들어가려 도망한 자들이오. 저들이 이제 여러분을 위해 좋은 여흥거리를 보여줄 것이니 모두 흔쾌하게 즐기시기를 바라오."

유민들 가운데 비교적 체구가 크고 튼튼해 보이는 젊은 사내가 군관의 호명을 받아 앞으로 나섰다. 병사 하나가 다가와 환도자루로 사내의 무릎을 꺾어 바닥에 꿇어앉혔다. 그때까지만 해도 연회석의 사람들은 태수가 마련한 여흥이란 것이 무엇인지 까맣게 모르는 표정이었다.

유민 사내가 멀뚱한 표정으로 연회석 위를 올려다보다 한결같이 자신에게 쏠린 시선에 주눅이 들어 천천히 고개를 숙였다. 그 순간 곁에 선 군관이 환도를 뽑아 사내의 목을 베었다.

"아악!"

끔찍한 비명이 터진 곳은 사내의 뒤에 선 유민의 무리 쪽이었다. 비명 한 마디 토해낼 겨를도 없이 사내의 목이 베어져 바닥을 굴렀다. 연회석에서도 경악을 숨긴 탄식이 나직이 흘러나왔다.

태수가 느긋하게 술을 들이켠 뒤 소리 나게 잔을 내려놓으며 웃음을 터뜨렸다.

"하하하…… 오매불망 그리워하는 네놈들의 왕을 구천에서 만나게 되었으니 내게 고마워해야 할 터인데 웬 소란이냐! 하하하……."

다시 중년의 사내 하나가 끌려나오고 곧 베어진 목이 땅으로 떨어졌다. 잘린 몸에서 흘러나온 피가 바닥을 적시며 흘렀다. 공포에 질린 유민들이 비명을 지르며 이리저리 달아나기 시작했다. 하지만 벽처럼 에워싼 병사들이 휘두르는 환도자루에 온몸을 얻어맞고는 뒷걸음질을 쳤다.

잔인한 살육이 이어졌다. 이번엔 아기를 품에 안은 젊은 아낙이었다.

진한 피냄새가 연회석까지 풍겨왔다. 조금 전까지 불쾌한 얼굴로 술잔을 들이켜던 사람들이 목불인견의 참상에 저마다 딴전을 하며 고개를 돌렸다. 하지만 엄한 눈길로 자신들을 바라보고 있는 태수의 얼굴을 대하곤 찔끔하여 다시 마당으로 눈길을 돌렸다.

떨리는 가슴을 주체하지 못한 금와가 자리를 박차고 일어서려 할 때 슬몃 다가온 손길이 강한 힘으로 금와를 부여잡았다. 부득불이었다.

부득불의 엄한 눈길이 금와를 노려보고 있었다.

"대자님! 어리석은 행동은 제가 용서치 않을 것입니다!"

나직하지만 무거운 힘이 실린 목소리였다. 사지의 힘이 풀리며 금와가 자리에 주저앉았다. 그때였다.

◆ ◆ ◆

"호호호……."

여인의 날카로운 웃음소리가 연회장을 쨍 하니 울렸다. 사람들의 시선이 소리 나는 쪽을 향했다. 유화가 천천히 자리에서 일어나 연회장 가운데로 걸어나오고 있었다.

앞으로 나선 유화가 주석의 사람들을 일별한 뒤 다시 큰 소리로 웃음을 터뜨렸다.

"호호호…… 이렇게 호화롭고 즐거운 연회의 여흥이란 것이 고작 이 정도였습니까? 남자들의 풍류란 게 이렇게 시시한 것인 줄 진작에 알지 못하였습니다."

양정이 벌떡 몸을 일으키더니 유화에게 호통을 쳤다.

"방자하구나! 이곳이 어디라고 감히 요망한 웃음으로 자리를 어지럽히느냐! 닥치지 못하겠느냐?"

양정이 화를 참지 못하고 상기된 얼굴로 유화를 노려보았다. 하지만 유화는 아랑곳하지 않은 채 천천히 걸음을 옮겨 태수의 앞으로 다가갔다.

태수가 흥미로운 눈길을 들어 유화를 바라보았다. 유화가 고운 태로 읍을 올리고 고개를 들었다.

"서하국에서 온 유화라 합니다. 소녀 일찍부터 태수님의 드높은 기상과 영웅의 풍모를 사모해온 바, 현토성에서 연회가 있다 하여 불원천리 먼 길을 달려왔습니다. 그런데 흥겨워야 할 자리가 자못 실망스럽기 그지없어 하늘 같은 어르신들의 질책을 무릅쓰고 이렇게 나왔습니다."

"네가 원하는 바가 무엇이냐?"

"태수님께서 허락하신다면 이 몸이 귀한 자리의 여흥을 돋워볼까 합니다. 보잘것없는 솜씨나마 너그러이 보아주시기를 바랍니다."

실눈을 떠 유화의 몸가짐과 맵시를 찬찬히 살펴보던 태수가 고개를 끄덕였다.

"알았다! 어디 한번 네 솜씨를 보자꾸나."

태수의 손짓이 있자 마당의 살육이 중지되었다. 연회석과 마당에 서고 앉은 사람들의 시선이 하나가 되어 유화를 향했다.

악공들이 바닥에 내려두었던 악기를 찾아들었다. 이윽고 그들의 손끝에서 부드러운 음률이 천천히 흘러나오기 시작했다.

악공들의 연주가 한참을 이르도록 유화는 아무런 움직임이 없었다.

연회석의 한가운데 석상처럼 꼼짝 않고 서 있던 유화가 음곡이 격정적인 한 고비를 넘어설 무렵 천천히 섬섬옥수를 들어올렸다.

참으로 아름다운 춤이었다. 천상의 선녀가 구름 위를 노니는 듯, 월궁의 항아가 달빛 속을 거니는 듯, 우아하고 아름다운 춤사위가 막힘없이 펼쳐졌다. 내뻗는 손길마다 새로운 풍경이 펼쳐지고 내딛는 걸음마다 보지 못한 비경이 펼쳐졌다. 기예를 다한 악공의 연주가 유화의 요요한 자태와 몸놀림 앞에 빛을 잃을 지경이었다.

유화의 춤이 끝이 났다. 잠시간의 침묵이 연회장을 사로잡았다. 사람들은 저마다 가슴을 저미는 슬픔과 참을 수 없는 행복감이 동시에 뒤섞인 감정 속에 자신을 놓아두었다. 이윽고 어디선가 긴 탄식과도 같은 한숨이 흘러나왔다.

"참으로 진경이로고……."

태수가 만족스러운 웃음을 띠며 하염없이 고개를 끄덕였다. 뒤이어 사람들의 찬탄과 칭찬이 연회장으로 낭자하게 쏟아졌다.

"오늘 너의 춤을 보지 못했다면 일생 참된 춤이 무엇인지 모르고 살 뻔했구나. 수고하였다."

태수가 사람들의 만구칭찬 끝에 유화를 향해 말했다.

"송구합니다. 보잘것없는 재주로 귀한 자리를 어지럽힌 것은 아닌지 걱정일 따름입니다."

"허허허, 아니다. 내 잔치의 주인으로서 너에게 큰 빚을 졌구나. 해서, 소원이 있다면 들어줄 터이니 말해보거라. 내 무엇인들 듣지 못하겠느냐!"

유화가 다시 한번 태수를 향해 다소곳하게 읍을 올리고 말했다.

"소녀의 청이 아주 없지는 않습니다."

"그게 무엇이냐?"

"저기 있는 유민들을 소녀에게 내려주시기 바랍니다."

태수가 뜻밖이란 표정이 되어 물었다.

"저것들을 가져다 무엇에 쓰려는 것이냐?"

"저희 서하는 지경이 넓지 않은 데다 땅마저 척박해 대대로 곤궁한 처지를 면치 못하였습니다. 땅을 경작하고자 하여도 사람이 적어 손이 부족합니다. 어차피 죽을 목숨들이니, 저들을 생구生口로 삼아 고을의 불모지를 개간해볼까 합니다."

"그래? 하하하, 알았다. 그리하도록 하여라. 저들을 너희 고을로 데려가거라."

뒤이어진 연회는 전에 없이 흥겨운 것이었다. 유민의 무리가 다시 두름으로 엮여 물러가자 악공이 땅을 두드리듯 흥겨운 음곡을 울리고 무희들이 하늘로 날아오르듯 춤을 추었다.

일의 진행을 숨이 막히는 듯한 긴장으로 지켜본 금와가 고개를 들어 하늘을 우러렀다. 참을 수 없는 웃음이 목젖을 타고 솟아올랐다.

하하하! 참으로 하늘 아래 둘도 없을 여인이로다…….

◆ ◆ ◆

이틀간의 연회가 끝나고 현토성을 떠나는 날, 금와는 다시 유화를 보았다.

서하국 사람들이 행렬을 지어 막 성문을 나서고 있었다. 행렬의 뒤쪽에 전날 유화의 기지로 목숨을 구한 유민의 무리가 따르고 있었다. 한 식경 전부터 산책을 핑계 삼아 성문 앞을 서성이던 금와의 눈길이 유화를 향했다.

다가가 서하의 군장에게 인사를 청하고 일간 그들 부녀를 부여로 초청하리라 마음먹은 터였다. 하지만 먼빛으로 유화를 본 순간부터 금와는 뿌리내린 나무처럼 한 걸음도 앞으로 움직일 수가 없었다.

첫날 본 모습 그대로 날렵한 기마복에 눈처럼 흰 백마 위에 올라앉은 유화가 무리와 함께 성문을 나서고 있었다. 그 모습이 휘황한 광휘처럼 빛을 발하며 금와의 뇌리에 새겨졌다. 유화와 무리의 모습이 시야에서 완전히 사라진 뒤에도 금와의 시선은 오래 그 뒤를 좇았다.

한밤중의 나각 소리

"무엇이? 그게 정녕 사실이냐?"

"그렇습니다, 태자님! 오늘 아침 한나라 기병대가 휘발수 유역의 조선인 마을에 들이닥쳤다고 합니다. 처소엔 불을 지르고 유민들은 사로잡아 현토성으로 압송한다 합니다. 거역하는 자들은 그 자리에서 노소를 가리지 않고 척살한다고 합니다."

"이런 죽일 놈들…… 그 통솔자가 누구라 하더냐?"

"양정 장군이라 하였습니다."

"으음……."

우려하지 않았던 바 아니었으나 그 소식이 금와에게 준 충격은 컸다. 이 무도한 자들이…….

"가서 내 갑옷과 칼을 가져오너라!"

"태자님!"

소식을 가져온 태자궁 내관이 질겁한 소리로 금와를 바라보았다.

"지금 그곳은 참혹한 도살장이라 합니다. 지금 가셨다간 무슨 화를 당하실지 모릅니다. 가셔선 아니 됩니다."

"상관없다. 당장 갑옷과 칼을 가져오지 못하겠느냐!"

종내 스스로 갑옷을 입고 환두대도를 든 금와가 태자궁 중문을 지나 대전의 회랑을 달려가고 있을 때였다. 기둥 사이에서 불현듯 나타나 앞을 막아서는 사람이 있었다.

"어딜 그리 급히 가시는 길입니까, 태자님?"

부득불이었다.

"비켜서시오, 대사자!"

"아니 됩니다, 태자님."

"무엇이 아니 된다는 말씀이오! 양정 이놈이 무고한 사람들을 도륙하고 있다는 말을 듣지 못하였소!"

"도륙이 아니라 그들을 현토군으로 옮기려는 것이라 들었습니다. 순순히 응한다면 목숨을 잃는 일은 없을 것입니다."

"시끄럽소! 그자들이 어떤 놈들이란 걸 모르고서 하는 소리요? 어서 비키시오! 그렇지 않으면 내가 대사자를 벨 것이오."

금와가 환도를 빼어 부득불의 가슴을 겨누었다. 부득불이 조금도 위축되지 않은 눈길로 금와를 바라보았다.

"가시려면 저를 베고 가십시오. 이 일이 얼마나 엄중한 일인지 모르신단 말씀입니까?"

"나는 갈 것이오. 가서 그놈들을 남김없이 베어버릴 것이오!"

"전날 현토군 태수가 한 말을 잊으셨습니까? 자칫 우리 부여의 사직이 무너질 수 있는 일입니다."

"……."

"폐하께서 찾으십니다. 속히 대전으로 드시라는 전갈입니다."

"으음……."

이제껏 한 번도 본 적이 없었을 만큼 침통한 표정의 해부루가 금와와 부득불을 기다리고 있었다. 대장군 적치가 곁을 지키고 있었다.

"소식을 들었느냐?"

"폐하! 저에게 기병 1천 기를 내려주십시오. 당장 달려가 저들을 쫓고 유민들을 구하겠습니다."

"설혹 저들을 쫓는다 한들, 이미 요동성에 진주해 있다는 저들의 정병 3만은 또 어찌할 것이냐? 그들을 싸움판으로 끌어들여 우리 부여가 무사할 것 같으냐?"

"예전의 한이 아닙니다. 오랫동안 흉노를 정벌하느라 국력을 쏟은 까닭에 한의 군사력도 예전 같지 않다고 들었습니다. 우리 부여가 일심으로 응전한다면 능히 저들을 당해낼 수 있을 것입니다."

"무엇을 위해……."

해부루가 침통한 표정을 들어 금와를 바라보았다.

"무엇을 위해 그런 희생을 치르려 하느냐? 망해버린 조선을 위해? 아니면 그 버려진 백성들을 위해?"

수없이 자신을 향해 던졌던 질문이기도 하였다. 막상 왕을 통해 그 말을 듣자 금와는 말문이 막히는 느낌이었다. 과연 나는 무엇을 위해 이 위험하고 무모한 일에 뛰어들고자 하는 것인가.

할 말을 잃은 금와를 향해 부득불이 자세를 고쳐 앉았다.

"이 일이야말로 얻는 것은 적고 잃는 것은 많은 어리석은 거래일 뿐입니다. 더구나 하늘이 도와 저들의 뜻이 이루어진다고 하더라도 그

것이 우리 부여와 무슨 상관이겠습니까. 해모수는 야욕이 큰 사람입니다."

"그건 또 무슨 말씀이시오?"

"해모수가 꿈꾸고 있는 것은 조선의 부흥이 아니라 새로운 왕국의 건설입니다. 동이족을 아우르는 나라를 세우고 그 자신이 황제가 되려는 것입니다. 동방의 맹주가 되려는 것입니다."

"그렇지 않소. 해모수는 그런 위인이 아니오! 그는 순수한 신념을 가진 인물이오."

"설혹 해모수 자신이 원치 않아도 동이의 백성들이 그렇게 할 것입니다. 새로운 청년 영웅 해모수에 대한 백성들의 기대와 추앙을 설마 모르신단 말씀입니까? 사람들은 그를 일러 천제의 아들이며 다섯 마리 용이 끄는 수레를 타고 하늘과 땅을 오르내리는 천왕랑天王郎이라고까지 부르고 있습니다."

"천왕랑이라고요?"

"그렇습니다. 이 땅에서 한의 세력이 물러가는 날, 사람들은 해모수를 동이의 왕으로 세울 것입니다. 조선의 왕가가 사라진 지금 해모수는 그를 대신할 유일한 인물입니다. 우리 부여의 백성들 사이에서도 그런 말들이 공공연히 돌고 있습니다."

"……."

"이 땅에 다시 옛 조선의 나라가 건설된다면 우리 부여에 대한 그들의 압박은 오히려 한의 군현보다 더 커질 것입니다. 형편이 이러할진대 태자께서는 대체 무엇을 위해 해모수를 도우려 하십니까?"

"부여와 조선은 본시 한 핏줄에서 난 형제의 나라요. 우선은 형제를 핍박하는 이민족 오랑캐를 쫓아버리는 일이 시급하오. 이는 사리를 아는 자라면 너무나 당연한 일이 아니오. 장차의 일을 두고 명백히 바른길을 회피하는 것은 옳지 않소."

"장차의 일을 따져 계획하고 준비하는 것은 치자治者의 마땅한 태도입니다. 태자께선 이 나라의 대통을 이을 분이십니다."

묵묵히 듣고 있던 해부루가 마침내 무거운 입을 열었다.

"대사자의 말이 구구절절 옳다. 태자는 경거망동하지 말라. 앞으로 허락이 있기 전까지는 근신하라!"

"폐하!"

◆ ◆ ◆

칠흑같이 어두운 밤이었다. 손톱 같은 초승달마저 구름 속으로 들어가 세상은 오직 먹빛 어둠 속에 잠겨 있었다.

그런 어둠을 뚫고 경장 차림의 한 사내가 부여성 밖 너른 개활지 너머에 있는 관목숲 속을 서성이고 있었다. 발길에 채이는 초조함으로 보아 누군가를 기다리는 기색이 역연했다.

잠시 뒤 어디선가 한 차례 귀에 익은 새 울음소리가 들려왔다. 경장 사내의 호응이 있자, 이내 날렵해 보이는 몸집의 사내가 바람처럼 어둠을 비집으며 나타났다.

"태자님!"

그 뒤로 다시 대여섯 명의 사내들이 어둠 속에서 몸을 드러냈다. 그들이 다가오기를 기다려 금와가 말했다.

"오는 동안 별일 없었는가?"

앞에 선 사내 추선인이 대답했다.

"예, 태자님."

금와는 그들에게 전날 현토성 태수의 생일잔치에서 있었던 일을 간략히 알렸다. 그리고 긴 초조함의 까닭이었던 말을 깊은 우려를 담아 전했다.

"한군의 토벌이 일시간에 그치지는 않을 듯하니, 해모수 장군에게 유민을 구하는 일일랑 잠시 접고 조용히 숨어 지내라고 전하게."

"알겠습니다, 태자님. 그리 고하겠습니다."

"물건은 저기 있네."

금와가 가리키는 관목 아래 어둠 속에 커다란 나무상자 하나가 놓여 있었다. 금와가 부여의 단철장에서 빼내온 환두대도 서른 자루였다. 도붓짐으로 위장한 칼을 옮기기 위해 금와는 손수 말의 고삐를 잡았다.

"해모수 장군님께서 감사의 말씀을 전하셨습니다. 그럼 저희들은 이만……."

추선인과 다물군들이 상자를 나눠 들고 어둠 속으로 사라졌다. 잠시 사방의 기척을 살핀 금와도 곧 숲의 어둠 속으로 숨어들었다.

자시子時를 넘긴 시각. 대궐은 고요했다. 나무 위에 둥지를 튼 날짐승조차도 깊은 잠에 빠져 있었다.

궐문을 들어선 금와가 추녀 그림자를 밟으며 태자궁으로 걸음을 옮겼다. 태자궁의 높은 담장 안으로 들어서자 태자비의 침소에서 흘러나온 불빛이 마당을 어렴풋이 밝히고 있었다. 이 시각에 비의 침소를 바란 적이 있었던가. 비는 어이하여 아직도 잠 못 이루고 있단 말인가.

자신의 침소로 가는 대신 금와는 후원으로 걸음을 옮겼다. 내관에게 주안상이라도 마련케 하여 자신의 그림자를 벗삼아 술잔을 기울일 참이었다. 어쩌면 오늘 밤은 전에 없이 긴 밤이 될 것이다.

후원 누각 안에 뜻밖의 인물이 기다리고 있었다. 희미한 촛불 아래 그림처럼 조용히 앉아 있던 부득불이 일어나 금와를 맞았다.

"대사자께서 어인 일이시오, 야심한 시각에⋯⋯."

"나이가 드니 무심한 새 소리 하나에도 마음이 유정해지는 듯합니다. 궐 안을 산책하며 밤새 소리에 귀 기울이다 문득 발길이 이곳으로 향하였습니다."

하지만 그 말이 단지 말을 메우기 위한 것이라는 걸 금와는 모르지 않았다. 부득불은 단 한 걸음도 뜻한 바 없이 내딛는 사람이 아니었다.

간소한 주안상이 놓이고 금와와 부득불이 마주앉았다. 두 사람은 별다른 말이 없는 가운데 묵묵히 술잔을 나누었다. 밤이 깊었고, 무언가에 놀란 듯한 밤새의 성마른 울음소리가 멀리서 아련히 들려왔다 사라졌다.

"태자님! 이제 해모수와는 관계를 끊으셔야 합니다."

술잔을 건네던 부득불이 문득 나직한 소리로 말했다. 금와의 손에서 잠시 술잔이 흔들렸다. 천천히 술을 들이켠 금와가 잔을 내려놓으며 무심한 듯 물었다.

"해모수는 이 몸의 오랜 벗이오. 관계를 끊으라니, 무슨 말씀이시오?"

"친구 간의 우의는 천륜에 버금가는 것이니 어찌 벗을 버리라 하겠습니까. 잘못된 동도同道를 청산하시라는 말씀이지요."

"동도라니, 무슨 말씀인지 모르겠소."

"환도 서른 자루와 백 명에도 이르지 못하는 군사로는 초패왕楚覇王*같은 신장神將이 살아 돌아온다 하여도 한의 철기대를 이기지 못합니다. 뜻과 이상과 대의가 전쟁을 하는 것이 아닙니다. 전쟁은 병사와 병장기가 하는 것입니다."

"환도 서른 자루라 하였소?"

"그렇습니다."

"……대사자께서는 언제부터 알고 있었소?"

"이미 오래전부터 태자님께서 해모수의 무리와 뜻을 같이하신다는 것을 알았습니다. 지난번 사냥길에 어이하여 그토록 깊은 상처를 입으시고, 이 밤에는 또 어이하여 그런 차림으로 성 밖 걸음을 하셨는지도 알고 있습니다."

"으음……."

금와가 말없이 손을 내밀어 술잔을 잡았다.

"장부란 마땅히 대의를 위해 목숨을 버릴 수 있어야 하겠지요. 하지만 과연 무엇이 천하의 대의입니까? 해모수가 내세우는 조선의 부흥이 우리 부여에게는 독이 될 수 있다는 사실을 정녕 모르시겠습니까?"

"……하지만 저 불쌍한 망국의 백성들은 어찌할 것이오?"

"추운 사람에게 입을 것을 주고, 굶주린 사람에게 먹을 것을 주는 것은 범부의 인정입니다. 하지만 군왕의 인정은 사직의 안녕과 백성의 안위를 위해 권모와 술수도 마다하지 않는 것입니다. 부여의 흥망과 성쇠가 오로지 태자님 한몸에 있음을 잊으셔서는 아니 됩니다. 조

---

* 초패왕 : 초나라의 패왕 항우.

선 유민의 정상이 비록 가련하나, 부여를 위해서라면 저들의 목을 벨 수도 있어야 합니다."

"하지만 해모수는 나의 오랜 벗이오. 우리는 생사를 함께하기로 맹서한 사이오. 그를 배신할 수는 없소."

"하지만 이미 늦었습니다."

"늦었다니, 뭐가 말씀이오?"

"오늘 낮 양정 장군의 철기병이 해모수의 산채를 토벌하러 떠났습니다. 지금쯤은 해모수의 목숨도 온전치 못할 것입니다."

금와의 두 손이 주안상을 내리치는 소리가 방 안을 흔들었다. 불을 뿜는 듯한 금와의 눈이 부득불을 노려보고 있었다.

"다시 한번 말해보시오! 놈들이 해모수의 근거지를 어찌 알아냈단 말이오!"

"조선의 유민 가운데 하나가 위협을 못 이겨 토설하였다 합니다."

"오오……."

절망적인 신음이 금와의 입술에서 흘러나왔다. 금와의 고개가 힘없이 아래로 떨어졌다. 긴 침묵 끝에 고개를 드는 금와의 얼굴이 흘러내리는 눈물로 젖어 있었다.

"그와 나는 태어난 날은 서로 달라도 죽기만은 한날 한시에 함께하자고 약속하였소. 이제 그가 죽었다면 나는 신의를 저버린 사람이오. 그것도 내 나라 땅에서 그런 일이 벌어지고 있는 것도 모르고 말이오……."

힘겹게 몸을 일으킨 금와가 문을 향해 걸음을 옮겼다.

"태자님……."

놀란 부득불이 금와의 옷섶을 부여잡았다.

"어디를 가시려는 겁니까? 설마……."

"가서 그의 시신이라도 거두어야 하지 않겠소. 그를 위해 함께 죽지는 못했을망정……."

"안 됩니다, 태자님. 그곳은 지금 전쟁터입니다. 목숨이……."

부득불의 목소리가 문득 그쳤다. 금와의 차가운 얼굴이 눈앞에 바싹 다가와 있었다.

"내 앞을 막는 자가 있다면 내 하늘에 맹세코 그의 목을 벨 것이오! 그러니 물러서시오!"

◆ ◆ ◆

기습은 축시丑時 무렵에 시작되었다. 초승달마저 서녘 하늘로 넘어가고, 궁형의 검은 하늘이 세상을 캄캄하게 내리덮고 있는 깊은 밤이었다.

지난밤 알 수 없는 불안감으로 전전반측하다 설핏 든 잠 속에서 해모수는 그 소리를 들었다.

뚜우…….

밤새도 둥지에 들었을 야밤이었다. 한 번도 듣지 못한 짐승의 울음소리라는 생각이 꿈결인 듯 얼핏 들었다. 어느 순간 벌떡 자리에서 몸을 일으킨 해모수가 방문을 열어젖히며 밖으로 뛰어나갔다.

소라로 만든 나각 소리였다. 전투의 개시를 알리는 한나라 군의 군호란 것을 해모수는 잊지 않고 있었다.

획, 획!

어둠 속에서 무언가가 날카로운 바람 소리와 함께 날아와 흙벽에 박혔다. 쇠뇌살이었다.

그와 함께 불을 단 화살이 허공을 밝히며 날아올랐다.

"야습이다!"

누군가 다섯 채의 다물군 숙소 사이를 뛰어다니며 외치고 있었다. 산대로 이엉을 올린 지붕 위로는 벌써 불길이 번지고 있었다.

병장기를 찾아 들고 쏟아지는 쇠뇌를 피하며 마당으로 나선 다물군들이 먼저 목격한 것은 나무로 쌓은 목책을 말굽으로 부수며 달려드는 일단의 기마대였다. 마갑을 입힌 말 등에 철편으로 된 갑옷을 입은 군사들이 올라앉아 창검을 휘두르며 산채 안으로 뛰어들고 있었다.

"철기병이다!"

누군가의 입에서 절망적인 외침이 터져나왔다.

철갑으로 무장한 한의 개마부대였다. 중국 대륙을 통일하여 오늘의 한을 만든 불패의 주력부대. 지금도 그 이름만으로 주변 국가들을 공포에 몰아넣는 한의 정예 철기병단이었다.

목책 안으로 난입한 기마가 어쩔 줄 모르고 우왕좌왕하는 다물군들 속을 종횡무진 짓쳐들었다. 개마병사의 기병용 창인 삭의 날이 어둠 속에서 한 번씩 번득일 때마다 흰 저고리 바람의 다물군들이 피를 쏟으며 바닥으로 쓰러졌다.

해모수는 망설이지 않고 마당 한가운데로 뛰어들었다. 날아드는 창 끝을 피하며 마상에 있는 적의 다리를 힘껏 베었다. 순간 손바닥 전체로 바위를 두드린 듯 무거운 충격이 왔다. 철편을 이어 만든 무릎 가리개가 강한 탄력으로 해모수의 예도를 튕겨냈다.

소문으로만 듣던 강철 갑옷의 위력이었다. 세상의 어떤 창칼로도 뚫을 수 없다는, 한의 선진 제련 기술이 만들어낸 갑옷이었다. 놀랄 겨를도 없이 개마병사의 삭이 머리 위로 날아들었다. 바닥에 엎어질 듯 몸을 숙인 해모수의 목덜미 위로 창끝이 바람 소리를 내며 스쳐 지나 갔다.

그것은 이미 싸움이 아니라 한 편의 잔혹한 살육극이었다. 전의를 상실한 다물군은 이리저리 등을 보이며 달아나기에 급급했고 서너 발짝을 내딛기도 전에 개마병사의 창칼이 등뒤로 어김없이 날아가 꽂혔다. 드물게 용기를 내어 대적해보는 군사들의 운명 또한 다를 바 없었다. 무자비한 적의 말굽에 얼굴을 걷어채이고 나동그라진 몸 위로 벼락치듯 삭이 내리꽂혔다. 어두운 밤하늘 위로 애처로운 비명이 끊이지 않고 솟아올랐다.

곡식 창고와 말 먹이간까지 번진 불이 대낮처럼 하늘과 땅을 밝히고 있었다. 마당 한켠에 우두커니 서서 해모수는 눈앞에서 펼쳐진 지옥도를 바라보았다. 꿈이라면 자신의 팔다리를 잘라서라도 벗어나고 싶은 끔찍한 지옥도였다.

"장군님!"

해모수를 발견한 백선인이 마당을 가로질러 뛰어왔다.

"어서 피하십시오. 제가 길을 트겠습니다!"

그 순간 뒤를 쫓아 달려오던 기마에서 던진 창이 백선인의 등을 꿰뚫었다.

"백선인!"

해모수가 달려가 무너지는 백선인의 몸을 받아 안았다. 어느새 붉은 선혈이 가슴을 물들이고 있었다.

"……장군님! 어서 이곳을 피하십시오! 이놈들은 지옥에서 온 악귀

들입니다. 부디 훗날을……."

말을 채 끝맺지 못하고 백선인이 절명했다. 해모수가 예도를 찾아 쥐고 일어서며 소리쳤다.

"이놈들!"

해모수 앞으로 다가오는 한 필의 기마가 있었다. 마갑을 씌운 우람한 호달마였다. 해모수가 칼을 세워들고 기마를 향해 다가섰다.

"이 무도한 놈! 네놈들을 용서치 않으리라!"

"해모수! 오랜만이군."

마상의 기사가 투구를 벗었다.

"너는……."

"양정일세. 옛친구를 벌써 잊은 건 아닐 테지?"

돌처럼 온몸이 굳은 해모수가 양정을 바라보았다.

"언젠가 자네를 볼 수 있으리라 기대하고 있었지만 이런 상황이라니, 다소 뜻밖이군."

"네놈이었구나, 양정. 이 더러운 한나라의 개!"

"하지만 딱한 것은 지금 자네의 처지일세. 자네의 목에 천금의 상이 걸려 있다는 것을 모르진 않겠지? 내 병사들에게 자넨 단지 값비싼 가죽을 가진 사냥감일 뿐일세."

"모두 덤벼라. 한 놈도 살려두지 않을 테다!"

양정이 말에서 내려 갑옷을 벗었다. 그리고 부관이 건네는 한 자루의 참마검斬馬劍을 받아들었다.

"과연 천하의 해모수답군. 칼을 들어라! 조선의 마지막 무사답게 싸우다 죽을 수 있는 기회를 주겠다. 옛벗이 마지막으로 베푸는 우의일세."

어린 시절부터 호각을 다투던 해모수와 양정의 무예였다. 한의 기병들이 홰를 밝히고 선 마당 한가운데서 두 사람의 대결이 펼쳐졌다.

실로 용호상박의 대결이란 이를 두고 이르는 말일 터였다. 생사를 도외시한 해모수의 날카로운 예도가 칼바람을 일으키며 상대의 근골을 향해 날아들고, 양정의 긴 참마검이 바람처럼 가볍게 허공을 날며 빈틈없이 공격을 물리치는 팽팽한 겨룸이 쉼 없이 계속되었다.

미세하나마 처음부터 세의 우위를 보인 것은 해모수 쪽이었다. 하지만 접전이 수십 합을 넘기면서 싸움의 추는 조금씩 양정 쪽으로 기울고 있었다. 해모수의 보법과 도법은 여전히 신묘하고 위맹하기 그지없었지만, 한 번씩 두 개의 병장기가 날을 맞댄 뒤면 움찔움찔 뒤로 물러서는 쪽은 언제나 해모수였다.

모든 방패를 뚫을 수 있는 창과 모든 창을 막을 수 있는 방패를 만든다는 한나라의 정강精鋼으로 만들어진 참마검의 위력이 무른 연철로 만들어진 해모수의 예도를 압도하고 있었다. 한 번씩 참마검과 날을 부딪칠 때면 조금 전 개마병사의 철갑을 두드릴 때 느꼈던 충격이 해모수의 손바닥으로 전해오곤 했다.

시간이 지날수록 득의만면하여 공세를 더하는 것은 양정이었다. 해모수의 손놀림이 점차 무거워지고 숨결은 거칠어져갔다. 일진일퇴를 거듭하던 싸움이 어느 때부터 양정 쪽으로 뚜렷이 세가 기우는 양상이었다.

칼자루의 길이만도 여섯 척이 넘는 양정의 참마검이 해모수의 어깨를 사선으로 베며 날아들었다. 해모수가 윗몸을 뒤로 젖혀 상대의 공격을 피하는 동시에 탄복세坦腹勢의 자세로 칼날을 비스듬히 위로 뽑아 오른발 오른손으로 상대의 배를 찔러나갔다. 허공을 가른 참마검이 큰 원을 그리며 다시 해모수의 예도를 향해 날아왔다.

쩽!

둔중한 충격이 손바닥을 때렸다. 동시에 자신의 예도가 나무토막처럼 잘려 날아가는 것을 해모수는 보았다. 날카로운 참마검의 날이 예도의 검신을 베어 자른 것이었다. 그와 함께 예도를 자른 참마검이 허공을 날아 해모수의 가슴을 베고 지나갔다.

아!

쇠몽둥이로 가슴을 가격당한 듯한 충격에 해모수의 몸이 두어 걸음 뒤로 밀려났다. 흰 저고리 앞섶으로 선혈이 흘러내리고 있었다.

"와!"

홰를 들고 둘러선 기마병사들 사이에서 환성이 일었다. 서 있는 것만으로도 가슴을 몽둥이로 연이어 가격당하는 듯한 격통이 느껴졌다. 쓰러지려는 몸을 해모수는 안간힘을 다해 가까스로 지탱했다.

"하하하! 조선 제일의 검수라는 해모수의 솜씨가 고작 이 정도라니, 실망이군. 하긴 망국의 영웅이라니 어련하겠는가만……."

웃음을 터뜨리는 양정의 모습이 눈앞에서 점차 흐려져갔다. 죽음의 공포보다 패배의 수치감이 더 강한 고통으로 전신을 덮쳤다.

"자, 해모수! 이제는 그만 자네의 고단한 싸움을 끝내도록 하게. 부디 다음 생에서는 망국의 신하는 되지 말게."

양정이 머리 위로 검을 들어올렸다. 해모수를 바라보는 그의 눈길에 잠시 고통과도 같은 빛이 어렸다. 이어 허공의 참마검이 막 해모수의 몸을 향해 떨어질 찰나였다.

"헉!"

양정이 짧은 비명을 토하며 서너 걸음 뒤로 물러섰다. 그의 바른편 어깨에 맥궁貊弓*의 화살 하나가 박혀 있었다.

"장군님!"

외치는 소리와 함께 한 필의 기마가 바람처럼 해모수를 향해 달려왔다. 추선인이었다. 뒤를 이어 서너 명의 경장 무사가 말을 몰아 방심한 한의 기병을 베어 쓰러뜨렸다. 환도를 인수하기 위해 부여성으로 떠났던 다물군이었다.

긴장으로 숨죽이던 마당이 아연 어지러운 소란 속으로 빠져들었다. 빠르게 말을 몰아온 추선인이 마상에서 팔을 뻗어 해모수의 허리를 감아올렸다. 해모수의 몸이 공중으로 들려졌다. 두 사람을 태운 말이 마당을 지나 가볍게 목책을 뛰어넘었다. 지난날 현토성 태수에게서 얻은 검은 갈기의 대원마였다.

뒤를 쫓는 한나라 기병의 말발굽 소리가 점차 가까워지고 있었다.

양정은 결코 나 해모수를 포기하지 않을 것이다.

등뒤에서 추선인이 무어라 소리쳤지만 천 리 먼 곳에서 들려오는 소리인 듯 해모수의 귀에는 더 이상 와닿지 않았다. 지치지 않고 힘차게 땅을 박차는 대원마의 말굽 소리도 점차 아득히 멀어져갔다.

이곳은 어디인가.

나는 어디로 가고 있는 것인가.

모든 것이 꿈속의 일인 듯 아련하게 여겨졌다. 빠르게 달리는 말 등 위에서 자신의 몸이 조용히 허공으로 날아오르고 있다고 해모수는 생각했다. 마치 자신이 가벼운 깃털이 되어 바람 속을 떠 흐르고 있는 것

---

* 맥궁 : 옛 동이 지역에서 생산된. 쇠붙이나 동물의 뿔로 만돈 각궁角弓.

같았다.

　가슴의 통증은 더 이상 느껴지지 않았다. 한없는 평화와 한없는 안식이 구름처럼 자신의 몸뚱어리를 떠받치고 있었다. 슬픔도 분노도 더 이상 자신의 것이 아니었다. 한 번도 느껴본 적 없었던 아주 편안한 마음이었다.

동이의 청년 영웅

어른 여남은 걸음은 족히 될 만한 개울 위로 벽옥같이 푸른 물이 흐르고 있었다. 계곡 위쪽으로부터 떠내려온 복사꽃잎이 물 위에서 희게 반짝였다. 개울가에 듬성듬성 박힌 커다란 바위들이 기운 햇살 속에 검게 빛났다. 조금 전까지 하늘 높이 떠서 날개를 편 채 바람 속을 흐르던 소리개는 어느새 사라지고 없었다.

개울가 바위 위에 유화는 온몸으로 햇살을 받으며 앉아 있었다.

아까부터 유화는 자신의 가슴속에 알 수 없는 불안감이 찾아왔다 사라지는 것을 두려운 마음으로 지켜보았다. 무슨 까닭인가, 이 불안감은. 한 번씩 서늘한 바람처럼 자신의 마음을 흔들고 지나가는 이 알수 없는 불안감의 정체는 무엇인가.

생각하면 달리 가슴속에 얹어둔 근심이나 두려움이 있을 리 없었다. 태백산 남쪽 우발수優渤水 가에 자리한 서하국은 그 지경이 비록 넓지 않지만 경개가 빼어나고 물산이 풍부하여 이웃 나라의 부러움을 사는 곳이었다. 백성들은 심성이 어질고 근면하였으며, 대대로 지도 자는 근린에 힘써 예부터 한 번도 외적으로 인한 환난을 당한 적이 없 는 평화로운 땅이었다. 그 땅에서 그 백성들과 살아온 20년 세월이 아 름답지 않을 리 없었다.

그렇다면 지금 때 없이 자신을 뒤흔들고 사라지는 이 불안감이란 지나치게 화사하고 아름다운 봄날의 보이지 않는 그림자가 자신의 마음에 드리워지면서 일어나는 일시간의 동요인지도 모를 일이 었다.

아까부터 산비탈에 매달려 있던 시비侍婢 자운영이 다가와 살며시 손을 내밀었다. 열일곱 처녀의 흰 손바닥 위에 빨간 산앵두 알이 소복 이 담겨 있었다.

"드세요, 아가씨. 벌써 앵두가 달아요."

자운영이 유화의 손에 가만히 앵두 알을 담았다.

"참 예쁘구나, 너처럼."

킥킥, 자운영이 한 손으로 웃음을 가렸다.

"아가씨, 그 얘기 들으셨어요?"

"뭘?"

"내일 군장 어른께서 양맥국에 사람을 보내신대요. 근데 그게 아가 씨와 그 나라 왕자님의 혼담을 나누기 위해서라는 거예요."

"……."

"양맥국 왕자님이 그렇게 준수하고 체격도 훌륭하다고 하던데요. 우리 아가씨, 어쩜 좋아. 호호호……."

그 이야기라면 벌써 여러 날 전부터 들어온 것이었다. 그렇다면 적어도 이것은 아닐 터였다. 아까부터 자신을 알 수 없는 불안으로 뒤흔든 힘이. 흘러가는 꽃잎처럼 쉴 새 없이 마음의 물길 속으로 흘러왔다 사라져간 불안한 상념의 정체가…….

그때였다. 유화의 눈길이 무언가에 이끌리듯 한곳을 향했다. 태백산 준령을 굽이굽이 헤치며 남쪽으로 흘러온 물길이 아래쪽의 폭이 좁은 또 다른 계곡을 향해 몸을 뒤튼 여울녘이었다.

유화가 바위에서 몸을 일으켰다. 그 바람에 손에 있던 산앵두가 바닥으로 굴러 떨어졌다. 개울의 자갈 위로 내려선 유화가 물가로 빠르게 걸음을 옮겼다.

"아가씨!"

자운영이 종종걸음을 치며 뒤따랐다.

그것은 얼핏 칠칠맞지 못한 아낙이 빠뜨리고 간 한 무더기의 빨래 같았다. 남루하고 더러운 빨래였다. 하지만 유화는 처음부터 그것이 무엇인지를 손바닥 위에 놓여 있던 산앵두 알처럼 분명히 알고 있었다.

여울가 자갈 위에 한 사람이 등을 보인 채 쓰러져 있었다. 흰 저고리 차림에 상투를 풀어헤친 사내였다.

"어머, 사람이에요! 죽었을까요, 아가씨?"

유화가 손을 내밀어 목의 인영맥人迎脈*을 짚었다. 손끝으로 전해지는 냉기가 섬뜩할 만큼 차가웠다. 하지만 그 차가움 속에 실낱같이 가는 생명의 숨결이 숨어 있음을 유화는 느꼈다.

---

* 인영맥(人迎脈) : 목 양옆에 있는 경맥.

◆ ◆ ◆

성 밖에 있는 유모의 조그만 갈집 안에서 사내는 깊은 잠에 빠져 있었다. 사흘 낮 사흘 밤 동안이나 이어진 죽음보다 깊은 잠이었다.

유화는 그의 곁에 앉아 두려운 마음으로 사내의 얼굴을 들여다보았다. 사내가 숨을 놓은 게 아닌가 마음속에서 조바심이 일 즈음이면 죽음에서 소생하듯 다시 여린 숨결이 이어지곤 했다.

참으로 잘생긴 사내였다. 남루한 입성과 헝클어진 머리, 여윈 뺨에도 불구하고 그에게는 어딘지 고귀한 기품을 느끼게 하는 데가 있었다. 핏기 잃은 사내의 얼굴을 바라보며 유화는 이 사람에게는 무언가 사람을 사로잡는 힘이 있다는 생각을 했다.

누구일까, 이 사람은…….

그를 성 안으로 데려가지 않고 이렇게 어린 시절의 유모 집으로 들인 것은 또 무슨 까닭이었을까.

사내는 가슴에 깊은 상처가 있었다. 그것이 칼로 인한 자상임은 청맹과니가 보아도 한눈에 알 수 있었다. 자운영에게는 엄히 입단속을 시킨 뒤 손수 사내의 옷섶을 열었다. 급한 대로 염증을 다스리고 상처를 아물게 하는 데 좋다는 늙은 소나무껍질을 가루 내어 바르고, 박하잎을 겹쳐 붙인 뒤 삼베로 상처를 동였다.

그날 밤 유화는 밤이 이슥해서야 군장의 관아인 자신의 집으로 돌아갔다. 그리고 이튿날 아침 날이 밝기가 무섭게 다시 집을 나섰다. 그리고 성문 거리에서 그들 무리를 보았다.

일단의 기마군병이 성문 거리를 가득 메우며 다가오고 있었다. 기마대의 선머리에서 그들을 이끄는, 한족의 붉은 군관복을 입은 장수가 낯이 익었다. 양정이었다.

서하의 군장인 하백이 동헌 밖까지 나와 그를 맞았다. 유화의 걸음이 이끌리듯 뒤를 따랐다.

"……해모수라 하였습니까?"

"그렇소. 나의 칼에 깊은 상처를 입고 달아나다 동가강 계곡 아래로 떨어졌는데 자취를 찾을 길이 없소. 죽었다면 시체라도 눈에 띌 터인데…… 현토군의 군사까지 내어 강과 계곡을 샅샅이 뒤졌지만 찾지를 못하였소."

"허면, 해모수가 구명하여 우리 고을로 숨어들었다는 말씀입니까? 동가강과 이곳은 2백여 리나 상거한 곳인데……."

"그자가 어디에 숨어 있든 나는 반드시 찾아낼 것이오. 잠시 이곳에 머물며 그의 종적을 살필 것이니, 군장께서는 그리 아시길 바라오."

"알겠습니다. 그리하시지요."

"군장께서도 고을 안팎을 엄히 살피셔서 수상한 자가 눈에 띄면 바로 한군에 알리시오. 만일 역도의 수괴인 해모수를 숨겼다간 황제 폐하의 이름으로 고을이든 나라든 남김없이 도륙할 것이오. 군장께서는 명심하시길 바라오."

동헌 집무실의 빗살창 밖에 서서 유화는 아버지와 양정이 나누는 대화를 들었다. 양정이 던지는 말이 마디마디 바늘이 되어 유화의 폐부를 건드렸다. 양정의 붉은 군관복을 본 순간, 예감처럼 가슴을 두드린 불안이 구체적인 두려움이 되어 자신의 앞에 나타났다.

해모수.

한 번도 얼굴을 본 적은 없으나 조선의 마지막 신하였으며 동이족의 새로운 청년 영웅인 해모수를 모를 리 없었다. 조선의 유민을 구하기 위한 그의 헌신과 신기에 가까운 무공, 한의 군대와 관리를 상대로 한 통쾌무비한 무용담은 전설이 되어 사람들의 입에 오르내렸다. 아녀자인 자신 또한 그의 놀라운 행적들을 바람결인 듯 전해 들으며 얼마나 기꺼워하였던가.

그런 해모수가 날개 꺾인 새가 되어 자신의 품안으로 날아든 것이다.

유화가 바람처럼 달려간 유모의 집에서 해모수는 아직도 깊은 잠에 빠져 있었다.

아, 아, 이 사내…….

핏기 없는 얼굴로 잠들어 있는 해모수를 바라보며 유화는 안타까움에 가슴이 저렸다. 하지만 그와 함께 가슴속 깊은 곳에서 알 수 없는 기쁨이 여리게 떨리고 있음을 느꼈다.

◆ ◆ ◆

사내가 눈을 뜬 것은 그로부터 이틀이 더 지난 날의 저녁 무렵이었다. 자신을 내려다보는 유화를 한동안 먼 눈길로 바라보던 해모수가 천천히 몸을 일으켰다. 상처로부터 전해지는 통증이 결코 가볍지 않을 것임에도 미간조차 찌푸리지 않았다.

"아가씨가 절 살리셨군요. 무어라 감사의 말씀을 드려야 할지…….”

"아직 상처가 깊습니다. 상처가 아물 때까지는 기동이 어려우실 겁니다. 무람없다 여기지 마시고 편히 누우세요.”

"……이곳이 어딘지 말씀해주시겠소?”

"태백산 남쪽에 있는 서하국입니다.”

"서하국…… 하면 우발수 유역이 아니오?”

"그렇습니다."

문득 해모수의 얼굴이 고통으로 일그러졌다. 그것이 육신의 통증으로 인한 것이 아니란 것은 유화도 알 수 있었다. 무너지듯 해모수의 몸이 천천히 바닥으로 눕혀졌다. 그리고 다시 무거운 잠 속으로 가라앉아갔다.

가슴의 상처가 더 깊어졌다. 깨어 있는 동안이면 초인적인 의지로 고통을 다스렸지만 해모수는 날로 기력을 잃고 초췌해져갔다. 하지만 상처를 다스릴 약을 구할 길이 바이 없었다. 양정은 성 안의 모든 의원에게 자상을 치료하는 약을 사려는 자는 모두 한군에 발고하라는 엄한 영을 내려두고 있었다.

동이 트기 무섭게 양정의 군사들은 성 밖으로 나가 산과 강을 뒤지다 밤이 깊어서야 돌아오곤 했다. 그들이 묵고 있는 객관은 밤새 환하게 불이 밝고, 때때로 부하를 다그치는 양정의 노한 목소리가 담을 넘어 들리기도 했다.

유화의 마음이 초조함으로 타들어가는 듯했다. 병이 고황에 드는 날이면 천하의 해모수라 해도 도리가 없는 일일 터였다.

집으로 돌아온 저녁, 유화는 장도로 자신의 팔을 깊이 찔렀다. 문을 열고 들어서던 자운영이 그 광경을 보고 소리쳤다.

"아가씨! 이게 무슨 짓이에요!"

"조용히 하지 못하겠느냐! 네 이년!"

수년을 곁에서 보살펴온 유화가 그토록 무섭게 화를 내는 것을 자운영은 본 적이 없었다.

이튿날, 유화의 상처를 살핀 의원이 첩약을 주었다. 한 손에 의원이 지어준 약을 들고 성문을 나서는 유화의 걸음이 바람 위를 걷듯 빨랐다.

하늘의 도움이었을까, 아니면 유화의 지극한 정성에 하늘이 감복한 것이었을까. 해모수는 빠르게 건강을 회복해갔다. 사흘이 지나면서 방 안에서나마 기동을 할 정도가 되었다.

"아가씨께서는 내가 누군지 알고 있소?"

약사발을 내려놓으며 해모수가 물었다. 밝은 빛을 회복한 얼굴이 어느새 늠름하고 아름다운 영웅의 면모를 되찾아가고 있었다.

"알지 못합니다."

"헌데도 이 몸이 어디서 온 누구인지 묻지 않는구려. 어이하여 그대는 낯선 이를 이리도 지성으로 구완하였소?"

"병든 사람을 보살피고 배고픈 사람을 거둠은 사람의 마땅한 도리인 것을 어찌 이상타 하십니까?"

유화를 바라보는 해모수의 눈길이 흔들리고 있었다. 들창 밖으론 어느새 무르익은 봄밤의 어스름이 내리고 있었다. 돌아가야 할 시간이다, 라고 유화는 마음으로 속삭였다.

한동안 깊은 눈길로 유화를 바라보던 해모수가 다시 입을 열었다.

"그대에게 입은 은의는 이 몸이 죽는 날까지 잊지 못할 것이오. 아가씨의 이름을 말해주겠소?"

"서하국 군장의 여식 유화라 합니다."

"……이 몸은 이름도 없이 세상을 떠도는 조선의 유민입니다."

유화가 고개를 들어 해모수의 얼굴을 보았다. 드높은 이상이 눈빛에 넘쳐나는 사내. 귀한 자질과 강인한 의지가 온몸으로 드러나는 이 사내. 그것은 이제껏 유화가 한 번도 본 적이 없었던 사내의 얼굴이었다. 유화는 비로소 그날 개울가에서 자신의 가슴속을 두드린 근거 없는 불안과 두려움의 까닭을 이해했다. 유화의 가슴이 견딜 수 없는 격동으로 떨려왔다.

해모수의 손이 다가와 유화의 손을 잡았다. 뜨거운 손길이었다.

"유화 아가씨, 그대 같은 여인의 보살핌을 받은 건 이 몸이 삼생을 거듭한다 하여도 다시 얻지 못할 행운이었소."

"……."

"하지만 이제 나는 떠나야 할 몸이오. 은의에 보답치 못하고 떠남을 부디 용서하시오. 이 땅에 아름다운 시절이 다시 도래한다면 내 그대를 찾아 노복이 되어서라도 그 고마움에 보답할 것이오."

유화가 조용히 자리에서 일어섰다.

"편히 쉬십시오. 행장과 마필을 마련토록 하겠습니다. 하지만 아직은 원로에 나설 만큼 쾌복치 못하셨습니다. 하루 이틀 더 몸을 살피신 후 그리하십시오."

달빛이 살얼음처럼 곱게 깔린 들길을 유화는 천천히 걸었다. 감미로운 기쁨과 깊은 슬픔이 마음속에 뒤엉켜 소용돌이치고 있었다. 너무나 갑작스레 자신을 덮친 이 당황스러운 감정을 유화는 감당할 수 없었다. 뒤를 따르는 자운영이 무어라 종알거렸지만 귓전에 와닿지 않았다. 조금 전 자신을 바라보던 해모수의 눈길이 어둠 속의 등빛처럼 머리에 떠오를 뿐이었다.

아, 이 견딜 수 없는 마음의 떨림은 대체 무엇이란 말인가. 나는 그를 사랑하는 것인가.

어둠 속에서 내딛는 걸음이 구름 위를 걷듯 한없이 가볍게 느껴졌다.

"오늘은 늦으셨습니다, 유화 아가씨."

낯익은 초병이 성문을 들어서는 유화에게 친근한 웃음을 던졌다.

멀리 한나라의 군대가 묵는 객관 쪽 하늘이 훤하게 밝았다. 인적이 끊어진 성문 거리를 유화는 빠르게 걸었다. 행복감에 사로잡혀 걸어가는 유화는 성문 곁 개암나무 짙은 그늘 아래에서 한 사내가 진작부터 자신을 기다리고 있었다는 사실을 알 수 없었다.

◆ ◆ ◆

아직 잠의 여울에서 빠져나오지 못한 가운데 유화는 그 소리를 들었다. 조심성 없는 손길이 별채의 중문을 열어젖히더니 누군가가 빠른 걸음으로 마당을 건너오고 있었다.

지난밤 유화는 들창에 달빛이 이울도록 잠을 이루지 못했다. 밤을 잊은 두견새가 간간이 토해내는 애절한 울음소리에 귀 기울이다 새벽녘이 되어서야 설핏 잠이 들었다.

"유화, 일어났느냐!"

"예, 아버님!"

자리옷을 갈아입고 마루로 나서자 초조한 걸음으로 뜨락을 서성이고 있는 하백의 모습이 눈에 들어왔다. 언제나 관후하고 여유 있는 태도를 잃지 않던 아버지였다. 한 번도 보지 못한 아버지의 당황한 얼굴을 보며 유화는 전에 없던 두려움을 느꼈다.

"어쩐 일이세요, 이른 시간에……."

"지난밤에 양정 장군의 군사가 자운영을 은밀히 잡아갔다는구나. 듣지 못하였느냐?"

묵직한 충격이 현기증처럼 머리를 쳤다. 그런 딸을 바라보는 하백의 얼굴에 의혹의 빛이 어렸다.

"무…… 무슨 말씀이세요, 아버지? 자운영을 잡아가다니요?"

"너에게 묻고 싶은 말이다. 그 어리고 물정 모르는 아이를 군사들이 어쩐 일로 잡아갔다는 말이냐?"

"……."

"조금 전 양정 장군이 손수 그 아이를 앞세우고 성문을 나섰다고 하는구나. 군사들을 모두 데리고."

"……."

"내가 알지 못하는 일이 있다면 말해다오. 어젯밤 너희 둘은 밤이 늦어서야 성으로 돌아왔다고 하더구나. 혹시……."

한순간 일의 정황이 눈에 보이듯 환하게 짚혔다. 기우뚱 쓰러지려는 몸을 유화는 벽기둥을 짚으며 간신히 버텨냈다.

이럴 수가…….

유화가 허청이는 걸음으로 마당을 내려섰다.

순간, 유화가 뜰을 가로질러 달리기 시작했다. 놀란 하백이 외치는 소리가 등뒤에서 들렸다.

"얘, 유화야! 어딜 가는 게냐?"

아직 아침의 푸른빛이 사라지지 않은 거리를 유화는 혼신의 힘을 다해 달렸다.

오, 안 돼…… 그런 일이 있어서는 안 돼.

달리는 유화의 눈길 속으로 유모의 조그만 초가와 그 마당을 난입해 들어가는 기마병들, 그들이 휘두르는 창칼에 피를 흘리는 해모수의 모습이 두서없이 떠올랐다 사라졌다.

양정의 군사를 만난 것은 성문이 저만치 보이는 길 위에서였다. 갑옷을 입고 환두대도를 찬 위에 활과 동개까지 말잔등에 매단 양정이 기마대를 이끌고 성 안으로 들어서고 있었다. 다가오는 그의 두 눈이 분노로 이글거렸다.

양정의 말이 길 잃은 아이처럼 거리 한가운데 서 있는 유화의 앞으로 다가와 멈췄다.

"어디를 가려는 게냐?"

듣는 이를 얼리고도 남을 듯한 차가운 목소리였다. 두려움에 떠는 유화의 눈이 양정을 마주 보았다.

"해모수를 구하러 달려가느냐? 지옥에 들었던 자를 건져낸 네 손으로 다시 그를 구하려느냐?"

"……."

"계집아이를 데려오너라!"

뒤편에 있던 병사가 앞으로 나서 누더기 형상이 된 처녀아이를 바닥에다 던졌다.

"자운영아!"

유화가 달려가 자운영을 안았다. 찢어지고 망가진 모습이 인간의 형용이라 할 수 없을 만큼 참혹했다.

"아가씨……."

"계집이 모두 토설한 터이니 숨길 것도 없다, 네년이 해모수를 숨겨 구명하였다는 것을! 아니라고 할 것이냐?"

유화가 의연한 얼굴로 자운영을 향해 물었다.

"어떻게 되었느냐, 그분은?"

"……아가씨!"

"어서 말해라! 그분은 어찌되었느냐?"

"하하하……."

느닷없는 양정의 웃음소리가 거리를 울렸다. 양정이 말을 몰아 손이 닿을 만한 지경까지 유화에게 다가섰다.

"하하하…… 네가 말해보거라! 그를 어찌하였느냐? 그놈을 어디다 숨겼느냐?"

순간 막힌 숨이 터지듯 긴 안도의 한숨이 마음 깊은 곳에서 솟아올랐다.

아…… 그분이 무사하시구나.

양정이 허리에서 환도를 뽑아 유화를 겨누었다.

"놈에게 도망하라 이른 것이 너냐? 네가 그놈을 숨겼느냐?"

"……."

"말해라! 말하지 않으면 대신 네년의 목을 벨 것이다!"

"안 됩니다, 장군님! 아가씨는 모릅니다. 정말 아가씬 아무것도 모릅니다!"

자운영이 간신히 몸을 일으켜 유화의 앞을 막아섰다.

휙!

이제 막 밝게 퍼지기 시작하는 아침 햇살이 양정의 검신에서 한 차례 차갑게 반짝였다.

"자운영아!"

유화가 비명을 올리며 힘없이 쓰러져내리는 자운영의 몸을 안았다. 앞섶에서 흘러내린 피가 이내 가슴 전체를 물들였다.

"이게 대체 무슨 만행이란 말이오!"

소리치며 나선 것은 성의 주인 하백이었다. 서하국이 섬기는 물의 신과 동일한 이름의 노군장이 분노에 찬 눈을 부릅떠 양정을 노려보고 있었다.

"장군은 당장 칼을 거두시오! 죄인을 토멸하는 일이 비록 중하다 하나, 그렇다고 함부로 인명을 살상하여서는 안 될 것이오!"

양정의 차가운 눈길이 천천히 하백을 향했다. 그의 얼굴에 얼음 같은 냉소가 내비쳤다. 감정을 느낄 수 없는 목소리가 양정의 입술에서 흘러나왔다.

"군장께서는 이 몸이 한 말을 기억하고 있을 것이오! 해모수를 숨기거나 도와준 자가 있으면 그자뿐만 아니라 고을 전체를 도륙함으로써 그 죄를 응징하겠다고 한 걸 말이오."

"……."

"군대의 영은 일호의 차착도 있어서는 아니 되는 것이오. 군장께서는 내 말을 좀더 마음에 여며 들었어야 하였소!"

동쪽 성루 너머에서 사선으로 날아온 아침 햇살이 다시 한번 양정의 칼끝에서 빛을 발했다. 하백의 늙은 몸이 밑동 잘린 나무처럼 바닥으로 쓰러졌다.

"아버지!"

유화가 달려가 하백의 몸을 당겨 안았다. 어깨와 가슴을 베인 하백은 이미 절명한 뒤였다. 핏물이 흘러내리는 칼을 높이 쳐들며 양정이 소리쳤다.

"오늘로써 서하는 이 땅에서 사라진 나라가 될 것이다. 사람이든 가축이든, 살아있는 모든 것은 남김없이 베어 죽이고 집과 관아는 불태워라!"

명령이 떨어지자 말굽으로 땅을 차며 기다리고 있던 기마병대가 밀물처럼 성문 거리로 쏟아져 들어갔다. 그로부터 펼쳐진 것은 일찍이 어느 땅에서도 본 적이 없는 잔인한 살육극의 시작과 끝이었다.

계루국 상단

"오늘은 이곳에서 숙영토록 하자!"

수수와 기장이 심어진 들판을 지나자 너른 자갈밭 사이로 흰 물길이 흐르는 개울이 있었다. 유월의 긴 해를 잡아먹은 서쪽 하늘은 노을이 불을 놓은 듯 붉었다. 야숙지를 차리기에는 다소 이른 시간이었지만 내처 길을 내어 고개를 넘기에는 늦은 시간이었다.

행수의 영이 떨어지자 길게 줄을 이어 걸음을 옮기던 짐꾼들이 땅을 골라 이고 진 짐을 부렸다. 마부들도 종일 부여잡고 있던 말고삐를 놓고 부담과 마바리의 끈을 풀었다. 이내 한쪽에서는 이슬을 피하기위한 천막과 차일이 세워지고, 다른 한쪽에서는 솥이 내걸리고 일꾼들이 먹을 밥과 국이 안쳐졌다.

백로와 왜가리들만 한가롭던 개울이 40여 인의 사내들과 말들로 갑자기 부산해졌다. 요동의 양평현을 거쳐 현토성으로 가는 졸본卒本의 계루국桂婁國 상단商團이었다.

이들이 도상에 오른 지도 어느덧 열흘이 지나고 있었다. 졸본을 떠날 때는 태산이라도 단숨에 오를 듯하던 장정들이 한뎃잠이 길어지자 조금씩 지쳐가는 눈치였다. 현토성까지는 쉬지 않고 다잡아도 이레는 더 걸릴 길이었다.

무리의 앞에서 전도를 이끌던 남자가 말에서 내려서자 노복이 달려와 말고삐를 잡았다. 큰 키에 검고 숱 많은 수염이 눈길을 끄는 중년이었다. 말없이 인마를 둘러본 남자가 천천히 개울가로 걸어가 세수를 했다. 상단의 주인이자 태백산 비류수에 자리한 계루국의 군장인 연타발延陀勃이었다.

예부터 상업에 힘써온 졸본국은 동이에서 가장 큰 상단을 소유한 대상국으로 큰 재부를 구가하는 나라였다. 이에는 군장이자 상단의 주인인 연타발의 빼어난 상재商才가 있었다.

세수를 하고 돌아서는 연타발 곁에 상단의 행수인 계필季弼이 수건을 들고 다가서 있었다. 두 사람은 잠시 말없이 개울 아래쪽으로 마부들이 말을 끌고 와 물을 먹이는 광경을 지켜보았다.

"말과 마부들이 지쳐 있는 데다 내일 길은 고개가 높고 내리막이 급합니다. 내일은 길을 좀 줄여야겠습니다."

"그리하게."

"군장 어른!"

"무슨 일인가?"

"낮에 길에서 동반한 자 말입니다."

계필의 눈길이 모여앉은 일꾼들 뒤편 바위 위에 걸터앉아 감발을 풀고 있는 젊은 사내를 향했다.

"저자가 왜?"

"혹시 상단을 넘보려는 비적의 끄나풀이 아닐까요?"

"그렇진 않을 걸세."

"그렇다 하더라도, 사람뿐 아니라 상단에 쓸 마필 하나 고르는 데도 그지없이 엄하신 군장 어른께서 도상에서 만난 자를 그리 쉽게 받아주신 까닭을 모르겠습니다."

오늘 점심 나절 고개를 넘다 한 낯선 사내를 만났다. 고갯마루에 올라 잠시 땀을 들이고 있는데 젊은 사내 하나가 연타발에게 다가와 절을 올리고는 어디로 가는 상단인지를 물었다. 건장한 체격이었지만 어딘지 병색이 도는 듯한 낯빛의 사내였다.

현토성이라는 대답에 사내는 자신을 상단의 짐꾼이나 곁꾼으로 써줄 수 없느냐고 청했다. 잠시 말없이 사내를 건너다보던 연타발이 고개를 끄덕여 승낙했다. 이를 두고 계필이 고개를 갸웃거리며 물어온 것이었다.

"장사란 곧 사람의 마음을 사고 파는 일이네. 내가 장삿길에 나선 지 스무 해가 넘었는데, 아직 사람 하나 볼 줄 모른다고 생각하는가!"

"예, 예. 그렇긴 합니다만……."

"청을 하면서 비굴하지 않은 자는 믿어도 좋은 사내일세. 걱정하지 말게. 군장 부인夫人은 좀 어떠신가?"

"날이 덥고 길이 험해 가마길도 겨우신 듯합니다. 더구나 해산하실 날이 며칠 남지 않았으니……."

"으음……."

연타발이 걸음을 옮겨 개울을 따라 늘어선 천막 가운데 하나로 들어섰다. 부른 배를 안고 의자에 기대 앉아 있던 아내가 그를 보자 환한 웃음을 지었다. 어제보다 깊어진 피로와 고통이 웃음 속에 드러나 보이는 듯하여 연타발은 마음이 아팠다.

혼인을 하여 일곱 해를 기다린 끝에 잉태한 아이였다. 연타발이 졸본성에서 해산할 것을 간곡히 청했지만 아내는 자신의 첫아이를 누구보다 먼저 남편에게 보이고 싶다며 굳이 상로에 따라 나섰다. 연타발로서는 이해할 수 없는 고집이었지만 한번 고집을 내면 어떤 장사가 나서도 꺾지 못하는 아내였다.

◆ ◆ ◆

땅 위의 모든 것이 깊은 잠에 빠진 밤, 해모수는 여전히 깨어 있었다. 옆자리에 누운 짐꾼 사내가 코 고는 소리와 함께 내뿜는 단 숨결이 귓전에 고스란히 느껴졌다. 저녁을 먹고 잠시 끼리끼리 모여앉아 희떠운 소리를 건네던 상단의 짐꾼과 마부들은 낮 동안의 피곤을 이기지 못한 듯 차일 아래 머리를 누이자 이내 잠에 떨어졌다.

밤공기는 서늘했지만 낮 동안 데워진 개울의 자갈에는 아직 온기가 남아 있었다. 해모수는 몸을 반듯이 누인 채 기운 차일 사이로 드러난 하늘을 올려다보았다. 검은 하늘 위로 소금을 뿌린 듯 별들이 하얗게 돋아나 있었다. 남녘 하늘을 길게 가르며 하늘의 강이 흐르고 있었다. 유화 아가씨는 어떻게 되었을까…….

그날 밤도 오늘처럼 잠을 이루지 못했다.

"편히 쉬십시오. 행장과 마필을 마련토록 하겠습니다. 하지만 아직은 원로에 나설 만큼 쾌복치 못하셨습니다. 하루 이틀 더 몸을 살피신 후 그리하십시오."

말을 마치고 조용히 방문을 나서던 유화의 모습이 불로 지진 화인처럼 가슴에 남아 있었다. 자신에게 손길을 잡힌 그녀의 얼굴에 떠올랐던 슬픈 듯, 쓸쓸한 듯, 기쁜 듯, 수줍은 듯하던 표정이 어둠 속에 또렷이 떠올랐다. 그리고 그 순간 난생처음 경험하는 뜨거운 행복감이 자신의 마음을 북처럼 두드린 것을 또한 기억했다. 그리고 그것은 어둠 속에 누운 지금도 마찬가지였다.

아, 이것이 사랑인가. 나에게도 사랑이 찾아온 것인가.

해모수는 그 자신 죽는 날까지 사랑과는 상관없는 사람이리라 생각했었다. 만남에 설레고 헤어짐에 가슴 아픈 사랑. 그런 사랑의 미묘한 감정에 온 마음과 몸을 내맡기는 일 따위는 자신에게 당치 않은 일이었다. 자신에게는 잃어버린 조국과 나라 잃은 백성들이 정인情人이고 사랑이었다. 그렇게 살리라 마음먹었다. 그랬는데…….

짐작조차 할 수 없는 깊고 긴 잠에서 깨어나 눈을 떴을 때, 그를 바라보고 있던 한 여인의 얼굴. 천상의 모든 고결함과 지상의 모든 아름다움을 함께 지닌 듯한 그 여인의 얼굴을 본 순간, 해모수는 알 수 없는 운명의 힘이 자신을 이곳까지 이끌었고, 이제 자신의 삶은 이곳으로부터 다시 시작되리라고 직감했다. 그리고 그 삶은 지금까지와는 전혀 다른, 새로운 어떤 것이 될 터였다. 한 여인에 대한 사랑이라는 장기를 하나 더 달고 살아가야 하는 삶.

하지만 그는 떠나야 했다. 잠든 자신을 굽어보던 여인의 자애로운 눈길, 이마를 짚어오던 솜털처럼 부드러운 손길, 가슴의 자상보다 더 깊은 곳의 상처를 어루만지는 듯하던 따뜻한 목소리, 그 모든 것으로부터 떠나야 하는 것이다.

할 수만 있다면 그는 자신이 목숨을 걸고 구하고 분투했던 그 모든 아름다운 대의와 신념들, 결의와 용기를 버리고 싶었다. 그리고 저 사랑스러운 여인의 종이 되어서라도 남은 생을 함께 살아가고 싶었다.

하지만 아아…… 눈앞에서 죽어간 그 의로운 생명들…… 벗 같고 피붙이 같던 동지들의 죽음을 어떻게 외면할 것인가. 저들의 참혹한 죽음을 두고 어찌 나는 살아있는 생명이라 할 것인가.

자신에게 실낱 같은 숨결, 뜨거운 피톨 하나라도 남아 있다면 조선의 원수이자 동지들의 원수인 양정의 숨을 거두어야 하는 것이다. 천참만륙을 하여도 시원치 않을 양정을. 그런 다음에. 또 그런 다음에…… 아아…….

종내 잠들지 못한 해모수가 방문을 나섰다. 시간을 가늠하기 어려운 깊은 밤이었다. 폐부에 와닿는 밤공기가 더없이 시원하고 향기로웠다. 해모수는 미리내가 남녘 하늘로 이울도록 어둠 속에서 바자울 안을 서성거렸다. 그리고 그 소리를 들었다. 자신의 집을 향해 다가드는 검은 사내들의 숨죽인 발소리를. 그리고 희미한 빛 속에서 무리를 이끄는 양정의 사갈蛇蝎 같은 모습을 보았다.

삼생의 하늘과 땅을 모두 뒤져서라도 반드시 죽이리라 마음먹은 자였다. 하지만 지금은 부러진 칼 한 자루 없이 부상까지 당한 몸, 당장은 몸을 피하는 수밖에 없었다. 해모수는 뒤꼍의 울바자를 뛰어넘어 어둠 속으로 몸을 숨겼다.

유화 아가씨는 어떻게 되었을까. 당장이라도 서하의 성 안으로 달려가고 싶었다. 하지만 자신에겐 먼저 해야 할 일이 있었다.

양정. 한때 목숨을 함께 나누자 맹서했던 벗이었으나 지금은 한족의 주구가 된 사내. 그를 이 하늘 아래 살려두고서는 자신은 살아도 산 목숨이 아니었다. 자신을 놓쳤다는 걸 안 양정은 도리 없이 현토성으로 회정할 터였다. 초열지옥을 걸어가는 고통이 있더라도 반드시 그 자를 죽이고서야 서하를 찾으리라 마음먹었다.

어느덧 서녘 하늘로 이운 상현달 너머로 살별 하나가 긴 꼬리를 끌며 지상으로 떨어져내리고 있었다.

◆ ◆ ◆

들을 지나고 강을 건너고 산을 넘는 날들이 이어졌다. 사방이 훤히 트인 들길이 있었고, 빽빽한 숲이 하늘을 온통 가린 산길이 있었다. 지나는 길의 풍경이야 산천의 바뀜에 따라 시시각각 달랐지만 오직 앞만 바라고 걸음을 옮기는 상단의 짐꾼들에겐 어차피 하루 같은 날들이었다. 이고 진 부담과 짐바리엔 소금과 양곡뿐 아니라 적옥과 구리거울, 채견, 한금漢錦과 문피文皮 같은 귀한 물건들도 가득 담겨 있었다. 하지만 이를 등에 메고 지고 가파른 고갯길을 오르는 짐꾼들에게는 같은 무게의 똥장군이나 고단하기 진배없었다.

현토성이 가까워지면서 오랜 객로에 지쳐 있던 일꾼들의 눈에 조금씩 생기가 돌기 시작했다.

연타발의 상단이 현토성에서 2백여 리 상거한 명적산 중턱에 이른 것은 해모수가 이들과 동반한 지 닷새째 되는 날의 해거름이었다. 여유를 두고 걸어도 모레 중화참을 댈 무렵이면 현토성에 당도하리라는 말이 짐꾼들 사이를 굴러다녔다.

다복솔이 듬성한 산등성이를 오르자 굴참나무가 우거진 숲길이 이어졌다. 계필이 말을 몰아 대열의 선머리에 선 연타발의 곁으로 다가갔다.

"군장님! 부인의 용태가 심상치 않습니다. 아무래도 산기가 있으신 모양입니다."

대열의 후미에서 두 명의 교군꾼에 실려오는 가마를 돌아보는 연타발의 얼굴에 난처한 빛이 역력했다. 가마에서 터져나오는 밭은 신음이 연타발의 귀에도 뚜렷이 들렸다.

숲 사이로 난 자그마한 공터에 급하게 천막이 세워졌다. 해산을 위해 따라온 조산부와 비녀 둘이 천막 안을 들락거리고, 삭정이를 잘라 피워올린 불 위에선 이내 펄펄 김이 올랐다.

늘 한결같이 바위 같은 무게감을 보이던 연타발이 눈에 띄게 초조한 얼굴이 되어 천막 밖을 서성거렸다.

"심려 마십시오, 군장 어른. 산파가 경험이 풍부한 사람이니 별 탈 없을 것입니다. 저쪽에 평상을 마련하였습니다. 잠시 쉬시지요."

"아닐세."

연타발의 불안한 눈길이 다시 천막 쪽을 향했다. 그때였다.

"네 이놈들! 모두 꼼짝 마라!"

어디선가 거친 호통 소리가 날아들더니 곳곳에서 수십 인의 사내들이 불쑥불쑥 솟아나 사방을 에워쌌다. 두서없이 병기를 거머쥔 꼴이나 봉두난발에 본데없는 입성으로 보아 갈데없는 초적의 무리였다.

주위를 둘러보는 연타발의 얼굴에 낭패한 기색이 떠올랐다. 산이 깊고 숲이 우거져 도적들이 들끓는다는 소문이 돌던 명적고개를 단김에 넘지 못한 것이 불찰이었다. 나무 아래 여기저기에서 감발을 풀고 땀을 들이던 짐꾼들이 저마다 놀란 얼굴이 되어 숨을 죽였다.

"웬 놈들이냐!"

연타발이 사내들을 향해 소리쳤다. 그러자 처음 호통의 주인인 듯

한 사내가 말을 몰아 앞으로 나섰다. 한 손에 철모鐵矛를 들고 덥수룩한 수염에 한 눈을 안대로 가린 사내였다. 도적들의 우두머리인 듯한 그 사내가 우렁우렁한 웃음을 터뜨리며 말했다.

"하하하, 웬 놈이냐고? 이 어른은 이 산의 주인이신 독목장군獨目將軍이시다. 감히 남의 땅을 무단히 침범한 네놈들이야말로 웬 놈들이냐?"

"우리는 현토성의 태수님께 공물을 드리러 가는 상인이오. 피치 못할 곡절이 있어 잠시 머문 참이오. 곧 자리를 뜰 것이니 물러들 가시오!"

"그리는 못하겠다. 이 장군님의 땅에 함부로 발을 들인 네놈들을 모두 요정을 내야 마땅하겠지만, 목숨만은 살려줄 터이니 대신 가지고 있는 짐들은 벗어두고 떠나거라!"

연타발은 자신이 매우 어려운 거래에 직면했음을 직감하고 있었다. 이문은커녕 목숨마저도 장담할 수 없는 상황임이 분명해 보였다. 짐꾼들 가운데 제법 힘꼴을 쓰는 자와 무기를 갖추어 온 자가 없지 않지만 무장을 한 30여 인의 도적을 대적할 정도는 아니었다. 졸본에서 양평현을 거쳐 현토성으로 돌아오는 길은 한 해에 두어 차례는 반드시 오가는 익숙한 길이기에 무장 군사를 대동치 않고 나선 것이 비로소 무릎을 치도록 후회스러웠다.

"이놈들이 두고 보자니 갈데없는 도적들이 아니냐? 여기 있는 물건은 현토성으로 가는 관물들인데 이것을 빼앗으려는 것은 나라에 큰 죄를 짓는 일인 줄 모르느냐?"

소리치며 나선 것은 계필이었다. 손에는 언제 짐바리를 뒤졌는지 날카로운 요도 두 자루가 들려 있었다. 그 뒤를 칼과 쇠뭉치 따위를 거머뭔 짐꾼들이 여남은 명 따라나섰다.

"하하하! 망한 나라에 주인이 어디 있고 위아래가 어디 있다더냐. 나는 나라도 없고 임금도 없는 몸, 이 몸이 곧 나라이고 임금이다. 알았으면 당장 물건을 두고 꺼져라, 이놈들아!"

난감한 일이었다. 짐바리 속의 물화도 물화려니와 해산이 임박한 아내는 또 어이할 것인가.

그렇다 하나 약관 이전부터 장삿길에 나서 한의 장안과 흉노, 유연, 돌궐뿐 아니라 멀리 서역의 대원국大宛國*까지 두루 다니며 천하를 자신의 발아래 두었던 연타발이었다. 연타발이 위엄을 되찾은 목소리로 애꾸눈 사내를 향해 말했다.

"알겠소. 물목의 절반을 갈라 통행세로 내놓을 터이니, 그만 군사를 물리시오. 우리는 잠시 더 여기 머물다 갈 것이오."

"하하하…… 보아하니 생화질에 이골이 난 상고배들 같은데 나는 네놈들하고 거래 틀 생각이 없다. 당장 지닌 것을 모두 두고 떠나거라! 그렇지 않으면 네놈들 모가지를 모두 잘라 땅에다 박아줄 테다!"

성격이 괄괄한 계필이 그예 참지 못하고 칼을 세워들고 앞으로 나섰다.

"이놈들! 부서진 기장 한 톨일망정 너희같이 더러운 도적놈들한테는 내어줄 수 없다. 덤벼라! 이곳에다 네놈들 무덤을 만들어줄 테니……."

"이놈이!"

계필의 욕설에 얼굴이 붉으락해진 애꾸눈이 철모를 꼬나들고 득달

---

* 대원국 : 중앙아시아 페르가나 지역에 위치했던 고대 국가.

같이 계필을 향해 달려들었다. 모의 꼬부라진 쌍날이 목을 꿰뚫으려는 찰나 계필이 요도를 휘둘러 창날을 빗겨냈다. 그리고 이어 기민한 검식으로 맞부딪쳐 나갔다. 상대의 빠른 반격에 잠시 멈칫하던 애꾸눈이 고함을 지르며 다시 무지막지하게 철모를 휘두르기 시작했다.

계필에게 칼을 건네받은 연타발이 합세하고 뒤를 이어 상단의 짐꾼들과 초적의 무리가 싸움판에 뛰어들면서 조용하던 숲 속이 순식간에 일대 접전장으로 바뀌었다.

장삿길에 나서기 이전부터 틈틈이 무술을 익혀온 지가 어느덧 20여 년이라 계필의 무술은 장정 서넛을 너끈히 감당할 만한 정도였다. 연타발 또한 그간 익힌 무공이 그에 못지않은 터였다. 하지만 그렇다 한들 세의 우열은 이미 너무나 뚜렷한 것이었다.

연타발과 상단의 짐꾼들이 죽을힘을 다해 대적했지만 상대는 창검한 자루에 의지해 목숨을 놓아 먹이는 자들이었다. 더구나 머릿수도 연타발 쪽에 비해 곱절을 넘어서고 있었다.

밀고 밀리는 양상이 점차 분명해지더니 찔리고 베이고 채여 쓰러지는 자들이 여기저기서 속출했다. 이런 형편이라면 동이를 주름잡던 졸본의 상단은 머지않은 시간에 이 땅에서 자취를 감추게 될 게 분명해 보였다.

뒤를 사리며 물러서는 짐꾼들을 고양이 쥐 몰듯 몰아세우던 도적 두엇이 짧은 비명을 외치면서 바닥으로 나동그라졌다. 그와 함께 인영 하나가 싸움판 가운데로 뛰어들더니 종횡무진 도적의 무리를 짓쳐 나갔다. 난데없는 이의 신묘한 검법에 서너 명의 도적이 창졸간에 피를 쏟으며 쓰러졌다.

"이놈들!"

한 차례 세찬 공세로 상대를 밀어붙인 사내가 칼을 높이 세워들고 소리쳤다. 간담이 서늘해지는 느낌 속에 피아간 사람들이 서둘러 휘 두르던 무기를 거두어들였다.

해모수였다.

예도를 높이 뽑아든 해모수가 차가운 얼굴로 도적 떼를 노려보고 있었다. 그 엄청난 서슬에 제 세상 만난 듯 날뛰던 도적들이 찔끔한 표 정이 되어 주춤주춤 물러섰다. 해모수의 칼끝이 도당의 우두머리인 애꾸눈을 향했다.

"네 이놈! 아무리 무도한 놈이기로서니 금수의 탈을 쓰지 않은 바에 야 대명천지에 사람의 재물을 빼앗으려 인명을 살상해? 이러고도 네 놈이 사람이라 할 수 있느냐?"

하지만 그래도 한 무리를 호령해온 녹림의 우두머리였다. 해모수의 빼어난 무예 솜씨에 잠시 질린 낯빛이던 애꾸눈이 한 차례 주위를 살 피더니만 그래도 여전히 압도적인 머릿수의 위세를 빌려 소리쳤다.

"이 자식이 뒈지려고 환심장을 했구나! 하룻강아지 범 무서운 줄 모 른다더니, 어린 놈이 어디라고 감히 함부로 나서느냐. 네놈 어깨 위에 붙여놓은 머리가 부담스러운 모양이구나!"

그리고는 주위의 부하들을 향해 명령했다.

"뭣들 하느냐! 당장 저놈의 몸뚱어리를 베어 바닥에다 던져버리지 않고!"

사태의 결말은 뜻밖에도 허무할 만큼 순식간에 이루어졌다. 안타깝 게도 먼저 목이 잘려 바닥으로 던져진 것은 명적산의 독목장군 자신 이었다. 애꾸눈의 부하들이 한 걸음 다가들기도 전 훌쩍 공중으로 솟 구친 해모수의 몸이 바람 위를 떠 흐르듯 허공을 유영하더니 그대로 마상의 애꾸눈을 향해 예도를 뻗었다. 애처로운 비명이 한 가닥 허공으로 뻗어간 후 애꾸눈 사내의 커다란 몸뚱어리가 어느새 혼 없는 시신이 되어 바닥으로 굴러떨어졌다.

그로부터 도적들의 형세는 허물어지는 모래성에 다름 아닌 형국이었다. 순식간에 범 같던 두목이 나뒹 몸뚱어리가 되어 바닥에 던져지는 것을 본 도적들은 이미 오줌을 지린 꼴로 뒷걸음을 치기 시작했다. 때를 맞추어 계필과 짐꾼들이 칼을 세워들고 달려드니 저마다 그 자리에 혼백을 놓아두고 달아나기에 바쁜 모습이었다.

"이놈들, 어딜 도망가느냐!"

걸음이 날랜 짐꾼들이 그예 달아나는 도적들을 뒤쫓아 칼을 휘두르니 무리 중 몇은 그나마 몸뚱어리도 수습하지 못하는 꼴이 되었다.

"와! 와!"

상단의 무리에서 환성이 일었다.

예도를 수습하고 선 해모수의 곁으로 연타발이 다가왔다.

"고맙네. 자네가 우리 상단을 살렸네. 우리 모두가 자네에게 큰 은혜를 입었네."

계필을 위시한 짐꾼들이 하나같이 다가와 해모수를 에워쌌다. 해모수가 가볍게 고개 숙여 연타발의 칭찬에 답한 후 돌아섰다. 그 순간 가슴에 통증을 느낀 듯 비틀거리는 몸짓을 보였다. 해모수가 고통을 견디는 듯한 표정이 되어 한 손을 가슴으로 가져갔다.

"왜 그러는가? 놈들의 칼에 상한 것은 아닌가?"

"아닙니다. 저는 괜찮으니 심려 마십시오."

해모수가 천천히 자신의 등짐이 놓인 숲 쪽으로 걸어갔다.

"이보게!"

연타발이 등을 보인 채 걸어가는 해모수를 불러 세웠다.

"오늘의 이 고마움을 어떻게 보답하여야 할지 모르겠네. 괜찮다면 앞으로 남은 길은 짐일랑 내려놓고 우리 상단의 호위무사가 되어주게."

"동반하는 동무들이 어려움에 처하였을 때 나서서 돕는 것은 당연한 일입니다. 짐 질 사람도 넉넉지 않으니 군장께서는 괘념치 마십시오."

"자네 이름이 무엇인가?"

"……이경생이라 합니다."

말을 마친 해모수가 다시 몸을 돌려 숲을 향해 걸어갔다.

첫날 고갯마루에서 자신에게 다가와 동반을 청하던 모습에서부터 보통사람과는 다른 바가 있었다고 연타발은 기억했다. 유약해 보이는 외모에도 일국의 군장인 자신을 위압하는 알 수 없는 힘과 위의가 느껴졌고, 그것은 지금도 마찬가지였다. 얼굴을 덮은 짧고 푸른 수염만 아니라면 여인의 그것이라 해도 믿을 만한 아름다운 용모의 사내. 그러면서 일신에 가진 무공의 높이는 헤아릴 수 없이 고강한 사내. 이경생이라 하였다. 누구일까, 저 사내는…….

그때였다. 막힌 보를 터뜨리듯 갓난아기의 힘찬 울음소리가 숲을 에워싸기 시작하는 푸른 어둠을 진동시키며 들려왔다.

천막의 휘장이 젖혀지고 상기된 낯빛의 비녀가 걸어나왔다.

"군장님! 부인께서 무사히 해산하셨습니다!"

"오, 그게 정말이냐?"

"네, 어여쁜 아기씨입니다."

"오오……!"

감격에 겨운 표정의 연타발이 성큼성큼 걸어가 천막의 휘장을 열어젖혔다.

◆ ◆ ◆

어둠이 내린 숲 속 빈터에 일단의 군사들이 숙영에 들었다. 규모 있는 군막 밖으로 한나라의 황실을 상징하는 황기가 드높이 걸렸고, 상하 갑옷과 투구를 벗은 기병들이 군데군데 피워놓은 모닥불 주위에 누워 잠에 빠져 있었다. 그들 주위로 창자루까지 쇠를 입힌 양날쇠창과 기창騎槍, 환두대도, 쇠뇌 같은 무기들이 벌려 서 있었다. 숙영지 한 쪽에선 마갑을 벗은 말들이 넉넉한 마초를 뜯으며 연신 기분 좋은 콧소리를 내고 있었다.

양정의 철기대였다.

서하국을 도륙한 뒤 인근 고을의 성읍과 산야까지 샅샅이 뒤졌지만 해모수의 종적을 찾지 못했다. 솟구치는 분을 참을 길 없었지만 달리 도리가 없는 일이었다. 수색지를 숙신의 땅까지 확대할까 생각하던 양정은 마음을 돌려 현토성으로 돌아갈 것을 휘하에 명했다. 그에게 한 가지 기대하는 바가 있었던 까닭이다.

부대의 끝에 꼬리처럼 달고 온 유화가 있었다. 의리를 중하게 여기는 해모수가 죽은 목숨이 아니라면 반드시 유화를 구하러 올 것이었다. 그곳이 현토성이 아니라 지옥이라 하더라도. 서하에서 아비와 함께 유화를 참하려던 생각을 거둔 것도 그런 까닭이었다.

삼경을 넘긴 시각. 조각달마저 서녘 하늘 너머로 자취를 감춘 뒤라 세상은 온통 칠흑 같은 어둠에 빠져 있었다.

먹빛 어둠을 헤치며 철기대의 숙영지로 다가드는 사람의 그림자가 있었다. 검은 옷에 검은 복면을 한 사내였다. 철기대의 위세를 믿은 탓인지 경계를 서는 초병도 설핏 잠에 빠져든 시각이었다. 이슬이 내려 눅눅한 풀을 조심스럽게 밟으며 사내가 숙영지를 에둘러 건넜다.

그의 걸음이 향한 곳은 군막 뒤편 물푸레나무 아래였다. 그곳에 나무와 한 몸이 되어 한 여인이 묶여 있었다. 혼절을 한 것인지 잠에 빠진 것인지, 아니면 이미 숨을 놓은 것인지 여인은 아무런 움직임이 없었다.

나무 아래로 다가간 사내가 나직한 소리로 여인을 불렀다.

"유화 아가씨!"

하지만 유화로부터는 별다른 반응이 없었다. 사내가 품안에서 단도를 꺼내 여인을 묶고 있는 포승줄을 잘랐다. 허물어져내리는 유화를 사내가 재빨리 받아 안았다.

순간, 땅에 말뚝을 박아 군마를 매어둔 군막 어름의 마장에서 말 하나가 거센 울음을 하늘 위로 토해냈다. 유화를 품에 안고 바짝 엎드린 사내가 조심스런 눈길로 사방을 살폈다.

다행히 한군의 별다른 움직임은 눈에 띄지 않았다. 유화를 등에 업은 사내가 어둠 속을 소리 없이 기어가기 시작했다.

초병의 경계선을 넘을 무렵, 등뒤에서 잠에 취한 듯한 초병의 소리가 들려왔다.

"거기 누구야!"

벌떡 몸을 일으킨 사내가 나무 둥치들 사이를 달리기 시작했다. 그와 동시에 불에 덴 듯한 초병의 외치는 소리가 뒤를 따라왔다.

"적이다!"

숨이 턱에 차오를 무렵 건너편 어둠 속에서 외치는 소리가 들렸다.

"왕자님, 이쪽입니다!"

추선인이었다. 금와는 추선인이 준비해둔 말의 잔등에 나는 듯이 올라탄 뒤 유화를 가슴에 안았다. 유화는 여전히 의식을 잃은 채였다. 추선인과 금와를 태운 두 필의 말이 바람처럼 숲을 뚫고 달리기 시작했다. 철기군 숙영지로부터의 소란이 빠르게 뒤로 사라지고 그들은 더 깊은 어둠을 향해 나아갔다.

◆ ◆ ◆

동쪽 하늘에서 돋아난 푸른 새벽빛이 계곡 아래쪽까지 번지고 있었다. 밤나무숲을 벗어나 계곡의 푸른 물이 내려다보이는 절벽 위에서 두 필의 말은 걸음을 멈추었다. 토해내는 숨결이 사람과 말 모두 풀무질을 하듯 거칠었다.

말에서 내린 추선인이 다시 한번 허공에다 귀를 기울였다. 숲의 깊은 적요 외엔 아무 소리도 들려오지 않았다.

금와가 가슴에 안고 있던 유화를 풀밭 위에 내려놓았다.

"유화 아가씨!"

유화는 이미 눈을 뜨고 있었다. 무릎걸음으로 물러나며 유화가 한 손으로 저고리의 앞섶을 가렸다.

"이젠 한군의 손에서 벗어난 듯합니다."

하지만 유화는 크게 뜬 눈으로 눈앞의 금와를 노려볼 뿐 아무런 말이 없었다.

"저는 부여국 왕자 금와입니다. 전날 현토성에서 유화 아가씨를 뵌

적이 있습니다. 아가씨를 해하려는 것은 아니니 마음을 놓으세요."

"……."

헝클어진 머리 아래 초점 없는 눈이 공허하게 금와를 응시하고 있었다. 지난 봄 현토성에서 보았던 아름다운 춤과 자태가 떠올라 금와는 가슴이 아팠다. 그 넘치는 재기와 담대한 용기, 아름다운 자태는 그날 이후 금와의 가슴에 지워지지 않는 화인을 찍어놓았다.

해모수의 근거지가 양정의 철기대에게 습격을 당했다는 말을 듣고 해모수를 찾아나선 걸음에 서하국의 비극을 들었다. 절반이 넘는 성안 사람들이 참살을 당하고, 유화는 양정에게 끌려갔다고 했다. 양정의 성정이 잔인하다고 들었지만 이 정도일 줄은 몰랐던 금와였다. 하지만 우선은 양정의 손에서 유화를 구해내는 것이 먼저였다.

서하에서 역시 해모수를 찾아 헤매던 추선인을 만난 것이 위안이라면 위안이었다. 근거지가 양정에게 습격당했을 때 부상을 입은 해모수를 구해 달아나던 추선인은 계곡 낭떠러지에서 해모수가 말과 함께 떨어지는 것을 속수무책 바라볼 수밖에 없었다. 그후 계곡을 따라가며 해모수의 종적을 찾다 서하의 참상을 목격하게 된 것이었다.

"해모수 장군께선 어찌되셨습니까?"

추선인이 두 사람의 곁으로 다가서며 물었다.

"이자는 해모수 장군의 심복인 추선인입니다."

금와가 말했다. 해모수란 말에 다시 서하의 참혹한 일이 떠오르는 듯 유화가 부르르 진저리를 쳤다. 파리한 볼 위로 두 줄기 눈물이 흘러내렸다. 진정하기를 기다려 금와가 다시 물었다.

"저는 해모수 장군의 오랜 벗입니다. 그의 생사를 알기 위해 찾아나선 길입니다. 그는 살아있습니까?"

"……예."

"오……!"

추선인의 입에서 환성이 터졌다.

"하지만 성치 않으신 몸입니다. 가슴의 상처가…… 한군의 습격으로부터는 아마도 벗어나신 듯합니다."

"어디로 몸을 피하셨습니까?"

추선인의 물음에 유화가 힘없이 고개를 저었다.

"모릅니다. 어디로 가셨는지, 무사하기는 하신 것인지……."

"해모수는 강한 남자입니다. 그는 무사할 것입니다. 유화 아가씨!"

금와가 유화를 불렀다.

"저와 함께 부여로 가십시다. 가서 그곳에서 해모수를 기다리도록 하세요."

"……."

"해모수는 반드시 살아 돌아올 것입니다. 그동안 저도 사람을 풀어 해모수를 찾아보겠습니다."

유화의 눈길이 천천히 허공을 향했다. 여명이 깃들이기 시작하는 회색 하늘을 닮은 유화의 눈길이 한없이 공허해 보였다.

현토성의 밤

현토성의 객관 마당에 연타발의 마바리가 부려졌다.

더위와 노독에 지쳐 있던 짐꾼들이 뒷곁의 우물로 달려가 적삼과 잠방이를 벗어던지고 두레박 물을 쏟아부었다. 온몸으로 물을 뚝뚝 흘리며 걸터앉은 객관 마루에 고봉으로 얹은 햇보리밥에 고기찜, 젓갈, 죽순, 상추에 조막걸리까지 곁들인 상이 차려졌다. 건량乾糧과 주먹밥에 이골이 난 그들의 눈에는 황제의 수라상이 부럽지 않은 상이었다. 상단 짐꾼 동무 가운데 초적의 습격을 당해 죽고 상한 사람이 비록 여럿이었지만 눈앞의 진수성찬이 즐겁지 않은 까닭이 없었다.

객관에다 짐을 풀기도 전 연타발이 서둘러 찾은 것은 이틀 전부터 객관에서 자신을 기다리고 있던 한 중년의 사내였다. 은밀히 마주한 방 안에서 사내가 연타발에게 죽간竹簡으로 만든 한 권의 치부책을 건넸다.

그는 연타발이 현토성에 심어놓은 정보원이었다. 그가 건넨 치부책에는 저잣거리에 떠도는 풍설에서부터 태수와 상하 관속의 동향, 그리고 그들 집안의 대소사까지 빼곡히 적혀 있었다. 이것들은 이제 곧 연타발이 벌이게 될 상담商談의 가장 큰 무기가 될 터였다. 이러한 정보원은 현토성뿐만 아니라 그가 상단을 이끌고 찾는 모든 성읍에 분포해 있었다. 이는 곧 동이 최대의 상단을 이룬 연타발의 놀라운 상술의 바탕이기도 했다.

"상한 자들은 객방에 뉘고 현의 의원을 불러다 보였습니다."

객관 자신의 방으로 돌아와 마주앉은 상머리에서 계필이 고했다. 초적의 습격으로 짐꾼 셋이 죽고 여섯이 가볍고 중한 부상을 입었다. 때문에 하루 반나절이면 넉넉할 길을 사흘이나 걸려 현토성에 당도했다.

"금전을 아끼지 말고 좋은 약재를 써서 빨리 쾌복토록 하게."

"알겠습니다, 군장 어른."

"관아에는 내일 아침 일찍 들어갈 터이니 그리 연통하게. 그동안 짐꾼들을 잘 점고하고, 물목도 다시 한번 살피게."

"예!"

"내일 태수와의 상담에는 달리 함께 갈 사람이 있으니 자네는 남아서 물품의 비목을 정리하고 상한 짐꾼들을 돌보도록 하게."

그 말에 계필이 놀란 눈을 떴다. 졸본 상단의 행수로 금전과 물목의 출납과 회계를 맡아온 지 스무 해에 가까운 계필이었다. 중요한 상담에 연타발과 동행하여 보필하는 일도 언제나 그의 몫이었다.

"함께 갈 사람이라니, 그가 누구입니까?"

"군장 어른!"

문 밖에서 고하는 사내의 목소리가 있었다. 연타발이 대답했다.

"들어오게."

객방의 발을 헤치고 들어선 것은 해모수였다.

"이리 앉도록 하게. 식사는 하였는가?"

"예."

"내일 나와 함께 군의 관아로 들어갈 터이니 그리 알게."

"……."

"큰 상담이라 자네의 도움이 필요하네. 현토성까지 부담을 지기로 한 자네 소임이 끝났다 하나 하루만 더 머물도록 하게."

"그리하겠습니다."

자리에서 일어서는 해모수를 향해 연타발이 덧붙였다.

"자네, 혹 서하의 소식을 들었는가?"

"무슨 말씀이신지요?"

"객관의 주인이 허황된 소문 하나를 전하더군. 서하국이 한나라 양정이란 장군이 이끄는 철기대에 도륙을 당하고 성은 불타 잿더미가 되었다는구면."

순간, 해모수의 얼굴이 딱딱하게 굳어졌다. 언제나 온유하던 해모수의 눈길에 무서운 분노가 서리는 것을 연타발은 놓치지 않고 보았다.

"객관 주인의 말로는 해모수란 자를 숨겨주었다가 그런 끔찍한 화를 당했다는구면. 백성들뿐만 아니라 군장이신 하백 어른까지 참변을 당하셨다니, 쯧쯧…… 워낙 끔찍한 소문이라 종내 믿기지가 않네."

"……."

"군장의 여식인 유화란 아이는 한의 군사들에게 끌려 현토성으로 오던 중 그만 병이 들어 죽었다더군."

해모수의 고개가 천천히 바닥을 향했다. 연타발의 날카로운 시선이 그런 해모수의 뒷덜미를 응시하고 있었다. 잠시 후 고개를 드는 해모수의 눈길 위로 충격과 분노의 불길이 이글거렸다.

"……이만 물러가겠습니다."

해모수가 물러갔다. 방문을 나서는 그의 뒷모습을 바라보는 연타발의 얼굴 위로 알 듯 모를 듯한 미소가 떠올랐다 사라졌다.

"군장 어른! 태수와의 상담에 동행키로 한 자가 이경생 저자입니까?"

"그렇다네."

"군장 어른, 저자는……."

"내일은 큰 거래가 있을 것이네. 아마도 내가 가진 물목 가운데 가장 귀한 물건이 거래될 걸세. 못 받아도 천금은 받을 수 있는 물건이야."

◆ ◆ ◆

이튿날, 고깔 모양의 변상관모에 자주색 비단포를 차려입은 연타발이 객관 마당으로 내려섰다. 대문 밖에서 안장을 얹은 말 한 필과 부담 두 개를 실은 짐말이 기다리고 있었다. 연타발이 말에 오르자 해모수가 짐말의 고삐를 잡았다. 관아를 향해 떠나는 그들의 뒷모습을 계필이 우려와 불안이 담긴 눈길로 지켜보았다.

"태수님, 계루국의 연타발 인사드립니다. 그간 별고 없으신지요?"

"사방 2천여 리를 아우르는 땅에 별고가 없을 리 있겠소. 나보다 별고는 계루국 군장한테 있으신 모양이오!"

외로 꼰 고개로 내놓는 응대가 자못 퉁명스러웠다. 연타발의 상단이 늦게 당도한 일을 두고 심사가 뒤틀렸음이라고 짐작했다. 일정보다 불과 이틀 늦어진 것을 두고 태수가 이렇게 불퉁가지를 쏟는 것은 해마다 봄가을 두 번씩 들러 연타발이 내놓는 물목들이 얼마나 진기한 것들인가를 익히 아는 까닭이었다.

공적으로 거래되는 품목이란 대개 관아에서 필요한 관물이었고 그 규모 또한 대단했다. 하지만 정작 태수가 관심을 가지는 것은 연타발이 내놓는 갖가지 진상품이었다. 가깝게는 삼한과 낙랑, 옥저, 숙신에서 멀리는 흉노와 돌궐, 월지 등 서역에서 건너온 물건들은 태수의 마음을 흔들어놓기에 충분한 진귀한 것들이었다.

"송구합니다. 노중에서 예기치 않은 변고를 당해 늦어졌습니다."

모잽이눈을 뜨고 연타발을 건너다보던 태수의 시선이 뒤편에 시립해 선 해모수를 향했다.

"저자는 누구요? 전에 보던 자는 아닌 것 같소만."

연타발이 서둘러 대답했다.

"예, 이번에 새로 고용한 저의 가인家人입니다. 왜 그러신지요?"

"아니오. 어디서 본 듯한 얼굴이어서……."

태수의 시선이 다시 해모수를 향했다. 이마를 가리는 머리카락에 수염이 돋아난 얼굴에도 어딘지 낯이 익다고 생각했다. 하지만 이내 태수의 시선은 연타발의 곁에 놓인 오동나무 부담으로 향했다.

농짝의 문이 열리고 안에 고이 담아두었던 물건이 태수 앞에 놓여졌다.

"이것은 멀리 서역의 파사국에서 가져온 성전*입니다. 그리고 이것

---

* 성전 : 페르시아산 카펫을 이름.

은 남국에서만 난다는 안식향입니다."

뚱하던 태수의 얼굴이 봄눈 녹듯 풀어지더니 이내 기쁨으로 환하게 밝아졌다.

"오오, 성전이라면 황실에서도 귀하게 여긴다는 물건이 아니오. 허허, 빛깔이 어찌도 이리 화려하고 고울꼬. 마치 무지개를 모아 빚은 듯하구만."

그로부터 상담은 거침없는 강물이 천 리에 다다르듯 막힘없이 진행되었다. 현토성이 구매한 물목이 건네지고 그에 대한 대금이 청동전과 현물로 지급되었다.

거래전에 수결을 둔 연타발이 고개를 들어 빙그레 미소 띤 얼굴로 태수를 바라보았다.

"참, 태수 어른! 천자께 반역을 꾀한다는 해모수란 자가 한나라 군사의 공격을 받아 반은 죽은 목숨이 되어 달아났다는 얘기를 풍문으로 들었습니다. 아직 그자를 잡지 못하셨는지요?"

연신 웃음을 흘리던 태수의 얼굴이 해모수란 소리에 일순 굳어지며 눈길이 모질어졌다. 전날 칙사의 하마연에서 해모수에게 당한 수모가 생각나는 듯 새삼 얼굴이 벌겋게 달아올랐다.

"그, 그 찢어 죽여도 시원찮을 놈! 그놈 모가지에 천금의 상급을 붙였으니 머잖아 살든 죽든 내 앞에 나타날 것이오! 이놈을 잡기만 하면 내 눈앞에서 반드시 갈가리 찢어 죽이고 말 것이오!"

역모를 꾀한 대역죄인에게 가하는 형벌인 온몸을 찢는 능지처참을 말함이었다. 빙글거리는 얼굴로 태수를 건너다보던 연타발이 나직한 소리로 말했다.

"태수 어른, 헌데 제게 한 가지 빠뜨린 물건이 있습니다. 태수 어른께서 매우 기뻐하실 물건입니다만…….

"그래요? 어디 말해보시오."

연타발이 천천히 고개를 돌려 자신의 뒤편에 시립하고 있는 해모수를 건너다보았다. 시종 묵묵히 서 있던 해모수의 무심한 시선이 연타발을 스쳐 지나갔다. 해모수를 바라보는 연타발의 얼굴에 문득 고뇌의 빛이 어렸다.

태수의 말이 아니더라도, 현토성에 심어놓은 정보원이 건넨 치부책에는 그의 은신처를 알리거나 잡아오는 사람에게는 천금의 상금 외에 한의 황제가 친히 공신에 값하는 상을 내리겠다고 적혀 있었다.

연타발은 다시 한번 해모수의 얼굴을 보았다. 그 순간 쟁쟁하게 첫 울음을 쏟아놓던 딸아이의 울음소리가 귓전에 들려왔다. 아이를 안고 해맑게 웃던 아내의 얼굴도 함께 떠올랐다.

"이보오, 연타발 군장. 내가 기뻐할 물건이 무엇이기에 그리도 뜸을 들이는 거요?"

연타발이 고개를 들어 태수를 향했다.

"……백금白錦입니다. 그간 베풀어주신 후의에 보답하고자 삼한 땅에서 나는 최고품의 백금 한 동을 태수님께 올릴까 합니다."

"백금이라 하였소? 허허허, 그 귀한 걸 다…….”

대륙에서 나는 오복吳服과 한금漢錦보다 더 귀한 비단으로 치는 것이 삼한에서 생산된 백금이었다. 워낙 생산량이 적은 고급품이라 금전을 주고도 구하기 힘든 귀물로 알려져 있었다.

태수의 관사를 물러난 연타발과 해모수는 객관으로 향하는 궁성 앞 거리를 걸었다. 마음이 흔연해질 대로 흔연해진 태수가 베푸는 주안상까지 받고 나선 뒤라 거리에는 어느새 일색이 저물고 있었다.

몇 잔의 술에 흥취가 오른 듯 연타발은 말 잔등 위에서 콧노래를 흥얼거리기까지 했다.

"허허허, 소금 스무 섬에 조와 기장이 각각 150섬이라. 이만하면 천리를 돌아 현토성에 온 보람이 있지 않은가. 동이에서 첫째가는 상고商賈인 연타발이 아니면 누가 이만한 거래를 성사시킬 것인가. 하하하…… 그렇지 않은가, 이경생?"

그의 곁에서 나란히 짐말의 고삐를 잡고 있는 해모수를 향해 말했다. 해모수가 여전한 자세로 걸음을 옮기며 나직하게 물었다.

"가장 귀하다 하신 물건은 어이하여 거래를 하지 않으셨습니까?"

잠시 말을 멈추고 해모수를 바라보던 연타발이 호탕한 웃음을 터뜨렸다.

"하하하! 생각해보니 현토성의 태수 따위가 거둘 물건은 아니란 생각이 들어 팔지 않기로 했네. 하긴 처음부터 내 것이 아닌 물건이기도 하였고."

"……."

"모름지기 장사꾼이란 이문이 없으면 하늘나라도 외면하고, 이문이 있으면 지옥이라도 찾아가는 자들이네. 또 이문이 남는 물건이라면 출처를 가리지 않는 법이지. 헌데 이번 물건은 어쩐지 이 천하의 장사꾼 연타발로 하여금 산가지*를 놓지 못하게 하는구면. 열여섯에 아버지의 손에 이끌려 장삿길에 나선 이래 처음 있는 일이니, 나도 이젠 늙었나 보이. 허허허……."

"……."

---

* 산가지 : 옛날 수효를 셈하는 데에 쓰던 막대기. 산목算木.

"내가 그 물건을 태수에게 넘겼다면 자넨 어찌했겠는가?"

"군장 어른과 태수를 베었을 것입니다."

"허허허! 그러고 보면 내가 오늘 작은 거래를 한 것도 아니구먼. 내 목숨을 구명했으니 말일세. 허허허……."

객관이 저만치 보이는 곳에서 연타발이 고삐를 당겨 걸음을 멈추었다.

"이젠 헤어질 때가 된 것 같군. 자넨 이제 어디로 가려는가?"

"이곳에서 한 가지 해야 할 일이 있습니다. 군장 어른의 후의에 감사드립니다."

말고삐를 건넨 해모수가 연타발을 향해 깊숙이 허리를 숙였다. 돌아서는 해모수를 향해 연타발이 말했다.

"딸아이 이름은 소서노召西弩라고 지었네. 그 아이도 자네에게 고마워할 것일세."

◆ ◆ ◆

유월의 하늘과 땅을 뜨겁게 불태우던 태양이 스러진 뒤 어둠이 내렸다. 고단한 하루의 막을 내리듯 이승의 문을 닫듯, 그렇게 완강하게 내려진 짙은 어둠이었다.

현토성의 군사 동편 거리. 잎 무성한 느릅나무가 검은 전돌 담장을 따라 늘어서 있는 이곳의 밤은 유난히 빠르고도 깊었다. 연회라도 벌어졌는지 담장 안 관아로부터 들려오던 금琴을 타는 소리, 적笛을 부는 소리와 더불어 취객의 노랫소리마저 끊어지자, 사방 천지는 이윽고 어둠으로 빚은 단단한 적요로 가득했다. 이따금 그 적요를 밟고 군사의 위병들이 환도 소리를 달그락거리며 지나가곤 했다.

위병의 발소리가 사라지고 난 텅 빈 거리. 언제부턴가 어둠에 싸인 거리를 응시하는 눈이 있었다. 길 바른편 역사驛舍의 창고로 쓰이는 건초 더미 사이 어둠 속에서 한 사내가 몸을 숨긴 채 들짐승의 눈처럼 푸른 인광을 번득이며 거리를 지켜보고 있었다. 무엇을 기다리고 있는지 텅 빈 거리를 응시하는 사내의 인내심은 바닥 모를 심연처럼 깊었다.

하염없이 깊어지던 밤도 지쳐 잦아들 즈음인 인시寅時 무렵. 마침내 어둠 속에서 몸을 일으킨 사내가 느릅나무 그늘을 골라 밟으며 관사를 향해 다가갔다. 야생동물의 그것처럼 민활한 움직임이었다.

사내가 담장 옆 나무 그늘의 어둠과 한 몸이 되어 사라지자 저편 담장을 따라 위병 둘이 환도 소리를 내며 다가왔다. 긴 가로수길의 어둠을 따라 걸어오던 위병 하나가 문득 이상한 기미를 느낀 듯 걸음을 늦추었다. 그리고 맞은편 나무 아래 어둠 속으로 눈길을 주었다.

그 순간 휘파람 소리를 내며 무언가가 어둠 속을 날았다. 위병 하나가 급하게 숨을 들이마시는 소리와 함께 바닥으로 나동그라졌다.

"헉!"

"누, 누구냐!"

곁에 있던 위병이 미처 상황을 깨닫기도 전 나무 뒤에서 번개처럼 날아오른 검은 그림자가 주먹을 내뻗어 급소인 인중을 가격했다.

해모수가 정신을 잃고 쓰러진 위병들을 어둠 속으로 끌었다. 그리고 허리의 환도를 끌러 자신의 손에 옮겨 쥐었다.

다음 순간 해모수의 몸이 가볍게 허공으로 솟구치더니 담장 위로 올라섰다. 담장 기와 위에 몸을 엎드린 채 관사 안을 살폈다. 처마 아래 매달린 장명등이 흐린 불빛을 뿌리고 있을 뿐 건물은 깊은 잠에 빠져 있었다. 해모수는 전날 낮에 눈여겨보아둔 건물의 자리를 눈으로 더듬었다.

해모수가 막 몸을 날려 관사 마당으로 내려서려는 순간이었다. 가볍게 담장 위로 올라서는 사람의 움직임이 느껴지더니 어둠 속에서 손이 뻗어와 어깨를 잡았다.

"장군님!"

환도를 뽑아 상대를 베려던 해모수가 손을 거두었다. 추선인의 목소리였다.

"안 됩니다, 장군님!"

"추선인! 자네가 어떻게?"

"오래전부터 장군님을 기다리고 있었습니다. 지금 그곳으로 들어가시면 안 됩니다."

"……."

"양정은 장군님께서 자신을 죽이러 올 것을 알고 만반의 준비를 해놓았습니다. 자신의 처소 주위에 수십 명의 쇠뇌수와 무장한 갑병들을 숨겨놓고 있습니다."

"음……."

나직한 탄식이 해모수의 입에서 흘러나왔다.

"양정은 반드시 처단해야 할 조선의 원수입니다. 하지만 아직은 때가 아닙니다. 저와 함께 부여로 가서 뒷날을 도모하시지요."

"……."

"금와 왕자님께서 기다리십니다. 반드시 양정 그자를 죽이고 다물多勿을 이룰 날이 올 것입니다."

정인, 그 사무치는 사람

만물이 어둠에 든 밤, 태자궁 원비의 침소에서 흘러나오는 불빛이 희미하게 앞뜰을 비추고 있었다. 휘장이 드리워진 장방 위에서 원비가 막 잠이 든 대소의 얼굴을 물끄러미 바라보고 있었다. 그러나 그런 원비의 얼굴에는 자애로운 모성이 아니라 깊은 수심이 짙게 어려 있었다.

대소를 뉘기 위해 궁중 여관女官이 조용히 다가왔다. 원비가 고개를 저었다.

"오늘은 내 대소와 함께 잘 것이니 물러가거라."

"예⋯⋯."

돌아서는 여관을 향해 원비가 물었다.

"태자께서는 침소로 돌아오셨느냐?"

여관이 난처한 낯빛이 되어 선뜻 대답을 내놓지 못하고 있었다. 참

담한 마음에 차마 더 다그치지 못하고 외면하는 원비를 향해 여관이 더듬거리며 말했다.

"별궁에서 나오신 후…… 침소로 드시지 않고 홀로 후원 누각에 드셨습니다."

짐작하고 있었던 일이나 마음의 시렁 위에서 무언가가 쿵 하는 소리를 내며 바닥으로 굴러 떨어지는 느낌이었다. 오늘 밤, 금와는 밤이 깊도록 별궁에 머물다 자신의 침소로 돌아가지 않고 후원의 누각으로 향했다. 아마도 그는 오늘 그곳에서 술잔을 기울이며 홀로 밤을 지샐 것이다. 밤새 잠들지 못하도록 그의 마음을 부여안고 놓아주지 않는 것이 과연 무엇이란 말인가.

처음 그 여인을 보던 날이 떠올랐다.

사냥을 나선다면서 궁시弓矢조차 거두지 않고 궁을 떠난 지 보름가량이 지난 어느 날, 궁중 여관이 금와가 환궁했다는 소식을 들고 달려왔다. 반가운 마음을 안고 뛰어간 대전 앞뜰에 금와는 한 여인과 함께 있었다.

남루한 모습 때문에 처음엔 죄를 지어 문초하기 위해 잡아온 궐 밖 여인이라 생각했다. 그러나 다가와 고개를 조아리는 모습에서 여염의 여인네와는 다른 준절한 기품이 느껴졌다. 그리고 고개를 든 여인의 모습…….

초라한 입성과 초췌한 안색에도 불구하고 여인으로서도 한없는 사랑과 그리움을 느끼게 하는 아름다운 이목구비를 대하며 원비는 가슴 떨리는 불안감을 느꼈다. 아니, 정작 불안했던 것은 여인을 바라보는 금와의 눈길이었다. 마치 옛집에 돌아온 누이를 대하는 듯한 염려와 은애가 담긴 그 눈길은 일찍이 아내인 자신에겐 한 번도 내비친 적이 없던 것이었다.

금와가 유화를 별궁에 들이자고 했을 때 온 궁궐이 이를 반대하고 나섰다. 국왕이 반대했고, 여미을이 반대했고, 조정 대신들이 반대했다. 대사자 부득불이 한나라에 죄를 지어 멸문을 당한 자의 자식을 궁궐에 들이는 것은 한나라를 적으로 돌리는 일이라 간했지만, 금와는 요지부동이었다. 금와는 철석 같은 고집으로 후원의 별궁에 유화를 들였다. 그리고 안팎에 엄한 영을 내려 후원의 출입을 금하였다.

원비는 알고 있었다. 대전의 어전에서든, 조정 대신들과의 조회에서든, 혹은 홀로 뜰을 거니는 때든, 자신을 마주하고 있을 때든, 금와의 시선이 향하고 있는 것은 언제나 유화의 곁이란 것을……

문득 서러움이 흰 거품을 입에 물고 달려드는 해일처럼 가슴속에서 차올랐다. 곁에 누워 잠이 든 대소의 여리고 평화로운 숨소리가 서러움을 더욱 사무치게 하였다. 원비는 촛불이 일렁이는 밤의 한가운데 앉아 가슴속에서 끊임없이 솟아오르는 서러움이 눈물이 되어 흘러내리는 것을 마치 타인의 일인 양 오래 지켜보았다.

◆ ◆ ◆

"하늘에서 금두꺼비가 모습을 나타냈다 하였소?"

"그렇습니다. 지난밤 자시子時 무렵, 밤하늘을 밝힌 만월 가운데서 홀연히 황금빛을 띤 두꺼비 형상이 뚜렷이 떠오르더니, 한 식경을 보이다 사라졌습니다. 지난날 해 속에 삼족오가 모습을 보인 일이 내내 마음에 걸리던 터에, 또다시 부여의 하늘에서 이러한 변괴가 일어났습니다."

"으음……."

부득불은 깊은 생각에라도 잠긴 듯 눈을 감고 말이 없었다. 요즘 들어 바람 찬 허허벌판에 마음을 세워둔 듯 공연히 불안하고 안정이 되지 않는 부득불이었다.

하지만 뒤를 돌아보지 않고 살같이 흘러가는 세월이야 그렇다 치면 달리 불안할 일이 무엇이란 말인가. 부여의 왕업은 반석 위에 놓인 맷돌처럼 굳건하고 백성들은 태평하다. 나라의 기업이 굳건하고 백성들이 태평하다면 자기 한 몸의 안위쯤이야 무슨 상관이랴 생각해온 부득불이었다. 더구나 언제나 마음에 가시 같았던 다물군은 양정의 철기대에 의해 궤멸당하고 해모수마저 날개 꺾인 독수리가 되어 생사조차 알 수 없는 처지가 아닌가.

하지만 그럼에도 마음속에서 알 수 없는 어떤 힘, 거대하고 강력하여 자신의 힘 따위론 거역할 수 없는 힘이 자신과 이 나라 부여, 이 시대를 향하여 천천히 밀려오고 있는 듯한 느낌을 부득불은 지울 수가 없었다.

"그 여인……."

마주앉은 여미을이 나직한 목소리로 중얼거리듯 말했다. 여미을의 안색이 요즘 들어 더욱 창백해지고 있다고 부득불은 생각했다. 밀랍으로 빚은 듯한 피부 위에 유난히 밝게 빛나는 두 눈만이 마주앉은 자신의 마음을 꿰뚫을 듯 뚜렷했다.

"태자님께서 데려오셨다는 여인은 어떻게 지내고 있습니까?"

"서하국 군장의 여식이라는 처녀아이 말이오? 후원 별궁에 기거하고 있지요. 그런데, 허허허…… 혹 금와 태자께서 그 여인을 마음에 두고 계신 것은 아닌가 하는 생각이 든다오. 안부를 살피는 거라기엔 별나게 후원 출입이 잦으신 것도 그렇고······."

"지난밤 금두꺼비의 출현이 그 여인과 상관이 있지 않나 하는 생각이 듭니다."

"그 아이와? 허허허, 그 아이는 걱정 마시오. 태자께서 워낙 외인의 후원 출입을 엄히 단속하셔서 궁인들조차도 알지 못할 정도이니 밖으로 말이 샐 염려는 없소."

"그런 까닭이 아니라······ 그보다 우리 부여의 기업을 뒤흔들 더 무섭고 강력한 위험, 거역치 못할 운명이 그 여인으로부터 비롯될지도 모른다는 생각이 듭니다."

"여미을, 그게 무슨 말이시오? 우리 부여를 뒤흔들 위험이 그 처녀에게서 비롯될 것이라니. 어디 속 시원히 한번 말해보시오!"

답답한 듯 무릎걸음으로 다가드는 부득불을 여미을은 고개를 돌려 외면한 채 창 밖을 지나가는 바람 소리에 가만히 귀를 기울이는 태도를 보였다.

◆ ◆ ◆

사냥의 수확물은 시원치 않았다. 지난밤, 달빛이 이울도록 홀로 술잔을 들이켜던 금와는 푸른 새벽빛이 궁궐의 용마루를 적시기 시작하자 궁대와 동개를 꺼내 말안장에 매달고 대궐을 나섰다. 성문을 나설 무렵 동쪽 하늘 위로 막 몸을 일으킨 햇덩이에서 번진 아침 햇살이 이슬 젖은 풀 위로 주단처럼 펼쳐지기 시작했다. 간밤의 술기운이 풀향기를 머금은 아침 공기에 말끔히 씻겨나가는 기분이었다.

금와는 힘껏 박차를 차며 드넓은 초원 위로 말을 몰아나갔다. 여러 날 마구간에 매여 마른 목초만을 씹던 말도 싱싱한 풀냄새에 진저리를 치며 땅을 힘껏 박찼다. 나직한 구릉을 지나고 관목 숲을 지나고 밀생한 주목 숲을 지났다. 나무와 풀과 바람과 시간이 끝없이 자신의 등 뒤로 밀려났다. 금와는 자신이 세상의 시원을 향해 나아가고 있다는 생각을 했다.

하지만 가슴은 조금도 시원해지지 않았다. 지난밤 짙은 안개처럼 자신을 가득 채우던 우울과 불안이 여전히 가슴속에 남아 자신과 함께 달리고 있었다.

후원의 별궁에 유화를 들인 다음 금와는 이런저런 이유를 들어 별궁을 찾았다. 수련이 피어난 연못 위에 지어진 후원의 누각에서 유화는 언제나 표정 없는 얼굴로 그를 맞았다. 이 여인의 얼굴에 웃음을 되찾아올 수 있다면 자신의 가장 소중한 것이라도 서슴없이 내어놓으리라고 생각했다. 그것이 설혹 만인지상의 거룩한 보위라 할지라도.

처음엔 유화의 아름다운 얼굴 위로 드리워진 수심이 아버지와 동족을 잃은 슬픔 탓이라 생각했다. 어찌 그것이 한 남자를 향한 가슴 저린 그리움 때문이리라고 짐작조차 하였으랴. 하지만 그가 해모수란 이름을 입에 올렸을 때 유화의 얼굴에 어린 그 빛나는 기쁨과 안타까움을 보며 그는 깨달았다. 그것은 정인을 그리워하는 여인의 마음, 그 이외에는 아무것도 아니었다.

아, 유화는 해모수를 사랑하고 있는 것이다. 온 마음과 정성을 다하여 간절하게 사랑해온 자신이 아니라 해모수를. 불덩이보다 뜨거운 마음으로 자신이 유화를 원하듯, 그녀는 해모수를 원하고 있는 것이다…….

금와는 바람보다 빨리, 바람보다 멀리 말을 몰았다. 그럼에도 가슴속 유화에 대한 사랑은, 그 사랑으로 인한 고통과 슬픔은 조금도 씻기지 않았다.

금와는 말을 멈추고 궁대에서 활을 꺼내 활줄을 쟀다.

어쩐 일인지 짐승들이 별로 눈에 띄지 않았다. 국중대회國中大會인 영고迎鼓의 사냥대회를 치른 지가 오래지 않아 아직 짐승들이 늘어나지 않은 까닭인지도 몰랐다. 국왕을 모시고 치른 지난 겨울 영고의 사냥대회에서 우승자는 금와 자신이었다. 부여를 통틀어 그의 궁술을 따를 자가 없기도 하였거니와 궁성의 북쪽 산을 사냥터로 택한 운도 따랐다. 사흘간의 사냥대회에서 그가 수확한 사냥물은 토끼나 꿩 같은 작은 짐승을 제하고도 여우 다섯 마리, 사슴 두 마리, 고라니 세 마리, 과하마만 한 멧돼지가 한 마리였다.

금와는 사냥감을 찾아 더 깊은 산 속으로 말을 몰았다.

허기와 피로에 지친 금와가 성으로 돌아온 것은 긴 여름해가 기울어 거리에 어둑발이 내릴 무렵이었다. 말 안장에 매달린 것은 토끼라고 해도 믿을 만한 조그만 고라니 한 마리가 전부였다.

저만치 앞에서 누더기를 겨우 면한 낡은 베저고리 차림에 갈대로 엮은 삿갓을 쓴 노인 하나가 쩔뚝거리는 걸음으로 다가오고 있었다. 금와가 말을 비켜 지나가려 했지만 노인이 앞을 가로막았다. 다시 길을 비키자 노인이 또 앞을 가로막으며 고개를 조아렸다.

"송구합니다, 공자님."

"……말해보시오."

노인이 머리를 연신 조아리며 말했다.

"이 몸이 지난 겨울 눈길에 낙상하여 다리를 작신 다친 후 지금껏 바깥일을 못하고 있습니다. 해서 이 몸 하나 바라고 사는 집안 식구들이 사흘에 피죽 한 그릇도 먹지 못한 지가 여러 달이라, 지금은 모두 굶어 죽을 날만 기다리고 있습니다. 부디 젊은 공자님께서 이 불쌍한 늙은이에게 자비를 베푸셔서 기사飢死만은 면하게 해주십시오."

노인을 바라보는 금와의 표정에 측은함이 내비쳤다. 금와가 말안장에 매단 고라니를 끌러 내밀었다.

"노인장의 처지가 자못 딱하나 지금 몸에 지닌 것이라고는 이것밖에 없구려. 우선 이것으로 주림을 면하시고 내일 자시에 궁성으로 와 위사를 찾으시오. 내 구명할 방도를 생각해두겠소."

"식구가 여럿이고 굶은 지가 여러 날이라 이깟 조그만 짐승으로는 어림도 없습니다요. 공자님이 차고 계신 칼이 값비싸 보이니 그걸 적선하시면 식구들 입 공궤에 어려움이 없을 듯합니다."

금와가 난처한 빛을 띠며 말했다.

"허, 이것은 나의 오랜 벗이 이 몸에게 신의의 정표로 남긴 것이오. 이걸……."

그것은 지난날 평양성에서 함께 수학할 때 해모수가 우정의 정표로 준 환두대도였다. 지금껏 궁 밖을 나설 때 한 번도 몸에서 멀리해본 적이 없는 물건이었다.

"공자님, 다섯이나 되는 시퍼런 목숨이 굶어 죽어가고 있습니다. 그깟 환도 한 자루가 대수입니까?"

금와가 노인을 앞에 두고 사세난처한 일이란 듯 딱한 표정을 지었다. 그러던 어느 순간 그의 눈동자가 문득 커졌다. 앞에 선 노인이 고개를 들어 천천히 삿갓을 들어올렸던 것이다.

"자네……."

마주선 노인 형용의 남자가 그제야 빙그레 웃음 띤 얼굴로 금와를 보았다.

"그깟 죽었는지 살았는지도 모를 친구가 준 신물信物이란 게 무에라고 그리 중하게 여기십니까?"

"해모수……."

"쉿! 둔한 친구 같으니라구. 알았으면 조용히 날 따라오게."

말을 마친 노인이 다시 삿갓을 눌러쓰더니 금와의 앞을 떠나 휘적휘적 걸음을 옮기기 시작했다.

금와와 해모수가 마주앉은 곳은 성 안의 조그만 여각 안 봉놋방이었다.

"자네, 살아있었구먼. 다쳤다는 몸은 괜찮은가?"

봉두난발에 수염이 얼굴을 덮은 옛친구를 낯선 눈으로 건너다보며 금와가 말했다.

"아직 하늘님께서 이 해모수가 해야 할 일이 있음을 아시고 목숨을 거두어가지 않으셨네. 하지만 조선의 많은 용사들이 목숨을 잃었다네."

해모수가 얼굴에 고통스러운 빛을 띠며 말했다. 곁에 앉은 추선인이 무겁게 고개를 떨어뜨렸다.

"하지만 이 땅에는 조선의 부흥을 열망하는 많은 의로운 이들이 있네. 그들에게 자네는 여전히 꺼지지 않는 희망의 횃불이네. 자네가 있는 한 그들 또한 꿈을 버리지 않을 것이야."

"설혹 이 몸이 죽어 없어진다 하여도 이 땅에서 한의 도적들을 물리치고 우리 동이족의 나라를 세우려는 거룩한 뜻은 결코 사라져서는 안 되네. 나 또한 살아있는 동안 그 뜻을 위해 마지막 한줌의 노력마저 다할 작정이네."

"모양은 영락없는 늙은 거렁뱅이인데, 말하는 걸 보니 내 벗인 해모수가 분명하군. 너무 걱정 말게. 내가 도울 걸세. 우리 부여가 그 바탕이 되도록 하겠네. 부여에는 8만이나 되는 훈련된 병사가 있네."

해모수가 따뜻한 정이 깃든 시선으로 금와를 건너다보았다. 저 얼굴, 저 눈빛. 열한 살 나이, 소년 시절 평양성에서 처음 만나 교유를 시작한 이래 언제나 너른 도량으로 형처럼 금와를 대해온 해모수의 넉넉하고 유덕한 그 표정이었다.

"자네의 뜻은 알겠네. 하지만 부여에는 대왕이 있고 조정의 대신이 있네. 자칫 내가 부여에 큰 우환이 될 수 있다는 걸 모르진 않겠지?"

"자네가 부왕을 뵙도록 하게. 내가 그리 주선하겠네."

금와가 손을 내밀어 해모수의 팔을 그러쥐었다. 금와의 어기찬 손아귀 힘을 느끼며 해모수는 부여로 온 것이 잘한 결정이었다는 생각을 했다.

◆ ◆ ◆

후원 연못 속에 세워진 누각의 석교 위에 유화가 서 있는 것이 희미한 저녁빛 속에 보였다. 연못을 타넘으며 누각의 돌계단으로 이어지는 홍예다리 위였다. 중문을 들어서 후원 별궁으로 이어지는 길 위엔 벌써 등롱이 불을 밝히고 있었다. 후원길을 걸어오던 금와가 걸음을 멈추었다.

다리 난간에 서서 유화는 고개를 들어 허공을 우러르고 있었다. 낮동안 흰 꽃을 다투어 피워올리던 연못의 수련은 이미 꽃잎을 접은 뒤였고, 푸른 물 속으로 흰 비늘을 번득이며 유영하던 물고기들도 더는 보이지 않았다. 막 불을 밝힌 희미한 등빛과 옅은 어둠, 투명한 저녁빛이 서로 몸을 섞은 묘한 빛 속에 유화는 그 자신 정물이 된 듯 굳은 모습으로 서서 허공의 한 점을 응시하고 있었다.

유화는 지금 무엇을 저리도 골똘하게 응시하고 있는 것일까.

그녀의 시선이 향하고 있는 곳이 어디인지 금와는 알 수 없었다. 어쩌면 유화의 시선이 가닿는 곳이란 지상의 공간이 아니라 그보다 훨씬 더 멀고 아득한 어떤 곳, 그의 지극한 그리움이 머물고 있는 곳일지도 모를 일이었다.

말할 수 없이 아름다운 자태였다. 금와는 그런 유화의 모습에서 숨막히는 아름다움을 느꼈다.

금와는 선뜻 걸음을 옮기지 못한 채 우두커니 자리에 서 있었다. 유화의 그런 모습에는 어딘지 금와의 발길을 완강하게 거부하는 무언가가 있었다. 금와는 알 수 없는 벽을 느꼈다. 유화가 머무르고 있는 세상은 자신이란 존재의 틈입이 엄격하게 거부된 곳, 오로지 그녀와 그녀의 그리움만을 위한 시공時空 같아 보였다.

검은 자갈이 촘촘히 깔린 길을 걸어 금와는 천천히 연못으로 다가갔다. 다리 위에 걸음을 올렸을 때에야 유화가 깊은 잠에서 깨어나듯 천천히 고개를 돌려 자신을 바라보았다.

"……."

유화가 가만히 고개를 숙여 인사했다. 그녀의 여윈 어깨 위에 내려 앉은 사원 등빛이 애잔한 마음을 불러일으켰다.

"별빛이 참 맑습니다."

금와가 고개를 들어 어둠에 잠긴 하늘을 올려다보았다.

"견우성을 찾고 있었습니다."

유화의 시선이 검은 서녘 하늘 위를 더듬고 있었다. 하늘 한가운데를 가르며 흰 물줄기와 같은 미리내가 흐르고, 그 아래쪽의 별무리 가운데 빛나는 견우성이 있었다. 금와의 눈이 천천히 다른 하늘을 더듬기 시작했다. 쏟아져내릴 듯한 별무리가 검은 하늘 위에 가득했다. 금와는 미리내 위쪽 하늘에서 희게 빛나고 있는 별무리 가운데 또한 빛나는 별 하나를 찾아냈다. 직녀성이었다.

"곧 칠월 칠석이 다가오고 있습니다."

"아……."

금와의 입에서 나직한 탄식이 흘러나왔다. 그랬었구나…… 금와는 어린 시절 들었던 견우와 직녀의 전설을 떠올렸다.

……옥황상제의 노여움을 산 견우는 미리내 밖으로 쫓겨났고, 하늘나라에 남은 직녀는 홀로 쓸쓸히 베를 짜야 했다. 이들의 사랑을 가엾게 여긴 옥황상제는 이들이 1년에 단 한 번 일곱 번째 달 일곱 번째 날 밤에만 하늘의 강을 건너 만날 수 있도록 허락했다. 이때부터 견우와 직녀는 칠월 칠일이 되면 '칠일월'이라는 배를 타고 하늘의 강을 건너 만날 수 있었다. 하지만 이날 비가 내리면 강물이 불어나 배가 뜰 수 없었다. 그래서 두 남녀는 강가에 서서 서로를 바라보며 안타까운 눈물을 흘렸는데, 이를 안타깝게 여긴 까치들이 날아와 날개로 다리를 만들어 두 사람이 만날 수 있게 해주었다…….

"그날이 되면 까치들이 저 미리내 위에 다리를 만들어 두 남녀가 서로 만나도록 하겠지요."

금와는 그녀의 마음이 가닿고 있는 곳이 어디인지를 알았다. 하늘의 강을 건너 만나야 할 사람, 만날 수 없으면 날짐승의 도움을 입어서라도 반드시 만나고야 말 사람……

해모수와 헤어져 여각을 나서며 금와는 죽음에서 돌아온 벗을 만난 기쁨이 빠르게 사라지는 대신, 검은 안개와도 같은 불안감이 가슴속에 차올라옴을 느꼈다. 간절히 해모수의 무사를 기원하는 마음 한편으로 그의 영원한 부재를 갈망하는 마음 또한 자리하고 있다는 것을 깨달을 때마다, 신체의 한 부분을 잘라버리고 싶을 만큼 견딜 수 없는 자괴감에 사로잡히곤 했던 금와였다.

비록 유화의 마음이 해모수를 향해 여린 꽃잎처럼 떨리고 있다 하더라도 날마다 후원의 별궁을 찾아 그녀의 얼굴을 대하는 일은 금와에게 가장 큰 생의 기쁨이었다. 비록 그녀의 눈빛이 다른 눈빛을 찾고, 그녀의 숨결이 다른 숨결을 원하더라도 그녀는 내 앞에 있고 나와 시선을 나누고 있다. 그런 기쁨이 숨이 막히고 가슴이 터질 듯한 질투와 불안과 분노를 어느 정도 가라앉혀주었다. 하지만, 아아…… 이제는 그 기쁨마저 사라질 것이다. 그녀는 이제 오직 그만을 바라보고, 그만을 위해서 웃을 것이며, 그만을 위해서 존재할 것이다. 해모수, 그만을 위해서……

"하늘의 별이 저렇게 밝은 걸 보니 당분간 비는 오지 않을 듯합니다. 그러니 까치들의 수고도 필요치 않을 듯하구요."

금와의 말에 허공을 향해 있던 유화가 천천히 고개를 돌렸다. 잠시 망설이는 듯한 태도를 보이던 유화가 입을 열었다.

"혹, 밖에서 들려온 소식은 없는지요?"

금와의 시선이 유화를 향했다. 어스름한 달빛이 내려앉은 흰 얼굴과 말할 수 없이 우아한 표정. 근심의 표정조차도 지극한 아름다움을 더하는 이 여인. 아름답다, 라고 금와는 생각했다.

금와가 천천히 고개를 저었다.

"달리 들은 소식은 없습니다. 하지만 해모수가 죽었다는 소식 또한 없으니 걱정하지 마십시오. 조만간 반가운 소식이 올 것입니다."

금와는 쓸쓸한 걸음으로 후원을 돌아나왔다. 마음을 홀로 빈 들판에 세워둔 듯 허허로웠다.

어떻게 된 일인가, 이 마음은. 여인을 향한 사랑이 뜨거워질수록 마음은 더욱 공허해진다. 어디에도 마음을 둘 수 없고, 어디에서도 마음의 정처를 찾을 수 없다. 참을 수 없는 안타까움으로 별궁을 향해 달려가지만 마음은 그때마다 공허하게 무너져내린다. 공들여 쌓은 나뭇더미가 한순간에 요란한 소리를 내며 바닥으로 무너져내리듯.

함께 마주하고 있어도 그녀가 바라보는 것은 내가 아니다……

◆ ◆ ◆

"그 말은 현토성을 치자는 것인가?"

"그렇습니다, 폐하! 현재 현토성은 등뒤의 요동성을 의지하여 호가호위狐假虎威하는 교만한 여우에 불과합니다. 지금이라도 동이의 나라들이 힘을 모아 공략에 나선다면 반드시 현토성을 무너뜨릴 수 있을 것입니다."

"으음……"

해부루가 문득 조갈을 느낀 듯 앞의 사방탁자에 놓인 찻잔을 들어 입으로 가져갔다. 결의에 찬 해모수의 시선이 그런 해부루를 말없이 응시하고 있었다.

금와가 은밀히 마련한 자리였다. 해모수는 그간 한의 학정으로 인한 동이족의 참상과 새로운 동이족의 나라를 갈망하는 그들의 뜨거운 염원을 젊은 열정을 다해 토로했다. 시종 묵묵히 해모수의 말을 듣고 있던 해부루가 현토성을 치자는 소리에 고개를 들어 깊은 신음을 토해낸 것이다.

"비록 조선이 화하족華夏族*에게 욕을 당해 사직이 무너지고 강역이 유린되었다 하나, 이 땅은 천제께서 정하신 신국神國의 영토입니다. 지금 현토성을 쳐 이 땅에서 화하족의 무리를 쫓아내는 일은 곧 하늘의 뜻을 이루는 것이고, 땅의 뜻을 이루는 것이며, 백성의 뜻을 이루는 것입니다. 어찌 망설이겠습니까?"

"하지만 요동의 3만 대군 뒤에는 한의 대병이 있네. 한은 중원을 통일한 대국. 흉노도 선비도 남월도 그 앞에 무릎을 꿇지 않았는가? 우리 부여가 비록 선조 이래 한 번도 외적의 침입을 허용치 않은 동방의 강국이라 하나, 한과 겨루어 이길 수 있을 것인가?"

해부루가 입을 열어 해모수를 질책했다. 하지만 그를 바라보는 눈길에는 이 젊은 영웅에 대한 신뢰와 호의가 뚜렷이 드러나 있었다.

"부여가 나서서 잃어버린 영토의 회복이라는 대의의 기치를 올린다면 옥저와 동예, 행인, 비류, 개마, 구다, 양맥, 계루 등 동이의 각 나라들이 반드시 이에 동조할 것입니다. 그들 또한 조선이나 부여와 같은 혈맥으로 이어진 형제국이기 때문입니다. 조선은 사라졌지만 그 천제의 왕국을 향한 꿈은 우리 동이족의 가슴속에, 뜨거운 핏줄 속에 면면

---

* 화하족 : 중국의 한족.

히 살아있음을 저는 믿습니다, 폐하!"

"그렇다 하나 멀리 있는 대의를 위해 나의 백성을 죽음의 길로 내몰 수는 없다. 나는 그들의 목숨을 책임지고 있는 군주이고, 군주의 근본은 백성이기 때문이다. 나는 반드시 이기는 전쟁이 아니라면 비록 청사에 길이 아로새길 대의와 명분이라 하더라도 전쟁을 하지 않겠다."

"옳으신 말씀입니다. 하나 한과의 전쟁은 만 번을 싸운다 한들 우리가 질 수 없는 전쟁입니다."

"그 까닭을 말해보라!"

"우선 지금의 한은 대륙을 통일하고 조선을 무너뜨린 예전의 한이 아닙니다. 한은 무제가 즉위한 이후 10여 년에 걸친 흉노와의 전쟁과 남월南越, 서남이西南夷의 원정으로 군사력을 소진했습니다. 게다가 대대적인 토목공사로 국고마저 바닥나 극심한 재정적 어려움을 겪고 있어 더 이상 예전의 한이라 할 수 없는 지경에 이르렀습니다. 황실의 힘이 약해진 것을 기화로 도처에 도둑이 들끓고 각지에서 반란과 봉기가 끊이지 않아, 한이 대군을 들어 동이의 정벌에 나선다면 오히려 내우와 외환으로 인해 나라의 근본이 흔들리는 처지에 이르고 말 것입니다."

"……."

"둘째, 전날 조선이 한에 무너진 것은 힘이 약해서라기보다 내부의 분열이 더 무거운 원인이었습니다. 한의 무제는 6만 대군으로 평양성을 공략했지만 한 해가 넘도록 평양성의 성문 하나 건드리지 못했습니다. 한의 공세에 겁을 먹은 쥐새끼 같은 자들이 왕을 모살하고 성문을 열어 마침내 평양성이 저들의 손에 떨어지게 된 것입니다."

해모수의 목소리가 점점 열기를 띠어갔다. 너른 정전正殿이 해모수가 토해내는 강기 어린 목소리로 가득 찬 듯했다.

"하지만 한의 주재 아래 든 지 오래인 지금, 우리 동이는 계속되는 한의 학정에 분노하여, 저들을 물리쳐 조선의 옛 왕국을 되찾자는 뜨거운 결의가 모든 백성의 가슴속에 붉은 핏덩이로 뭉쳐져 있습니다. 따라서 비록 한이 대군을 몰아 침공해온다 하더라도 온 동이의 백성이 일심으로 단결하여 반드시 물리칠 수 있을 것입니다. 그리고……."

"계속하라!"

"셋째, 저들은 먼 길을 원정하여 치르는 전쟁이지만 우리는 터전을 바탕으로 하여 싸우는 전쟁입니다. 또한 적들은 살아 돌아가기를 원하고, 우리는 죽어 지키기를 원합니다. 이 싸움은 반드시 우리가 이길 것입니다."

한여름의 뜨거운 햇빛이 대전의 뜰 위로 탁탁 소리를 내며 쏟아져 내리고 있었다. 대전의 긴 회랑을 금와가 초조한 얼굴로 서성이고 있었다. 저편에서 다가오는 해모수를 발견하자 빠른 걸음으로 달려가 소매를 잡았다. 한낮의 열기 탓인지 얼굴이 붉게 상기되어 있었다.

"어찌되었나?"

수염을 말끔히 깎은 청수한 해모수의 얼굴에 밝은 미소가 떠올라 있었다.

"대왕께선 참으로 영명하신 군주시네. 곧 백관과 함께하는 조회에서 현토성 공략을 선포하실 것이네."

"오……!"

금와가 소년처럼 환성을 올렸다.

"잘했네! 자네가 철석같이 닫힌 문을 열어젖혔구먼. 부왕의 마음을 움직였어. 해낼 줄 알았어!"

"추선인을 통해 흩어진 다물군을 소집해두었네. 또한 동이 각 지역에 뜻있는 이들의 거병을 촉구하는 통문을 돌릴 생각이네."

"하지만 때가 이를 때까지 자네는 이곳에서 몸을 숨기고 있도록 하게. 다른 나라의 호응을 얻는 일에는 내가 나설 터이니."

두 사람은 천천히 대전의 긴 회랑을 걸었다. 믿음이 두터운 벗과의 동행이 얼마나 기꺼운 일인가를 금와는 해모수와 함께 걸으며 생각했다.

"오늘 같은 날 술을 한잔 하지 않을 수 없지. 내 기가 막힌 주루를 하나 알고 있으니 따라오게. 조용하고 믿을 만한 곳이야."

"그런가? 자네가 늘 자랑하던 부여의 지주旨酒를 오늘은 맛볼 수 있겠구먼. 하하하……."

"술뿐인가. 부여 제일의 기녀가 추는 춤과 잡희雜戱도 다른 곳에서는 볼 수 없는 것일 테니."

"하하하…… 그대의 아름다운 태자비께서는 안녕하신가? 대소는 돌이 지났으니 제법 사내 티를 내겠구먼."

한여름의 열기를 담은 바람이 불어와 얼굴을 스치고 지나갔다. 그와 동시에 바람은 금와에게서 무언가를 함께 데려갔다. 마음을 채우고 있던 흔연하고 유쾌한 기분이 빠르게 걷히면서 마음 한구석에서부터 조바심과 불안감이 피어오르는 것을 금와는 느꼈다.

마음으로 다가오면 천리마를 구해 타고서라도 달아나고 싶었던 생각이었다. 하지만 어느새 그 생각은 마음속에 들어와 자신을 가득 채우고 자신을 동앗줄처럼 옭아매었다.

"자네 왜 그러는가? 어디 몸이라도 불편한 겐가?"

해모수가 염려스러운 눈길로 금와를 바라보고 있었다.

"아닐세……."

두 사람은 잠시 말이 없는 가운데 걸었다. 궐문 앞에 이르렀을 때 금와가 곁에 선 벗을 돌아보았다.

"마음이 바뀌었네. 주루보다 더 좋은 곳이 생각났다네. 날 따라오게."

"어딘가, 그곳이?"

"후원의 별궁이라네."

◆ ◆ ◆

부여궁의 후원은 풍류를 즐기는 부여인의 멋과 미의식이 한눈에 드러나 보이는 곳이었다. 후원의 중문을 들어서는 순간 펼쳐진 땅과 꽃과 나무와 하늘의 절묘한 조화가 이루는 고아한 정취가 절로 탄성을 자아내게 했다. 검은 자갈이 박힌 포장길 가를 따라 핀 소박한 풀꽃들과 낯익은 나무들, 군데군데 천 년의 자세로 앉아 있는 바위들, 고즈넉한 정적에 잠겨 있는 연못……. 요란하지도 화려하지도 않지만 자연에 대한 부여인의 깊은 애정과 높은 안목이 깊은 멋과 아름다움으로 담뿍 배어 있는 모습이었다.

이미 여러 차례 부여궁을 찾은 해모수였지만 후원에 걸음을 들인 일은 처음이었다. 저만치 길 끝에 화강암으로 둘레를 두른 장방형의 연못이 있고 그 한가운데 인공으로 쌓아올린 섬이 있었다. 섬의 한 끝을 타고 수중누각이 서 있었다.

언제부터인가 굳은 얼굴을 한 금와의 곁에서 해모수는 말없이 걸음을 옮겼다. 어디선가 이름 모를 새의 울음소리가 들렸고, 훈훈한 나무 냄새가 밴 바람이 숲으로부터 불어왔다.

연못물 위에 석주를 세워 만든 누간樓間에 한 사람이 서 있었다. 푸른 비단 저고리에 점무늬가 수놓인 치마를 입은 젊은 여인이었다. 걸음을 옮기던 해모수는 누각 위의 여인이 자신을 응시하고 있다는 걸 깨달았다. 해모수의 걸음이 문득 느려졌다. 그러더니 마침내 무언가에 사로잡히기라도 한 듯 그 자리에 우뚝 멈춰 섰다.

유화…….

한낮의 햇볕 탓인 듯 일시간의 현훈이 머리를 두드렸고, 해모수는 아득한 느낌 속에서 기를 쓰고 누각 위의 여인을 바라보았다.

저 여인이 유화라면 이곳은 천상이어야 마땅하리라. 그녀는 양정의 손에 묶여 죽임을 당했다지 않았던가.

해모수가 곁에 선 금와를 돌아보았다. 돌처럼 딱딱하게 굳은 금와의 얼굴이 처음 보는 이의 그것처럼 생경하게 느껴졌다. 지금껏 한 번도 본 적이 없는 벗의 얼굴이었다. 해모수가 다시 걸음을 옮겼다.

누각으로 이어지는 석교 위에서 두 사람은 만났다. 꿈인 듯 바라보는 해모수의 얼굴에 주체할 수 없는 기쁨이 떠올랐다. 아까부터 저편에서 다가오는 해모수를 발견한 유화는 단 한 발자국도 걸음을 내딛지 못한 채 말없이 해모수를 지켜볼 뿐이었다. 숨 쉬는 것조차 힘들 만큼 벅찬 기쁨이 가슴을 채워와 자꾸만 숨결이 가빠왔다.

"유화 아가씨……."

천천히 유화 앞으로 다가간 해모수가 무릎을 꿇었다.

"용서하십시오, 유화 아가씨! 이 몸 아가씨께 씻지 못할 죄를 지었습니다."

유화의 두 볼 위로 눈물이 흘렀다. 가슴속 벅찬 기쁨이 눈물이 되어 쉴 새 없이 흘러나왔다. 유화가 잠시 후 떨리는 입술을 열어 말했다.

"장군님께는 아무런 원망도 없습니다. 다만, 억울하게 돌아가신 아버님과 동족들의 죽음이 한스러울 따름입니다."

"아가씨, 이 몸이 살아있는 동안은 서하국의 비극을 잊지 않을 것이며, 그 원수를 갚는 일에 신명을 바치겠습니다. 그렇다 하나 유화 아가씨가 당하신 이 큰 슬픔을 생각하면 다만 아득할 뿐입니다."

마침내 유화가 걸음을 옮겨 해모수 앞으로 다가섰다.

"일어서세요, 장군님! 비록 아녀자의 몸이나 이 모두가 본국을 잃은 백성의 고통과 슬픔이란 것을 모를 만큼 어리석지 않습니다. 장군께서는 부디 작은 원한에 사로잡혀 큰 뜻을 잃는 일이 없으시기를 바랍니다."

몸을 일으킨 해모수가 격정을 이기지 못한 듯 유화의 손을 잡았다. 유화의 벅찬 감격과 기쁨이 여리게 떨리는 손을 통해 전해져왔다.

금와는 천천히 후원을 걸어나왔다. 무더운 날씨임에도 깊은 외로움이 온몸에 소름을 돋게 했다. 후원 문을 걸어나온 금와는 눈부신 햇볕 아래 서서 어디로 가야 할지 길 잃은 어린아이의 심정이 되어 오래 그 자리에서 움직일 줄을 몰랐다.

달빛 쏟아지는 숲

조선의 부흥을 열망해온 동이의 젊은이들이 은밀히 부여로 몰려들었다. 한의 통치를 거부하여 삶의 터전을 버린 유민의 무리도 앞을 다투어 부여의 국경을 넘었다. 부여성 북쪽에 있는 금성산은 그들을 군사로 조련하기 위한 훈련장으로 맞춤한 곳이었다.

해모수는 날마다 훈련장으로 나가 군사들을 조련하는 일에 하루해를 보냈다. 금와가 제공한 병장기로 무장한 군사들은 점점 정연한 대오와 엄정한 군기가 잡히며 군대의 꼴을 갖춰가고 있었다.

금성산 자락의 너른 평지와 주위를 빽빽하게 메우며 자란 가문비나무 숲은 군사들을 조련하기에 더없이 좋은 장소가 되었다. 이곳에서는 연일 군사들의 고함 소리와 병장기 소리가 사라지지 않았다.

부여국에서도 조용한 가운데 준비가 빠르게 진행되고 있었다. 부여군에 총동원령이 내려지고 부장군을 제수받은 금와가 군사의 훈련은 물론 병장기의 점검에서부터 진채와 성곽의 방벽을 점검하는 일에까지 전력을 다했다.

다만 현토성 원정군의 상장군에 보임된 부득불만은 이미 여러 날 문 밖 출입을 삼간 채 두문불출이었다. 그가 국왕이 현토성 공략을 선언한 어전회의에 앞서 왕에게 격렬히 거병의 불가를 진언했으나 받아들여지지 않았다는 말이 나돌기 시작한 다음의 일이었다.

부득불은 왕이 해모수와 독대했다는 소식을 듣자마자 대궐로 달려가 대전 마루에 부복했다.

"폐하! 폐하께서 조선의 유장인 해모수를 불러 친견하셨다는 것이 사실입니까?"

"그렇소, 대사자."

"또한 동이의 모든 나라와 더불어 현토성으로 진공하겠다고 약속하셨다는 것도 사실입니까?"

"그 또한 사실이오."

순간 부득불이 머리를 바닥에 댄 채 큰 소리로 흐느끼기 시작했다. 놀란 왕이 황급히 부득불을 불렀다.

"이보시오, 대사자! 어이하여 그리 통곡하시오? 대체 무슨 일이 있기에 그러시는 것이오?"

"시조 동명성왕께서 이 나라를 창건하신 이래 4백여 성상 동안 동방의 대국으로 군림해오던 우리 부여가 마침내 그 사직이 무너지고, 백성은 오랑캐의 노복이 되어 팔리고, 찬란한 왕궁은 적의 말발굽 아래 짓밟혀 일락서산에 갈까마귀 울음소리만 쓸쓸할 지경에 이르렀는데, 나라의 중신으로서 어찌 눈물이 나오지 않겠습니까."

부득불의 울음소리가 더욱 커졌다.

"허어, 대사자. 대사자답지 않게 어찌하여 그런 마음 약한 소리를 하시오? 그런 일은 결단코 없을 것이오."

"폐하! 지금 폐하께서 준비하시는 전쟁의 결과는 필패입니다. 우리 부여군이 현토성을 향해 진발하는 그 순간, 우리 부여의 운명은 시위를 떠난 화살이 되어 멸망의 구렁텅이를 향해 날아갈 것입니다. 이는 만 가지 경우를 들어도 반드시 질 수밖에 없는 전쟁이기 때문입니다."

"으음……."

"폐하께서는 이 어리석은 신의 충정을 가엾게 여기시어 부디 신의 말에 귀 기울여주십시오."

"말해보시오."

"먼저, 작은 나라가 큰 나라를 치는 것과 적은 군사로 많은 군사를 치는 것은 반드시 삼가야 할 병가의 첫 번째 금기라 하였습니다. 한은 대륙의 수많은 강대한 제후국을 하나하나 무력으로 딛고 일어선 나라로, 우리 부여와는 타고 앉은 땅의 넓이에서나 거민의 수에서나 병마의 수에서나 비할 바 없는 대국입니다. 부여가 한을 치려 함은 마치 사마귀가 제 분수를 모르고 앞발을 들어 거대한 수레를 상대하겠다는 것(당랑거철螳螂拒轍)과 다르지 않은 일입니다."

"……."

"그리고, 설혹 하늘이 도와 싸움에서 이긴다 하더라도 그 전란으로 인한 폐해는 한에 비해 우리 부여에게 더욱 클 것인 바, 인마의 손실과 국력의 소모는 곧 기아와 도적의 창궐과 또 다른 병란의 위험이 되어 이 땅의 백성들에게 오롯이 남겨질 것입니다."

"으음……."

"또 지금은 무더운 여름철이라 전염병이 창궐할 가능성이 높으며,

날이 습해 우리 부여군의 주무기인 활의 장력이 약해져 전력에서 적지 않은 손실이 있을 것입니다. 그리고 군대란 엄정한 군기와 군율이 생명인데, 동이의 각 나라가 호응하여 힘을 모은다 하여도 한번 어려움에 처한다면 곧 오합지졸로 전락할 것이 분명합니다. 이들로써 어찌 한의 백만 정병을 감당하려 하십니까?"

"하지만 대사자, 이 동이의 땅에 언제까지 저들 한족의 무리를 용납할 것이오? 이 땅에서 한족을 쫓아내고 온전한 동이의 나라를 세움은 이 땅의 만백성이 한가지로 바라는 일이 아니오. 이를 두고 어려움을 들어 회피한다면 어찌 의라 할 것이오."

"폐하! 조선은 이미 이 땅에서 사라진 나라입니다. 또한 우리 부여는 조선과는 선조와 적통을 어엿이 달리하는 나라인 바, 국조國祖 동명성왕 이래 동방의 대국으로 당당히 자리하고 있습니다. 이제 조선의 부흥을 두고 온전한 동이의 나라 하심은 우리 부여를 창건하신 국조를 욕되게 하는 것이며, 또한 국가의 근본을 부인하는 것입니다."

긴 시간 피를 토하는 듯한 부득불의 말을 해부루는 묵묵히 듣고 있었다.

왕의 앞을 물러난 부득불은 그날로 자신의 사저에 들어 칩거를 시작했다. 왕이 여러 차례 사람을 보내 입궐을 명했으나 그때마다 신병을 가탁하여 응하지 않았다.

부여 전역에 바야흐로 전운이 무르익어가던 어느 날, 밤의 어둠에 의지하여 부득불이 은밀히 여미을을 찾았다. 온 나라가 찌는 듯한 삼복 더위로 체머리를 흔들고 있는 때에도 여미을의 신궁에는 서늘한 기운이 감돌고 있었다.

"신절이 깊으셔서 입조를 못하신다 들었습니다."

부득불의 심사를 헤아리지 못할 리 없는 여미을이 도기잔에 찻물을 따르며 그렇게 말했다.

"그렇소. 해서 그 병통을 치료할 약전을 얻고자 그대를 찾았소."

"이름난 의원을 찾으실 것을 그러셨습니다."

"이 나라에 그대만 한 명의가 달리 있겠소. 내가 바라는 것은 이 늙은 일신의 안위가 아니오. 부디 이 나라가 살고 백성이 살 방도를 알려주기 바라오."

"대사자 어른께서는 너무 심려치 마십시오. 비록 나라가 큰 환란을 앞두고 있어 그 어려움이 누란지세라 하나 해결할 방도가 없는 것은 아닙니다."

"어서 말해보오. 그 방도가 무엇인지……."

"그보다, 부여의 일월을 침노하던 삼족오의 비밀을 이제야 풀었습니다."

"그래요?"

"바로 해모수 그자가 벌인 일이었습니다. 그자의 사악한 영이 부여의 일월을 침노하여 하늘을 어지럽히고 백성을 혼란케 하고 저의 심사를 흩뜨렸던 것입니다. 해모수가 부여로 들어온 날 삼족오가 그 날개를 펴 하늘을 가렸습니다. 그날 부여의 하늘에 일식이 있었던 것을 기억하십니까?"

"오오……."

부득불이 두려운 낯빛이 되어 망연히 여미을을 건너다보았다.

"현재 부여가 겪고 있는 모든 어려움의 근원에는 해모수 그자가 있습니다. 그로부터 모든 갈등이 비롯되었고, 장차의 비극이 예비되고 있습니다. 현재 우리 부여가 안고 있는 어려움에서 벗어나는 방법은 단 하나, 해모수 그자를 제거하는 것입니다."

"……."

"그렇지 않다면 장차 이 땅은 그자로 인하여 참혹한 환란을 면치 못할 것입니다."

부득불이 어두운 길을 걸어 신궁을 찾은 뜻과 한치도 어긋남이 없는 여미을의 말이었다.

"하지만 이 나라 태자가 그와 뜻을 같이하고, 그를 좇는 무리 또한 적지 않으니 무슨 방도로 그들을 모두 없앤단 말이오?"

"머리를 삶으면 귀까지 익는 법이지요. 무얼 그리 염려하십니까? 해모수를 토포하기 위해 한의 조정에서 파견한 장수가 아직 현토성에 머물고 있다지 않습니까."

열린 창을 통해 밤바람이 방 안으로 흘러들어왔다. 그 바람 한 줄기가 홀연 가슴속으로 흘러들면서 부득불은 답답하던 마음이 일순 청량해지는 기분에 사로잡혔다. 시종 먹구름이 내려앉은 듯 무겁고 어두워 보이던 부득불의 얼굴에 비로소 희미한 미소가 떠올랐다.

◆ ◆ ◆

부여성 북문 밖을 흐르는 시내를 건너면서 이어지는 금성산은 부여성의 주산主山으로 그 모양이 커다란 거북이 성읍을 향해 엎드린 형상이었다. 그렇다 하나 정작 산 속에 발을 들이면 봉우리는 높고 골은 깊은 데다 등성이마다 울창한 산림이 우거져 웬만한 험산에 못지않았다. 오전 한 차례 시원한 소나기가 지나간 날의 저녁 무렵, 금성산의 빽빽한 수림 속에서 젊은이들이 토해내는 기합과 환성이 온 산을 우렁우렁 울렸다.

가문비나무가 사방을 둘러싸듯 자란 드넓은 공터에 수백을 헤아리는 젊은 병사들이 병기를 부여쥐고 군사 훈련에 한창이었다. 추선인의 명령에 따라 창검을 쥔 병사들의 나아가고 물러서는 움직임이 자로 잰 듯 정연한 것이 이미 엄정한 군기를 느끼게 했다. 비록 손에 든 병장기들이 정병의 그것에 비해 옹색한 바 있으나 병사들의 사기만은 하늘을 찌를 듯 드높았다.

흙을 돋우어 임시로 세운 장대 위에 올라서서 훈련받는 병사들의 모습을 지켜보는 해모수의 얼굴에 미더운 미소가 떠올랐다.

진세를 운용하는 진법 훈련이 끝나자 겨루기 훈련이 이어졌다. 각기 마주한 상대를 향해 전력을 다해 펼치는 병사들의 창검술이 실전을 방불케 할 만큼 맹렬했다. 병사들의 훈련은 숲 위로 어둠이 내려덮일 때까지 계속됐다.

숲 속의 진채에서 병사들과 함께 저녁을 마치고 바람을 쏘이러 숲길로 들어서는 해모수 앞에 한 여인이 모습을 드러냈다. 유화였다.

"유화 아가씨! 이곳까지 어인 일로……."

"저녁 바람을 쐬던 길이 길어졌습니다."

하지만 그렇기로 설마 이곳까지랴. 더구나 그녀는 후원 깊은 곳에 몸을 숨긴 처지가 아닌가. 해모수는 먼 길을 걸어 자신을 찾아와준 유화가 더없이 고마웠다.

두 사람은 말이 없는 가운데 숲 속을 향해 걸음을 옮겼다.

병사들의 소리가 점차 잦아들며 대신 유적한 고요가 두 사람을 감쌌다. 어둠이 두터워지고 있었고, 그와 함께 검은 잎사귀 틈으로 새어드는 흰 달빛이 점차 밝음을 더하기 시작했다. 발에 밟히는 풀의 여린 감촉이 두 다리를 통해 온몸으로 전해졌다. 어디선가 이름을 알 수 없는 새의 울음소리가 허공으로부터 들려왔다. 나무들 사이로 불어온 바람이 땀에 젖은 머리카락을 쓸며 지나갔다.

이상하다…….

해모수는 생각했다.

이상하다. 이 숲길, 이 달빛과 풀, 이 새소리, 이 바람. 이것들은 대체 어디서 온 것인가. 이것들은 이전엔 내게 존재하지 않았던 것들이다. 지금껏 나는 한 번도 그들을 본 적도 들은 적도 경험한 적도 없다. 하지만 지금 이 순간, 그 모든 것이 갑자기 나에게로 왔다. 이 여인과 함께. 밤의 정령과도 같이 나타난 이 여인이 이 모든 것을 내게 주었다. 그리고 또한 나 자신마저도.

해모수는 여인의 곁에서 말없이 걷고 있는 자신의 모습이 어느 때보다 뚜렷이 인식되었다. 이제껏 자신의 존재감을 지금처럼 강하게 느껴본 적이 단 한 번이라도 있었던가. 이렇게 힘차게 뛰는 심장과 이처럼 부푼 가슴으로 살아있는 자신을 단 한 번이라도 경험한 적이 있었던가.

걸음을 멈춘 해모수가 유화를 향해 섰다. 그리고 손을 내밀어 그녀를 가슴에 품었다. 부드러운 여인의 어깨가 해모수의 가슴속에 온전히 감싸 안겼다. 따뜻한 여인의 체온이 온몸으로 전해졌다. 순간 해모수는 오싹한 추위를 느꼈고 더욱 힘껏 유화를 품속으로 끌어안았다. 온몸이 덜덜 떨릴 만한 지독한 추위였고, 그것은 곧 지금껏 자신이 의식하지 못하고 있던, 그녀라는 존재와의 유리를 두려워하는 격렬한 공포였다.

"사랑하오……."

해모수가 말했다.

"생사를 넘나드는 그 긴 잠에서 눈을 떠 처음 그대를 본 순간부터 그대를 사랑했소. 또한 이 몸이 지상의 생을 다할 때까지 그대를 사랑할 것이오."

"고마워요……."

유화가 말했다.

"이렇게 제 곁으로 돌아와주셔서 고마워요. 장군님께서 무사하시기를 천지신명께 빌고 또 빌었어요."

"유화 아가씨……."

"당신을 사랑해요. 하늘의 별이 지상으로 떨어지고, 땅 위의 강물이 길을 잃어 하늘로 돌아간다고 해도 나는 당신을 사랑할 겁니다."

해모수가 바닥의 부드러운 풀 위에 유화를 눕혔다. 나무 사이로 비쳐든 달빛이 유화의 검은 머리카락과 밝은 이마, 영롱한 눈과 섬세하고 풍부한 감정을 감춘 입술을 비추었다. 아아…… 앞으로 나의 삶이 어느 곳으로 흘러가든 이 여인과 함께하지 못한다면 나는 살아있는 목숨이 아닐 것이다. 이 사랑스러운 여인과 함께하지 못한다면…….

가벼운 한숨을 내쉬며 가만히 눈을 감는 여인의 얼굴을 향해 해모수가 몸을 숙였다.

◆ ◆ ◆

숲을 걸어나오는 금와의 발걸음이 독주에 취한 듯 비틀거렸다. 숲을 사로잡고 있는 적막이 쾅쾅 고막을 두드려댔다. 금와는 온몸으로 엄습하는 고통과 온 힘을 다해 싸우며 천천히 숲을 빠져나왔다.

휴식하고 있던 병사들의 무리 가운데서 한 사람이 다가왔다.

"장군님을 찾지 못하셨습니까, 왕자님?"

추선인이 의아한 표정을 지으며 금와를 바라보았다. 금와는 말없이 나무 아래 매어둔 자신의 말을 향해 걸어갔다.

자신을 괴고 있던 모든 것들이 내부에서 한꺼번에 굉음을 내며 허물어져내리는 소리를 금와는 들었다.

힘겨운 전쟁을 치르고 폐허가 된 땅에 누워 패배의 고통과 싸우는 패장의 기분이 이러할까. 어느 전쟁에서의 패배도 이토록 고통스럽지 않았고 이토록 슬프지 않았다. 전쟁은 권토중래하여 다시 그 패배를 되갚아줄 수 있다. 그것이 바로 병가지상사이기 때문이다. 하지만 지금 자신에게 드리워진 이 패배감은 이 세상을 버리는 날까지 자신을 떠나지 않을 거라는 걸 금와는 예감했다. 앞으로 나의 삶이란 이 패배감의 잔해로 이루어진 건조물, 그 폐허의 신전에 다름 아닐 것이다…….

마지막까지 이번 현토성 공략에 호응을 않고 있던 행인국마저 기병 3천에 양초糧草를 대겠다는 소식을 보내왔다. 이 기쁜 소식을 해모수에게 전하기 위해 한달음에 달려온 길이었다.

금와는 말의 고삐를 풀었다. 말 위에 뛰어오름과 동시에 힘껏 박차를 가했다. 놀란 말이 온몸을 팽팽히 긴장시키며 앞으로 달려나갔다.

쉴 새 없이 다가왔다 사라지는 어둠 위로 나무 아래 누운 두 남녀의 모습이 뚜렷이 떠올랐다. 그들이 나누는 달콤한 밀어와 뜨거운 숨결이 귓가를 가득 채웠다.

"당신을 사랑해요…….'

자신이 그토록 듣기를 원했던 그 말을 여인은 다른 사람을 향해 속

삭이고 있었다. 터질 듯한 행복과 기쁨에 들뜬 목소리로, 다른 남자의
품에 안겨.

　아…… 이 슬픔, 이 고통 속에서도 나는 살아갈 수 있을까.

　어두운 구릉 위를 금와는 말과 한 몸이 되어 무서운 속도로 달렸다.
등뒤에서 따라오는 슬픔과 고통으로부터 달아나기 위해. 세상의 모든
슬픈 사랑으로부터 도망치기 위해. 쉴 새 없이 눈물이 흘렀고, 세상의
어떤 바람도 그 눈물을 씻어가지 못했다.

저 하늘은 내 넋의 고향

진공의 날이 가까워오고 있었다. 은밀한 가운데 인근 나라에서 보내온 병대가 속속 부여의 국경을 넘어 금성산으로 모여들었다. 해모수의 군막에서는 연일 현토성 공략을 위한 각 나라 장수들의 숙의가 밤늦도록 이어졌다.

"장군님! 추선인입니다."

해거름에 시작된 회의가 삼경에 이르도록 끝나지 않았다. 군막 밖에서 추선인이 부르는 소리가 들렸다.

"들어오게."

안으로 들어온 추선인이 해모수를 향해 군례를 올렸다. 금와를 위시한 각국 장수들의 시선이 추선인을 향했다. 해모수가 천천히 의자에서 몸을 일으키며 물었다.

"무슨 일인가, 이 밤에?"

"경계를 서는 초병이 수상한 자를 포박했습니다. 그런데 그자가 입을 굳게 다문 채 장군님을 뵙겠다고 합니다."

흙과 땀으로 더럽혀진 갈의葛衣 차림의 젊은 사내가 포승에 묶인 채 마구간 곁 건초 창고에 꿇어앉혀져 있었다. 한 차례 다물군의 다그침을 치른 듯 여윈 얼굴에 공포의 빛이 어려 있었다.

"나를 보자는 까닭이 무엇이냐?"

병사가 들고 있는 홰의 불빛 속으로 해모수를 올려다본 사내가 문득 고개를 꺾으며 울음을 터뜨렸다. 사내가 진정하기를 기다려 다시 해모수가 물었다.

"어인 연유인지 말해보라!"

"장군님! 저는 동예 땅 평천 고을에서 농사를 짓고 살던 사람입니다. 지난달 해모수 장군님께서 천하의 뜻있는 이들을 모은다는 소문을 은밀히 전해 듣고 장군님의 군문에 들고자 뜻을 같이하는 마을 장정 50여 인과 함께 부여 땅으로 오다가…….."

사내가 새삼 원통한지 후드득 어깨를 떨었다.

"고구려현을 경유하여 휘발강을 월강하려던 때에 그만 한나라 군사를 만나 몇은 칼에 맞아 죽고 나머지는 붙잡힌 몸이 되어 현토성으로 압송당하는 처지가 되었습니다. 저는 싸움의 와중에 구사일생 몸을 빼내었으나, 혼자 힘으로는 동지들을 구명할 방도를 찾지 못해 이렇게 죽을힘을 다해 장군님께 달려왔습니다. 장군님! 그들이 현토성으로 끌려간다면 필시 죽음을 면치 못할 것입니다. 부디 목숨을 구해주십시오!"

"으음…… 그것이 언젯적 일인가?"

"이틀 전 저녁 무렵의 일입니다."

"그렇다면 아직 갈사수를 넘지는 못했겠군. 적들은?"

"창검으로 무장한 보병 30여 명이었습니다."

"추선인!"

"예, 장군님!"

"지금 곧 무술에 능하고 말 잘 다루는 기병 스물을 조발하여 출진을 준비하게."

"알겠습니다, 장군님!"

해모수가 갑주를 갖추기 위해 자신의 군막으로 몸을 움직이려는 때 저편 어둠 속에서 한 사람이 다가왔다.

"자네는 가선 아니 되네!"

금와였다.

"동이의 젊은이 50여 인이 한군에 사로잡혀 현토성으로 끌려가고 있다네. 지금 그들을 구하지 못하면 반드시 죽게 될 것이네."

"그렇다 한들 자네는 안 되네. 자네는 우리 동이군을 통솔할 대장군이 아닌가. 큰일을 앞둔 지중한 몸이 그런 일에 가벼이 움직여서는 아니 되네. 대신 내가 다녀오겠네."

"걱정 말게. 나흘이면 다녀올 길이야. 죽을 것이 분명한 저들을 버려두고 어찌 만백성의 해방을 외칠 것인가. 날 믿게. 아무 일도 없을 것이네."

금와의 얼굴에 전에 없는 근심의 빛이 어렸다. 무언가 석연치 않은 느낌을 떨쳐버리지 못하는 눈치였다.

"꽃이 피기 전에는 비바람이 매서운 법이라네. 큰일을 앞두고 혹 자네에게 좋지 않은 일이 생길 것 같아 늘 마음이 편치 않네."

"하하하…… 천하의 금와 태자답지 않게 아녀자같이 약한 말을 하다니, 어쩐 일인가?"

"태자님! 너무 염려치 마십시오. 제가 장군님을 보좌해 다녀오겠습니다."

추선인이 나서 그런 금와를 위로했다.

가죽 안에 철편을 단 경갑옷으로 무장한 해모수와 20여 기의 다물군은 밤을 낮 삼아 쉬지 않고 달렸다. 금성산 진채를 나선 지 하루 반 만에 그들은 한나라 군사의 종적을 잡았다. 포로를 앞세운 걸음이라 예상대로 그들은 아직 갈사수를 건너지 못한 상태였다. 척후를 맡은 군사가 돌아와 적들이 태백산 어름의 계곡에 숙영지를 차렸다고 알렸다.

만월이 초가을 산등성이 위로 떠올라 비탈진 나무와 계곡의 삐죽삐죽한 바위를 비추었다. 숙영지의 화톳불에 서너 명의 한나라 병사가 모여앉아 한가로이 이야기를 나누고 있었다. 막사 곁 어두운 구석에 포박된 동이의 유민들이 우리에 갇힌 가축들처럼 모여 있는 게 보였다.

말발굽에 헝겊신을 씌운 다물군의 기마들이 소리 없이 계곡의 비탈을 내려갔다. 전나무 숲이 끝나는 곳에 이르도록 한군은 눈치를 차리지 못하고 있었다.

해모수의 공격 명령이 떨어지자, 바람처럼 비탈을 달려 내려온 다물군이 화살을 날리며 한군의 숙영지로 뛰어들었다.

무언가 이상하다는 느낌이 든 것은 화톳불 주위에 모여 있던 한의 병사들을 단칼에 베어 쓰러뜨리고 난 다음이었다. 마땅히 막사에 잠들어 있던 한의 군사들이 비명 소리에 놀라 뛰쳐나와야 할 것이었다. 하지만 병사들의 애처로운 비명이 사라진 계곡은 다시 불길한 정적 속으로 빠져들었다.

해모수의 병사 하나가 말을 몰아 옹기종기 모여앉은 동이의 포로 쪽으로 다가갔다.

"모두 안심하시오! 해모수 장군께서 그대들을 구하러 오셨소!"

순간, 어디선가 바람을 가르고 날아온 단창이 병사의 목을 꿰뚫었다.

"으악!"

다물군 병사가 처절한 비명을 올리며 바닥으로 떨어지는 것과 동시에 웅크리고 앉았던 포로들이 자리를 박차며 일어섰다. 그리고 숨겨둔 창검을 앞세워 다물군을 향해 달려들었다.

"억!"

예기치 않은 공격에 다물군 몇이 허무하게 피를 쏟으며 쓰러졌다. 그와 동시에 천지가 무너지는 듯한 굉음이 울리며 중무장한 기마갑병들이 비탈을 쏟아져 내려오더니 계곡의 앞과 뒤를 메웠다.

"적이다! 적의 매복이다!"

당황한 다물군이 외치는 소리가 적들의 말발굽 소리에 묻혔다. 추선인이 말을 몰아 해모수 곁으로 다가오며 소리쳤다.

"장군님! 함정인 듯합니다!"

강물처럼 밀려드는 적의 철기대를 바라보며 해모수는 뜻밖에도 마음이 싸늘하게 가라앉는 것을 느꼈다. 다물군이 적의 창칼 아래 비명을 올리며 하나둘 쓰러져가는 것을 마치 먼 풍경을 보듯 침착하게 바라보았다. 양정이 아귀와 같이 탐욕스런 웃음을 터뜨리며 자신을 향해 다가오고 있는 것을 보았다. 해모수는 천천히 고개를 들어 하늘을 우러렀다. 다시는 조상이 허락한 푸른 하늘을 보지 못할 것이다. 이제 저 하늘은 내 넋의 고향이 될 것이다. 그러나 하늘은 단단하고 빈틈없는 검은 어둠으로 가득할 뿐이었다. 해모수는 칼을 고쳐잡고 밀려드는 철기대를 향해 달려갔다.

◆ ◆ ◆

불안한 날들이 계속되었다. 해모수로부터는 어떤 소식도 들려오지 않았다. 그가 조선 유민의 무리를 구하기 위해 진채를 떠난 지 벌써 보름. 한군이 향한다는 현토성을 왕복하고도 남을 시간이었다. 금와의 명을 받은 군사 셋이 해모수의 뒤를 좇아 남쪽으로 떠난 지도 닷새째였다.

정벌군의 군사 훈련과 작전 회의는 계속되었지만 다들 풀기를 잃은 듯한 기색이 역연했다. 대오와 열은 정연함이 무뎌지고, 장수들도 다른 장수의 눈치나 보며 말을 아꼈다.

오늘 아침에도 유화는 태자궁을 다녀갔다. 하고 싶은 말이 장강의 물길에 비해도 적지 않으련만 유화는 그저 말없이 앉아 있다 돌아갔다. 그 침묵이 금와의 마음을 더욱 안타깝게 했다. 대체 해모수에게 무슨 일이 일어났단 말인가.

오후에 태자궁을 찾은 손이 하나 더 있었다. 부득불이었다.

"연합군의 해산을 명해야겠습니다. 현토성 정벌은 없을 것입니다."

"그게 무슨 말씀이오, 대사자! 군대를 해산하겠다니요?"

"처음부터 이 전쟁은 시작하지 말아야 할 잘못된 전쟁이었습니다. 다행히 천지신명의 보우하심으로 돌이킬 수 없는 잘못을 범하지 않게 되었으니, 어찌 다행한 일이라 하지 않겠습니까. 부여군 상장군으로서 제가 해산을 명할 것입니다."

"당치 않소, 대사자! 이 전쟁은 동이의 오랜 꿈이 마침내 타오르는 횃불이오. 그 꿈이 바야흐로 실현되려는 터에 해산이라니, 어인 말씀이오. 이제 해모수 장군이 돌아오면, 현토성으로의 진공 명령이 발해질 것이오!"

"해모수 장군은 돌아오지 않을 것입니다."

부여의 오랜 중신이 전에 없이 단호한 음성으로 말했다. 금와의 긴장된 눈길이 부득불을 향했다. 부득불이 나직이 가라앉은 음성으로 말했다.

"이 모든 잘못된 일이 그로 인해 비롯되었습니다. 그는 천제의 나라를 부흥하고 그 백성을 해방시키겠다고 부르짖지만 처음부터 천제의 나라란 없었습니다. 단지 이 땅엔 그의 나라가 있고, 우리 부여가 있고, 다른 맥과 예의 나라가 있을 뿐입니다. 그리고 그의 나라는 이제 이 지상에는 없는, 사라진 왕국일 뿐입니다. 그럼에도 그는 거짓되고 망령된 말로 이 동이 땅에 엄청난 비극을 불러일으킬 모략을 획책하였습니다."

"대사자!"

"천하가 하나의 신, 하나의 조상, 하나의 종족으로 이루어져 있다는 것은 해모수의 간교한 거짓입니다. 천하는 하늘의 별자리만큼이나 많은 족속과 왕조가 요철처럼 서로의 경계를 맞대고 살아갑니다. 이곳 동이만 해도 몇 개의 나라가 몇몇의 조상과 신을 섬기며 살고 있습니까?"

"해모수는 어찌되었소? 말해보시오, 대사자!"

"그는 죽었습니다. 아니 죽을 몸이 되어 현토성으로 끌려갔습니다. 방금 그의 뒤를 살피러 간 군사가 돌아왔습니다."

"오오……."

"이제부터는 모든 일이 처음의 자리로 돌아갈 것입니다. 이제 전쟁은 없습니다."

"대체 어떻게 해모수가 저들의 손에 잡혔단 말이오? 대사자, 당신은 알 것이오. 말해보시오!"

"그를 죽음으로 몰아간 자가 있다면 오직 이 땅의 평화를 바라는 우리 부여의 신일 것입니다."

부득불이 떠난 텅 빈 방. 그 방을 가득 채운 어둠 속에서 금와는 그 자신 어둠의 일부가 되어 앉아 있었다. 오직 한 가지 생각만이 그의 머리와 가슴속을 채우고 있었다.

해모수가 양정의 손에 묶여 현토성으로 끌려갔다. 함께 간 다물군은 하나도 남김없이 목숨을 잃었고, 그는 부상당한 몸이 되어 짐승처럼 끌려갔다…… 이제 그의 목숨은 불길 속에 던져진 마른 낙엽보다 빠르게 이 땅에서 사라질 것이 분명해졌다. 지금은 전쟁의 신이라는 치우가 살아 돌아온다 해도 그를 죽음에서 건져내지 못할 것이었다.

아, 그는 이제 살아 돌아오지 못할 것이다. 그의 뜨거운 피는 대지 위에 붉은 얼룩이 되어 스며들 것이고, 아름답고 멋진 육신은 한줌 먼지로 되돌아갈 것이다. 아무도 그의 부드러운 음성을 듣지 못할 것이며 아무도 그의 예지에 찬 눈길을 보지 못할 것이다. 세상의 그 누구도.

그런데…….

금와는 어둠 속에서 중얼거렸다. 그런데, 가슴속 한켠에 자리 잡고 있는 이 안도감은 대체 무어란 말인가. 그러자 애써 외면했던 고통스러운 욕망이 어둠 속에서 다시 손을 내밀었다.

어둠 속에서 하나의 영상이 떠올랐다. 천상의 아름다움과 누구도 넘볼 수 없는 기품을 지닌 여인. 쓸쓸한 듯 슬픈 듯 하늘을 우러르는 여인. 한 남자의 품에서 더할 수 없는 행복을 느끼는 여인의 모습이었다.

금와는 이미 오래전부터 알 수 없는 불안감이 자신의 마음을 바람 앞의 어린 가지처럼 흔들어대는 것을 느끼고 있었다. 그는 끊임없이 불길한 예감에 사로잡힌 채 조마조마한 마음으로 해모수를 지켜보았다. 그런데 전부터 자신의 마음을 흔들던 불안감이 실상 오늘의 이 현실에 대한 기대와 갈망이었다는 사실을 그때 금와는 깨닫지 못했다. 그는 부득불과 조정 대신들의 불온한 표정과 그들이 나누던 은밀한 눈길을 보았다. 하지만 그런 그들의 표정과 태도가 던지는 섬뜩한 깨달음을 그는 애써 외면했다.

해모수가 유민을 구출하러 말에 올랐을 때 좀더 완강하게 만류하지 않았던 자신을 금와는 기억했다. 왜 그때 나는 그를 대신해 유민의 구출에 나서지 않았던가. 비록 그 일에 대한 해모수의 뜻이 굳건했다고 하나 사리를 들어 그를 주저앉히지 못할 바도 아니라. 하지만 나는 그를 보냈다. 그 일이 지금과 같은 참혹한 현실로 나타나리라는 것을 기대한 건 아니었지만, 전혀 짐작하지 못한 바 또한 아니었다.

금와는 짙은 어둠 속에 앉아 진실로 사랑했던 벗의 얼굴을 떠올렸다. 이 땅의 누구보다 지혜로웠고, 누구보다 정의로웠으며, 누구보다 유덕했으며, 누구보다 자신을 사랑했던 벗이었다. 어둠보다 검은 먹빛 눈물이 금와의 두 눈에서 흘러내리기 시작했다.

그가 세상에서 사라진다면 나도 마찬가지일 것이다. 우리는 태어난 날은 비록 다를지라도 죽는 날만큼은 하나일 것이라고 맹세하지 않았던가.

금와가 천천히 어둠을 떨치며 몸을 일으켰다.

◆ ◆ ◆

격심한 통증이 허리를 뚫고 오장육부를 갈기갈기 찢어놓았다. 이를 악물었지만, 고통은 참을 수 없는 신음이 되어 밖으로 흘러나왔다. 불에 달군 인두를 허리 속으로 밀어넣던 짝눈의 젊은 군사가 바닥에 침을 뱉으며 돌아섰다.

천장에서 늘어뜨린 밧줄에 두 팔이 묶인 해모수의 몸이 격렬한 진동을 거듭하고 있었다. 살이 타는 매캐한 냄새가 뇌옥을 가득 채웠다. 가뭇해지는 의식을 안간힘을 다해 붙잡으며 해모수는 정면의 사내를 노려보았다. 검은 복두 차림의 양정이 빙글거리는 웃음을 띤 채 해모수를 건너다보고 있었다.

"해모수! 그 몸으로 아직도 버티다니, 과연 동이의 청년 영웅답군. 하지만 과연 얼마나 더 견딜 수 있을까?"

"……."

"해모수, 자네의 인내력은 가히 탄복할 만하지만 어리석은 일일 뿐이다. 그러니 어서 말을 해라."

"……."

"네가 현토성 진공을 준비하고 있다는 것은 이미 알고 있다. 그것이 네놈 혼자 생각하고 실행한 일은 아닐 터, 금와가 연루되어 있다는 사실을 말해라. 그러면 더 이상의 고통은 없을 것이다."

고통을 참느라 깨문 입 속에서 흘러내리는 핏줄기가 턱을 지나 가슴으로 흐르고 있었다. 사흘 낮 사흘 밤에 걸친 지독한 고문이 고스란히 한눈에 드러나 보이는 해모수의 모습이었다. 하지만 그럼에도 불구하고 해모수의 얼굴에는 별다른 분노와 증오, 또는 두려움의 흔적이 엿보이지 않았다.

"양정, 내가 자네에게 더 이상 할 말은 없네. 나로 하여 자네가 알 수 있는 것도 없네. 자네에게 조금이나마 우정이 남아 있다면 이제 그만 끝내주게."

해모수의 말에 양정의 얼굴이 분노로 붉게 달아올랐다. 양정이 분노에 찬 고함을 터뜨렸다.

"닥쳐! 이 일은 네가 시작했으니 네가 끝을 내야 해! 어서 말해! 금와와 부여가 한을 공격하려는 역모의 주동자라는 걸 말하란 말이야!"

"양정, 우리는 누구도 역모를 획책한 적이 없네. 이 땅은 조선의 땅이고 우리 모두는 조선의 백성일세. 조선의 자식인 자네가 그걸 모른단 말인가?"

양정이 분노를 누그러뜨리며 빙긋, 잔인한 웃음을 머금었다.

"어리석은 친구. 자넨, 자신이 왜 붙잡힌 몸이 되어 이곳에 있는지를 생각해보지 않았나? 자넨 함정에 빠졌어. 그렇다면 이상하지 않은가? 누가 자네를 그 함정으로 이끌었는지?"

"……."

"자네가 철석처럼 믿고 있는 금와라네. 자네로 하여금 그 계곡으로 달려가게 한 것도, 그리고 내가 그곳에서 자네를 기다리고 있었던 것도 모두 금와가 꾸민 짓이라네."

"……."

"이제야 알았는가, 어리석은 친구야! 금와는 자네와 함께 벌인 일이 점차 두려워지기 시작한 게야. 한과 전쟁을 벌일 자신도 없는 데다 그렇다고 발을 빼기도 늦었다는 걸 깨달았지. 그래서 자네를 사지에 몰아 죽임으로써 모든 일을 털어버리려 한 게야. 이제야 알겠는가?"

해모수가 고개를 들어 양정을 바라보았다. 평온한 미소가 어린 얼굴이었다.

"양정, 우정을 모욕하지 말게. 자네는 금와를 모르네. 그는 이미 사랑하는 한 벗의 배신으로 죽음과도 같은 괴로움을 겪었네. 그가 친구를 배신하는 날이 온다면 그것은 그가 죽은 다음의 일일 것이네."

해모수를 바라보는 양정의 눈에 불길이 확 일었다. 그가 짝눈의 병사를 향해 소리쳤다.

"이봐, 너! 이 자식이 아직 정신을 차리지 못한 모양인데, 더 뜨거운 맛을 보여줘!"

불타고 있는 화로 곁에서 잠시 숨을 돌리고 있던 짝눈의 병사가 벌겋게 단 인두를 꺼내들고 해모수를 향해 다가섰다.

다시 육신이 낱낱이 해체되는 듯한 고통이 해모수를 덮쳤다. 하지만 그런 격심한 고통 속에서도 해모수의 눈은 여전히 양정을 조용히 응시하고 있었다. 살을 태우고 뼈를 자르는 지독한 고통도 그의 조용한 눈길만은 침범하지 못했다.

자신을 바라보는 해모수의 눈길에서 양정은 증오와 분노 대신 표현할 수 없는 슬픔과 측은함을 보았다. 양정의 눈길이 사악하게 번득였다.

"이 망할 놈의 자식!"

양정이 걸어가 짝눈 병사의 얼굴을 주먹으로 후려친 뒤 인두를 빼앗아 들었다. 그리고 천천히 해모수를 향해 다가섰다. 모욕감으로 붉게 달아오른 얼굴이 악귀에 사로잡힌 자의 형상 같았다.

양정이 잔인한 목소리로 말했다.

"흐흐흐…… 다시는 그 건방진 눈으로 세상을 보지 못하도록 해주겠다. 그동안 네가 보았던 것이 조선의 하늘과 땅이라면 이 세상에서 조선의 하늘과 땅은 이제 없어질 것이다. 네놈의 두 눈과 함께!"

인두를 든 양정의 손이 해모수의 얼굴을 향해 다가들었다.

중천에 뜬 해가 뜨거운 불기운을 뿜어내는 정오 무렵, 현토성 관아 앞 성문 거리를 지나던 사람들의 걸음을 붙잡는 소리가 있었다. 거리 한복판, 땅속에 박은 나무말뚝에 한 사람이 묶여 있고, 그 곁에 쇠를 박은 가죽채찍을 든 병사가 허공을 향해 소리치고 있었다.

"눈 있는 사람들은 걸음을 멈추고 이 가엾은 자의 몰골을 보시오! 이자는 스스로 동방의 왕이라 일컬으며 어리석은 백성들을 꼬드겨 대한大漢의 천자께 모반을 꾀한 도적의 우두머리요. 이제 그 가소로운 속임수는 끝이 나고 그 죄를 받아 목이 떨어질 일만 남았으니, 모두 이자의 마지막 꼬락서니를 보시오. 자, 다들 보시오! 이자가 바로 동이족의 영웅이며, 조선 천제의 후손이며, 천왕의 화신이라는 해모수, 바로 그자요!"

해모수란 소리에 놀란 사람들이 가던 걸음을 멈추고 소리 나는 곳을 돌아보았다. 하지만 그들의 시선이 향한 곳에는 그저 사람 형상을 한 살덩어리 하나가 기둥에 매달려 있을 따름이었다. 찢어진 옷자락 아래로 드러난 피부는 찢어지고 부풀어 오르고 핏물에 젖어 차마 바라볼 수 없을 지경이었다. 더욱 참혹한 것은 동이 제일의 미남자라는 그의 얼굴 위에 퀭한 공간감만 두드러져 보이는 검은 눈자위였다.

과연 저이가 동방의 청년 영웅으로 이름이 드높던 그 해모수란 말인가. 무도한 한의 오랑캐를 쫓아내고 이 땅에 단군의 나라를 다시 세우리라 약속한 그 사람이란 말인가.

끔찍한 광경에 서둘러 고개를 돌려 외면했던 사람들이 믿기지 않는 사실에 다시 눈을 들어 앞의 사내를 살피기 시작했다.

소리를 멈춘 병사가 손에 든 채찍을 날렸다. 허공을 가르며 날아간 채찍이 해모수의 몸 위로 감겨들었다. 살을 찢는 모진 타격음에도 불구하고 해모수는 별다른 움직임이 없었다. 다시 병사가 소리쳤다.

"보시오! 이제 이자는 스스로 어리석은 꾀에 빠져 부하들을 모두 죽음으로 몰아넣고 제 몸뚱어리 하나 제대로 의지하지 못하는 처지가 되었소. 하지만 이자의 말처럼 제가 하늘의 아들이고 천신의 후예라면 걱정할 일이 무에 있겠소. 곧 아버지인 천신이 이자를 죽음에서 구해줄 터인데 말이오, 하하하!"

말뚝 주위에 열을 벌여 서 있던 군사 가운데 하나가 앞으로 나서더니 해모수를 향해 퉤, 침을 뱉었다. 그리고 거침없이 옆구리에 세찬 발길질을 안겼다.

참혹한 정상 앞에 사람들이 소매를 들어 얼굴을 가렸다. 참을 수 없는 슬픔에 눈자위가 붉어진 이들이 병사들의 눈길과 마주치지 않으려 애쓰며 다시 총총 갈 길을 재촉했다.

해모수는 기다리고 있었다.

더 이상 어떤 고통도 느껴지지 않았다. 땅을 향해 무너지려는 몸을 지탱하는 것은 자신의 의지가 아니라 몸을 묶고 있는 밧줄이었다. 죽음이 자신을 구원해줄 찬란한 불빛이 되리라고 생각한 적은 없었다. 자신의 죽음은 자신의 마지막 전장에서 그를 가호해온 조상의 신에 의해 거두어질 것이라고 그는 믿어왔다.

하지만 지금 해모수는 간절한 마음으로 신의 마지막 자비인 죽음이 그를 찾아와 자신의 영혼을 이 무거운 육신으로부터 데려가주기를 바랐다. 그리하여 자신의 영혼의 고향인 조상들의 나라, 그로부터 비롯되었고 다시 그로 돌아갈 영원한 빛의 나라, 태양이 지지 않는 산봉우리, 그 영원한 땅, 그곳으로 돌아갈 수 있기를.

자신의 키를 키우고 자신의 뼈를 자라게 했던 이 땅의 태양은 이제 사라졌다. 그에게 남은 것은 오직 캄캄한 어둠뿐. 하지만 이 어둠조차 이제 머지않아 자신을 버리리라.

그 캄캄한 어둠 속에서 떠오르는 얼굴이 있었다. 자신을 향해 한없이 따뜻한 미소를 보내던 사랑스러운 얼굴. 싱그러운 풀잎 내음을 풍기던 머리카락과 은박같이 빛나는 피부…… 양정의 모진 고문이 몸을 찢고, 잔인한 짐승의 이빨이 온몸을 물어뜯는 고통 속에서도 결코 떠나지 않았던 유화의 얼굴이었다.

하지만, 이제 이승의 사랑은 더 이상 우리의 것이 아니니, 그대 부디 잘 있으라. 나 비록 그대를 떠나도 나의 사랑만은 남아 그대 귀밑머리를 간질이는 바람이 되어, 꽃 속의 향기가 되어, 볼을 어루만지는 햇살이 되어 그대 곁에 머물리니, 부디 그대 잘 있으라…….

해모수의 가장 순수한 영혼이 한 여인을 향한 그리움으로 간절하게 떨리고 있는 그때, 그를 둘러싼 사람들의 무리 가운데 한 낯익은 남자가 피눈물을 삼키며 그를 주시하고 있었다. 가난한 하호下戶 차림의 금와였다.

병사의 욕설과 구타는 중천의 해가 기울도록 계속되었다. 역도의 수괴 해모수를 한의 수도 장안으로 압송하라는 황제의 명이 전달된 것은 그날 저녁이었다.

◆ ◆ ◆

금와는 있는 힘껏 발뒤꿈치를 말의 뱃구레에 박아넣으며 손으로는
환도자루를 휘둘러 말의 잔등을 후려쳤다. 불기둥 같은 화기를 콧구
멍으로 내뿜으며 말이 어둠 속을 내달렸다. 검은 느릅나무 숲이 물처
럼 자신의 앞에서 갈라지고, 금와는 쉬지 않고 말을 몰아 어둠 속으로
달려갔다.

한의 군마의 말굽 소리가 등뒤에서 점점 가까워지고 있었다. 금와
는 무너져내리는 해모수의 몸을 고삐 쥔 손으로 부여안으며 다시 모
질게 말의 뱃구레를 걷어찼다. 얼마나 더 달릴 수 있을까. 자신과 해모
수의 시신을 자신의 칼날 아래 두기 전까지 양정은 포기하지 않을 것
이다.

현토성을 떠난 지 사흘째 되는 날, 양정 일행이 요동군의 군치소인
양평현을 지나 요하의 지류인 태자하에 이르렀을 때였다. 금와는 부
여에서 골라온 기병 서른 기로 양정의 숙영지에 뛰어들었다. 인시寅時
에 이른 깊은 밤, 밤의 신조차 알아채지 못할 만큼 신속하고 전격적인
기습이었다.

하지만 전날 기습을 받아 유화를 잃어버린 일을 잊지 않고 있던 양
정이었다. 예상치 못한 강한 저항을 받아 혼전 속에 기마대의 대부분
을 잃고 자신만 겨우 해모수를 말 위에 안은 채 어둠 속으로 뛰어들었
다. 하지만 그 자신 기마대와 운명을 같이하게 될 것은 시간문제일 따
름이었다. 거친 숨을 토해내는 말의 걸음은 점점 느려졌고, 뒤를 쫓는
무리의 말굽 소리는 더욱 가깝게 들려왔다.

비탈진 숲길이 끝도 없이 계속되었다. 숲이 끝나면 하늘을 휘황하

게 밝히고 있는 만월 속에 그의 자취는 한눈에 들 것이다. 그렇게 되면 저들의 손아귀에서 벗어나는 것은 무망한 일이 된다. 저들의 석궁에 온몸이 고슴도치가 되어버릴 게 뻔했다.

금와는 말을 몰아가면서 빠르게 주위를 살폈다. 거친 말발굽 소리 속에 어디선가 물소리가 섞여들고 있었다. 가까운 곳에 강이 있다. 태자하의 지류일 것이다…… 그곳까지 가면 요행히 돛대 없는 거룻배라도 구할 수 있으리라. 하지만 강이 어디에 있는지, 어떤 모습으로 자신들을 맞을지 짐작할 수 없는 금와였다. 등뒤로부터의 소리는 점점 더 가까워지고 있었다.

금와는 수림이 성긴 산등성이 하나를 뛰어오름과 동시에 말의 고삐를 잡아당겨 왼편으로 길을 잡았다. 그리고 길가에 버티고 선 짙은 어둠 속으로 뛰어들었다. 작은 집채만 한 바위가 키를 다투듯 모여서 있었다. 바위들 틈새로 들어선 순간 금와는 달려온 걸음을 버리지 못한 채 격렬하게 몸을 떠는 말의 목덜미를 결사적으로 감싸 안았다.

맨땅에 자갈을 쏟아붓듯 하는 발말굽 소리가 그들을 지나쳐갔다. 금와는 어둠 속에서 귀를 기울였다. 자신을 뒤쫓던 기마대가 멀어지고, 대신 산 아래쪽에서 후위를 맡은 기마대가 다가오는 소리가 들렸다.

해모수를 안은 금와가 바닥으로 내려섰다. 정신을 잃고 있던 해모수의 얼굴이 자신을 바라고 있는 것을 금와는 보았다. 하지만 자신을 응시해야 할 두 눈에는 뻘밭 같은 깊은 어둠이 자리하고 있을 뿐이었다.

"해모수, 정신이 든 건가?"

금와가 나직이 소리를 죽여 말했다.

"해모수!"

"금와!"

"오, 날세. 이젠 걱정 말게. 나와 함께 부여로 돌아갈 것이네."

아래쪽으로부터 군마의 발굽 소리가 점점 가까워지고 있었다. 말없이 귀를 기울이고 있던 해모수가 고개를 저었다.

"저들은 결코 포기하지 않을 것이네. 그러니 날 여기 두고 어서 떠나."

"걱정 말게. 내가 곁에 있는 한 놈들은 자네 머리카락 하나도 건드리지 못해."

"양정은 자넬 노리고 있어. 그러니 제발……."

"쉿!"

산 위쪽에서 금와를 뒤쫓던 전위대가 되돌아오고 있었다. 그들이 후위를 이끌고 오던 양정을 맞으며 보고하는 소리가 들렸다. 금와가 몸을 숨긴 바위에서 불과 여남은 걸음 떨어진 숲 속이었다.

"앞은 헐벗은 자갈밭이고 바른쪽은 천길 낭떠러지입니다. 어느 쪽으로도 놈이 달아난 흔적이 없습니다. 이 숲 어딘가에 몸을 숨긴 것 같습니다."

"으음…… 부상한 자를 이끌고 달아난 터라 아직 우리 손아귀를 벗어나지 못한 것이 틀림없어. 숲 속을 샅샅이 뒤져서라도 반드시 놈을 찾아라! 만약 놈들을 놓친다면, 대신 네놈들의 시체를 가지고 돌아갈 것이다!"

"알겠습니다, 장군!"

해모수가 바닥에서 천천히 몸을 일으켰다. 그리고 고개를 들어 허공을 우러르는 자세로 귓가를 스쳐가는 바람 소리에 귀를 기울였다. 양정의 명령에 군호를 따라 외친 병사들이 숲 속으로 흩어졌다. 저들의 발길이 이편 바위 쪽을 향하는 것은 시간문제였다.

해모수의 보이지 않는 눈이 금와를 향했다.

"자네의 우정이 나를 영원한 수치로부터 구하였네. 진실로 고통스러웠던 것은 내 영혼이 떠나간 육신이 누울 곳이 전장의 풀밭이 아니라 저들의 더러운 뇌옥이라는 사실이었네. 자네에게 내가 줄 수 있는 가장 큰 경의와 사랑을 전하네. 하지만 자네가 할 일은 이제 끝났어. 자네가 나를 진실로 살리고 싶다면 내 말을 따르게."

"무슨 소린가, 해모수. 우린 부여로 돌아가야 해. 거기엔 자네의……."

금와의 말이 거기에서 멎었다. 바위를 향해 다가오고 있음이 분명한 말발굽 소리가 손에 닿을 듯 가깝게 들려왔다.

해모수가 놀랄 만큼 능숙한 솜씨로 말 잔등에 뛰어올랐다.

"해모수!"

금와의 낮은 외침이 터져나왔다.

"안 돼!"

금와가 낮은 외침을 터뜨리며 말의 고삐를 거머쥐었다. 그 순간 안장에서 환도를 빼어낸 해모수가 고삐를 베었다. 곧 불을 맞은 듯 한바탕 공중으로 껑충 뛰어오른 말이 쏜살같이 숲을 향해 튀어나갔다.

"저기다! 해모수가 저기 있다!"

팽팽한 긴장감이 흐르던 숲이 순간 흐르르 몸을 떨며 크게 요동치기 시작했다. 그 사이를 칼로 자르듯 가르며 해모수의 말이 달려갔다. 한의 군마들이 일제히 뒤따랐다.

핑핑, 당겨진 시위에서 나는 듯한 바람 소리가 귓등을 치며 지나갔다. 맹렬한 질주 속에서도 해모수는 하나의 소리를 놓치지 않기 위해 안간힘을 썼다. 그 소리가 자신을 손짓해 부르고 있었다. 계곡을 향해 쏟아지는 폭포 소리였다.

세상이 이처럼 명쾌한 적이 있었던가. 내 삶이 이처럼 한 가닥 불안도 없이 확신에 가득 찬 적이 있었던가.

해모수는 분명한 목적지와 그곳으로 가는 가장 가깝고 빠른 길을 달려가는 자신의 모습이 마치 타인의 그것처럼 뚜렷이 보이는 것 같았다. 잠시만, 잠시 후면 모든 것이 끝난다. 그때까지 나는 오직 한 점 두려움도 없이 달릴 뿐이다.

뒤를 쫓는 무리의 소리는 더 이상 들리지 않았다. 대신 물의 혼을 품은 채 수만 리 어두운 땅속을 더듬고 지상의 속살을 더듬으며 흘러온 물길이 또다시 격한 흐름이 되어 지상을 향해 떨어져내리는 소리만 점점 커다랗게 들려올 뿐이었다.

순간 말이 온몸을 흔들며 걸음을 멈추었다. 그와 함께 습기를 머금은 서늘한 바람과 지축을 울리는 듯한 세찬 물소리가 바닥으로부터 치솟아 올라왔다.

드디어 당도하였다. 내 영혼의 길고 긴 낮과 밤, 그 무수한 날들을 맹렬히 달려 마침내 당도한 이곳, 지상의 끝.

"저기다! 저기 해모수가 있다!"

무리들이 외치는 소리가 다른 하늘 아래서인 듯 아득하게 들려왔다. 해모수는 말 등에서 허리를 펴 하늘을 우러렀다. 먼 하늘 너머 신성한 곳으로부터 온 밝은 빛이 자신의 몸을 비추는 것을 해모수는 느꼈다. 해모수의 마음의 눈이 그곳을 향해 활짝 열렸다.

대지의 주인이시며, 하늘의 주인이시며, 영원히 지지 않는 태양의 주인이신 천제 환인이시여. 지상의 유일한 신성왕국의 수호신이신 당신의 종 해모수는 이제 지상을 떠나 영원의 나라로 돌아갑니다. 이 땅에서 분투했던 날들, 그 모든 환희와 절망과 분노는 망각의 공간으로 사라질 것이며, 이 몸은 오직 당신의 나라에서 영원할 것입니다. 이 몸을 받아주소서.

그 순간 해모수의 눈 속에 유화의 얼굴이 환하게 떠올랐다.

유화…….

이제 그대와 작별해야 할 때요. 지상의 모든 아름다움의 첫째였으며, 모든 고귀함과 모든 사랑스러움의 첫째였던 여인. 그대와의 사랑은 존재의 근원적 고독을 잊게 할 만큼 완벽한 충만의 시간이었소. 그대, 아름다운 이여. 그대와 함께한 시간은 가장 순결한 시간이었고 가장 행복한 시간이었고 가장 자유로운 시간이었고 가장 확신에 찬 시간이었소. 지금 이 시간, 지상에서의 내 마지막 숨결과 마지막 용기는 오직 당신의 것이오. 유화, 그대를 사랑하오…….

해모수가 하늘을 우러르며 힘껏 소리쳤다.

"이 땅과 하늘의 모든 신들의 신이신 천제 환인이시여, 이 몸을 받아주소서!"

순간 참을 수 없는 열망으로 몸을 떨고 있던 말이 땅을 힘껏 박차며 앞으로 달려나갔다. 해모수를 태운 말이 강에서 피어오른 푸른 안개 속으로 천천히 날아들었다가 이내 가뭇없이 사라졌다. 창검을 세워든 한의 기마대가 마침내 벼랑 끝에 당도한 것은 바로 그 뒤의 일이었다.

다시 나타난 삼족오

알 수 없는 열기가 가슴을 후려치는 느낌이었다. 사방탁자 앞에 앉아 서책을 들여다보던 여미을이 깜빡 들었던 잠에서 소스라쳐 놀라 깨어났다. 염천의 계절이었지만 더위와는 다른 열기로 인해 온몸이 흠뻑 땀에 젖어 있었다.

여미을은 의자에서 일어나 천천히 방 안을 거닐었다. 종잡을 수 없는 불안이 거칠게 마음을 흔들었다. 여미을은 깊은 숨을 들이쉬며 마음을 가라앉히려 애썼다.

아마도 그 살얼음처럼 옅은 잠에서 보았던 꿈 탓이리라.

그런데 이해할 수 없게도, 그 꿈의 내용이 무엇인지 조금도 생각이 나지 않았다. 방금 꾼 꿈을 잊어버리다니. 여미을에게는 이제껏 한 번도 없던 일이었다.

종내 마음을 다스리지 못한 여미을은 방을 나서 뜰로 내려섰다. 칠월이었다. 뜨거운 성하盛夏의 태양이 하늘 한가운데 떠 지상의 모든 물기를 말려버릴 듯 무서운 열기를 내뿜고 있었다. 뜰 가장자리를 따라 피어난 해당화와 용담의 꽃봉오리가 더위에 지친 듯 고개를 숙이고 있었다.

여미을은 느린 걸음으로 뜰을 거닐었다. 실핏줄이 드러나 보일 듯 투명한 피부가 햇볕 아래에서 금세 붉은빛을 띠기 시작했다. 하지만 여미을은 아랑곳하지 않은 채 깊은 생각에 잠겨 천천히 걸음을 옮겼다. 그런 어느 순간, 여미을이 걸음을 멈추고 허공을 향해 고개를 들었다.

여미을의 얼굴이 하늘의 해를 향했다. 뜨거운 햇살이 눈 속으로 화살처럼 달려들었다. 그 순간이었다.

"앗!"

여미을이 날카로운 비명을 지르며 비틀거렸다. 하지만 그녀의 시선은 여전히 대못이 박히듯 하늘의 해를 향해 고정되어 있었다. 한껏 커진 동공 속에 경악과 두려움과 불안이 뒤섞여 어른거렸다.

"오……"

한동안 하늘의 해를 우러르던 여미을의 입에서 길고 긴 탄식이 흘러나왔다. 그녀는 보았다. 불덩이처럼 붉게 타오르는 해 속에 세 개의 발을 가진 새가 떠오르더니 힘차게 날개를 펼쳐 하늘 위로 날아오르는 것을.

삼족오……

태양을 상징하는 영물이며, 하늘의 권세를 나타내고 하늘로부터 부여받은 왕권을 상징하는 새인 삼족오가 태양 속에서 날개를 펼쳐 부여의 하늘 위로 날아오른 것이었다. 해 속에서 날아오른 삼족오는 큰 날개를 펼쳐 부여의 궁궐 위를 바람처럼 천천히 유영한 뒤 곧 태양의 그림자 속으로 사라졌다.

여미을은 햇빛이 쏟아지는 뜰 한가운데에서 뿌리내린 나무처럼 움직일 줄 몰랐다. 10개월여 전 해모수가 부여에 모습을 나타냈을 때 이후론 없던 일이었다. 그런데 오늘 다시 삼족오가 태양 속에서 모습을 드러낸 것이다. 그것도 전날과는 다르게 양 날개를 펼쳐 하늘 위로 날아오른 것이다.

장차 부여 땅에 공전절후의 영웅이 나타나 강력한 왕권을 펼쳐 동이를 하나로 통일할 징조라 일컫는 삼족오. 그는 삼족오가 해모수라 여겼다. 그러나 해모수는 한의 철기병에 의해 목숨을 잃었다.

그러한데 다시 삼족오라니…….

알 수 없는 일이었다. 하늘 아래의 일 가운데 자신이 헤아리지 못할 일이 없다고 자부해온 여미을이었다. 하지만 그녀는 이 뜻밖의 현실 앞에 길 잃은 아이처럼 우두망찰 서 있을 따름이었다.

그때였다. 신궁의 문이 열리는 소리가 들리더니 여관 천랑이 여미을을 향해 다가왔다.

"신녀님!"

알 수 없는 불안감이 여미을의 가슴을 강한 힘으로 옥죄기 시작했다.

"왜 그러느냐?"

"방금 유화 아가씨께서 아들을 출산하셨다 합니다!"

"오……."

다시 한번 가슴이 무언가에 가격을 당한 듯한 충격이 느껴졌다. 그 순간 계시처럼 하나의 깨달음이 왔다.

"천랑아, 지금 당장 달려가 대사자 어른을 뫼시고 오너라. 어서 당장!"

◆ ◆ ◆

"하하하……."

별궁 뜨락의 댓돌 위로 금와의 웃음소리가 연신 굴러 떨어졌다. 아침부터 별궁 뜰 앞을 서성거리며 초조하게 기다리던 아기의 울음소리가 마침내 터져나온 뒤의 일이었다.

조산부가 다가와 아들을 순산했다고 아뢰어도 긴장한 낯빛을 풀지 않은 금와가 물었다.

"산모는? 유화 아가씨는 어떠하시냐?"

"산모께서도 건강하십니다."

"정녕 사실이렷다!"

"그렇습니다, 태자님. 유화 아가씨께서는 매우 건강하십니다."

"오, 그래! 하하하…… 아들이란 말이지? 하하하……."

비로소 금와가 고개를 젖혀 하늘도 놀랄 만큼 커다란 웃음을 터뜨렸다. 기쁨을 이기지 못하는 듯 연신 웃음을 터뜨리며 연못을 한 바퀴 돈 금와가 유화의 방 댓돌 위로 다가가 꽃살창에 얼굴을 갖다댄 채 나직이 말했다.

"유화 아가씨! 참으로 수고하셨습니다!"

갓난아이의 울음이 멈춘 방에서는 단지 고요한 침묵만이 흐를 뿐이었다.

"유화 아가씨, 그 아이는 이 몸의 셋째 아들입니다. 내 이 사실을 곧 부왕께 아뢰고 온 백성들에게도 공포토록 하겠소. 그러니 아가씨는 어서 빨리 건강을 회복하시길 바랍니다."

"……."

"하하하……."

유화의 해산 소식은 태자궁의 원비에게도 전해졌다. 해산이 가까웠다는 말은 이미 전부터 들어온 바였건만 유화가 아이를 낳았다는 말을 듣자 새삼 가슴이 쿵 하고 내려앉는 듯한 기분이었다. 공연히 모든 것이 슬프고 야속하고 안타까워 눈물이 흐를 것만 같았다.

"아들이라 하였느냐?"

"……예."

소식을 가져온 여관이 죄스러운 듯 기어들어가는 목소리로 말했다. 아들…… 부여국 태자의 셋째 아들이 태어난 것이다.

유화의 회임 소식을 들었을 때의 충격이 새삼 되살아났다. 설마 설마 하던 일이 그로써 밝혀졌다. 유화가 임신했다는 말을 금와에게서 들은 날, 원비는 자신의 침소에서 눈이 부어 앞을 보지 못할 만큼 서럽게 울었다. 나라의 재물과 권세 있는 자들이 축첩을 하는 것은 흔히 있는 일이었고, 하물며 그는 태자가 아닌가. 그럼에도 유화만은 아니기를 간절한 마음으로 빌었던 원비였다. 그런 유화가 오늘 금와의 아들을 낳은 것이다.

"태자께서는 지금 어디 계시더냐?"

"……."

"어서 말하지 않고 무얼 꾸물대느냐!"

"……아침부터 별궁에서 나오시지 않고 계십니다."

원비의 가슴속에서 불덩이 같은 분노가 솟구쳤다. 그의 품에는 대소의 아우인 둘째 영포英圃가 안겨 있었다. 이틀 낮 이틀 밤의 지독한 산통 끝에 이 아이를 낳은 것이 석 달 전이었다. 하지만 그때도 금와는 자신과 아이에게 눈길 한 번 주지 않은 채 사냥을 나섰다.

서러움이 핏물같이 끈적한 눈물이 되어 볼 위로 흘러내렸다. 두고 보리라. 내 저들을 두고 보리라…….

◆　◆　◆

여름이 가고 가을이 갔다. 바랜 낮달같이 무표정하던 유화의 얼굴에 자주 웃음이 피었다. 아이는 순하고 건강하게 자랐다.

이름을 주몽朱蒙이라 했다. 금와의 생각이었다. 활 잘 쏘는 사람이란 뜻의 이름은 누군가를 떠올리게 하는 점이 있었다. 하지만 금와는 누구에게도 그런 생각을 말하지 않았다.

하루도 빼놓지 않고 별궁을 찾던 금와가 주몽에게 아름다운 울음소리를 들려줄 새를 잡으러 간다며 아침 일찍 사냥터로 떠났다. 그날 해거름 무렵 신궁의 여미을로부터 사람이 왔다. 유화와 주몽을 보자는 말을 가지고서.

"부여국 왕손 아기씨의 강건함과 총명함을 천지신명과 조상신께 축수 발원코자 합니다. 오늘 밤 축시에 시작하여 북두성이 지는 명일 새벽까지 기도를 올릴까 합니다. 주몽 왕손 아기씨를 오늘 밤 저에게 맡겨주십시오."

말로만 들었던 신녀를 앞에 대하고 유화는 말문이 막히는 느낌이었다. 섬세한 몸의 윤곽과 백랍처럼 흰 피부, 폐부를 들여다보는 듯한 날카로운 눈길이 도무지 사람의 그것 같지 않아 보였다. 유화는 무어라 말을 내어 거절해야 할지를 알지 못했다.

여미을이 이르는 대로 주몽을 신당에 내려놓고 유화는 쇠를 매단 듯 무거운 걸음으로 별궁에 돌아왔다.

더딘 시간이 흘렀다.

날이 어두워지자 유화는 자신의 방에 촛불 하나만을 밝힌 뒤 동쪽을 향해 좌정했다. 그리고 마음을 모아 하늘의 신과 태양의 신과 물의 신에게 기도했다. 천손 단군이 그러했듯, 물의 신 하백이 그러했듯, 해모수가 그러했듯, 자신의 아들이 영원히 잊혀지지 않을 존귀한 이름의 주인으로, 천 년의 세월이 흘러가고 또다시 새로운 천 년이 다가온다 하더라도 이 땅에서 사라지지 않을 거룩한 이름의 주인이 되기를 간절한 마음으로 기도했다.

하지만 때때로 마음은 유화의 간절한 기원을 벗어나 알 수 없는 어둠 속 길을 헤매곤 했다. 그럴 때면 한기와도 같은 전율이 온몸을 엄습했다. 근거를 알 수 없는 불안이 쉴 새 없이 마음을 파고들었다. 유화는 더욱 목소리를 돋워 기도에 매달렸다.

밤이 심연처럼 깊어갔다. 시간의 흐름마저 멈춘 듯 모든 것이 적요 속에 깊게 가라앉은 그때, 유화의 간절한 넋이 잠시 그녀의 몸을 벗어났다.

잠시 든 잠이었다.

푸른 초원이 물결치듯 드넓게 펼쳐진 곳을 걷고 있었다. 멀리 초원과 맞닿은 지평선 위로 한 점 티 없는 순백의 태양이 떠 길을 인도하고 있었다.

부지런한 걸음에도 불구하고 태양의 빛은 조금도 가까워지지 않았다. 조바심이 난 유화는 걸음을 더욱 빨리 했다. 영원과도 같은 시간이 초원 위로 흘러갔다. 그러던 어느 때 지평선 위의 해가 사라졌다. 해가 사라지자 초원의 모든 것들이 제 빛깔을 잃고 암갈색 풍경으로 일변했다.

당황한 유화가 사방을 이리저리 방황하기 시작했다. 하지만 눈에 보이는 것이라곤 오직 드넓은 광야뿐이었다.

숨이 턱까지 차오른 유화가 바닥으로 쓰러졌다. 몸이 천근같이 무거웠고 다시는 일어나고 싶지 않았다. 그때 회색빛 풍경 속에서 멀리 눈부신 한 점 빛이 자신을 향해 다가오고 있는 것을 유화는 보았다.

그것은 한 노인이었다. 흰 옷에 흰 수염을 날리며 노인이 유화의 앞으로 다가왔다.

"어르신, 절 좀 도와주세요!"

유화가 간절하게 말했다. 어쩐 일인지 노인의 얼굴이 노여움으로 일그러져 있었다. 눈앞까지 다가온 노인이 무서운 눈으로 유화를 노려보았다. 유화가 애원했다.

"어르신, 그렇게 계시지만 말고 절 좀 일으켜 세워주세요."

노인이 노기 띤 소리로 유화를 향해 말했다.

"어리석은 것! 대체 이곳에서 무얼 하고 있느냐? 당장 일어나지 못할까!"

"어르신, 전 길을 잃었어요. 어디로 가야 할지, 어디서 왔는지, 내가 누구인지도 전 모르겠어요."

"너의 몸을 빌려 태어난 나의 자손이 지금 죽어가고 있다. 그런데도 너는 이렇듯 한가롭게 한탄만 하고 있을 테냐? 당장 일어나지 못할까!"

"어르신……."

"이 어리석은 것! 그 아이는 거룩한 신 환인의 자손으로, 이 땅에서 영원히 사라지지 않을 나라의 왕이 될 것이다. 당장 일어나 그를 구하지 못할까!"

노한 얼굴의 노인이 흰 지팡이를 들어 유화를 내리쳤다.

온몸에 격심한 통증을 느끼며 유화는 자리에서 몸을 일으켰다. 사위어가던 촛불이 심하게 요동치며 흔들렸다. 흰 옷 노인의 목소리가 여전히 귓전에서 이명처럼 맴돌고 있었다.

어서 일어나 그를 구하지 못할까…….

유화가 자리를 박차고 일어났다. 그리고 푸른 달빛이 깔리고 있는 마당을 건너뛰어 달리기 시작했다.

어둠에 잠긴 신궁을 한달음에 뛰어 유화는 신당의 문을 열어젖혔다. 순간 아찔하게 독한 향기가 온몸으로 끼쳐왔다. 넓은 신당 안은 뿌연 안개와도 같은 향연과 희미한 불빛이 어우러져 도무지 공간감을 느낄 수 없을 만큼 황량해 보였다. 어둠을 잘라 지은 듯한 검은 옷을 입은 여미을이 바닥에 엎드려 기도하고 있었다. 한 번도 들어본 적이 없는 이방의 말로 된 주문이 여미을의 입에서 쉴없이 쏟아지고 있었다.

이 향기…….

숨을 틀어막는 듯한 독한 향기에서 섬뜩한 음모와 악의가 느껴졌다. 유화는 빠르게 사방을 둘러보았다.

신상神像이 내려다보는 검은 돌제단 위에 주몽이 뉘어져 있었다. 유화가 달려가 주몽을 품에 안아들었다. 자리에서 몸을 일으킨 여미을이 서릿발같이 차가운 음성으로 꾸짖었다.

"이게 무슨 짓이오! 이곳은 성신이 거하시는 거룩한 곳입니다. 당장 아이를 내려놓고 물러서십시오!"

현기증이 멱살을 쥐듯 머리를 흔들어댔다. 유화는 정신을 잃지 않으려 애쓰며 강보 안의 주몽을 보았다. 아이는 깊은 잠에 빠진 듯 아무런 움직임이 없었다. 온몸이 얼음처럼 차가웠다.

안 돼!

유화의 내부에서 격렬한 분노와 공포가 솟구쳐 올랐다. 유화가 어린 몸의 가슴에 얼굴을 갖다댔다. 실낱같이 가는 숨결이 느껴졌다. 주몽을 품에 안은 유화가 문 쪽으로 걸음을 옮겼다.

여미을이 다가와 앞을 막아섰다. 그 자신 지독한 독향을 견디느라 창백한 얼굴이 더욱 핏기를 잃고 있었다.

"이 아이는 많은 신의 분노와 증오를 안고 태어난 아이입니다. 그로 인한 저주의 사슬을 끊어야만 아이를 살릴 수 있습니다. 아이를 죽이고 싶지 않거든 어서 그곳에 다시 내려놓으세요!"

유화가 손을 뻗어 여미을의 얼굴을 후려쳤다. 날카로운 비명을 지르며 여미을의 몸이 빈 부대처럼 바닥으로 허물어졌다.

유화가 아이를 안고 뜰로 내려섰다. 소란에 깨어난 신궁의 여관들이 하나둘 신당으로 모여들고 있었다.

◆ ◆ ◆

남녘 하늘 위에 높이 뜬 상현달이 숲을 엷은 은색으로 물들이고 있었다. 나뭇잎 사이로 흘러든 조각난 달빛이 부서진 빛의 잔해처럼 숲길 위에 깔려 있었다. 유화는 숲길을 쉬지 않고 달렸다.

어둠에 잠긴 숲은 완벽한 정적에 사로잡혀 산짐승의 울음소리 한 점 들려오지 않았다. 가슴이 터질 듯 숨이 찼지만 유화는 걸음을 멈추지 않았다. 어둠 속의 길이 끝도 없이 이어졌다. 아, 이 길은 어디로 향하는 것인가. 유화는 그것이 이승으로 향하는 것인지 저승으로 향하는 것인지, 가늠조차 할 수 없었다.

유화는 지치고 힘들수록 더욱 강한 힘으로 주몽을 안았다. 아이는 아직도 꼼짝을 않은 채 깊은 잠에 빠져 있었다.

오…… 아가야. 제발 잠에서 깨어나렴. 그 순하고 맑은 눈을 떠 어미를 바라보아라. 너를 해치려는 악마의 힘은 이 어미가 물리칠 테니, 너는 아무것도 두려워하지 마라. 지금 우리를 보고 있는 것은 저 달빛과 숲에 잠든 어둠과 허공의 바람뿐이란다. 그리고 해의 신과 물의 신이 너를 도울 것이다. 그러니 두려워 말고 그만 잠에서 깨어나렴. 제발…….

성문을 지키는 병사에게 머리의 옥잠을 뽑아준 뒤라 머리카락이 바람을 따라 길게 흩날렸다.

뒤를 쫓는 발소리는 들리지 않았다. 하지만 지쳐 쓰러져 죽기 전에는 걸음을 멈출 수 없었다. 온 나라와 궁궐이 모두 이 가여운 아이의 목숨을 노리고 있었다. 이 천사같이 순결하고 예쁜 아이를. 그들로부터 벗어나기 위해서는, 그들의 사악한 손아귀에 들지 않기 위해서는 그저 쉬지 않고 달려야 하는 것이다. 그러나, 아, 이 길은 대체 어디로 향하는 길인가. 나는 어디로 가고 있는 것인가.

유화는 어둠에 섞이는 어둠이 되어 힘껏 달려갔다.

"둘 모두를 죽이라 하셨습니까?"

"그렇소. 두 모자를 뒤따라가 반드시 장군의 손으로 베어 죽이시오!"

부득불이 단호하게 말했다. 서릿발 같은 차가움이 밴 음성이었다.

대장군 적치가 의구심 어린 얼굴로 대사자를 바라보았다.

"대사자 어른! 그 여인은 태자님의 아이를 생산한 여인이 아닙니까? 그런 여인을 베라니요? 더구나 왕손 아기씨까지……."

밤새들마저 잠든 깊은 밤, 편전 회랑의 깊은 어둠 속에서 두 사람이 나직이 소리를 나누고 있었다. 잠자리에 들었다가 화급한 기별을 듣고 달려온 대장군 적치는 아직도 당황한 기색이 역력했다.

"그 아이는 왕손이 아니라 요물이오. 이 나라의 왕실과 사직을 무너뜨리려 하는 악마의 자식이오. 그러니 장군은 의심하지 말고, 두려워하지 말고, 그 요망한 것들을 이 땅에서 없애버리시오. 이것은 나 대사자 부득불의 명이기도 하거니와 대왕 폐하의 영이기도 하오."

"태자께서도 이 일을 알고 계십니까?"

"여인과 아이는 몰래 궁성을 도망쳤소. 산 속에서 연약한 아낙이 비적의 무리나 사나운 짐승을 만나 목숨을 잃는 것은 조금도 이상한 일이 아니오. 태자께서 사냥에서 돌아오시면 내가 그리 고하겠소."

"……."

"이 일은 나와 대장군 둘 외에는 하늘도 땅도 알아서는 아니 될 것이오. 내가 궁성의 위병대를 두고 은밀히 대장군을 청한 까닭이 거기 있소."

"……알겠습니다. 대장군 적치, 대사자님의 영을 거행하겠습니다."

군례를 올린 적치가 회랑의 어둠 속으로 사라졌다. 어둠 속에 서서 그 모습을 지켜보는 부득불의 입에서 가늘고 긴 한숨이 흘러나왔다.

◆ ◆ ◆

궁궐을 벗어난 지 벌써 세 번의 낮과 밤이 지나갔다. 유화는 야트막한 산등성이 사이에 놓인 계곡의 조그만 개울가에 앉아 손으로 물을 떠 삼켰다. 맑고 차가운 석간수가 목젖을 통해 몸 안으로 흘러들자 피곤과 두려움에 지쳐 있던 몸이 진저리를 치며 깨어나는 느낌이었다. 유화는 거푸 물을 들이켰다.

하지만 지독한 허기는 조금도 가시지 않았다. 그동안 먹은 것이라 곤 산 속을 헤매다 눈에 띈 산대추와 머루 몇 움큼, 으름덩굴 열매 몇 개가 전부였다. 사람들의 눈을 피해 산으로만 걸어온 길이었다. 간혹 몇 번인가 산 속에서 생활하는 하호下戶의 집을 보았지만 유화는 더 먼 길을 돌았다.

유화는 고개를 들어 사방을 둘러보았다. 어디인가 여기는…… 북두성의 서쪽을 바라고 길을 잡았으니, 오환과 선비족이 산다는 동호東胡의 땅이 가까운지도 모를 일이었다. 어디를 가리라 작정한 걸음이 아니었다. 그저 부여에서 멀어질 수만 있다면 하는 일념으로 달려온 길이었다.

주몽은 아직도 잠에서 깨어나지 않았다. 때때로 유화는 걸음을 멈추고 아이의 가슴에 얼굴을 가져다 대었다. 그때마다 천길 낭떠러지로 떨어져내리는 듯한 두려움이 가슴을 쳤다. 하지만 깊은 잠 속에서도 가늘디가는 숨결이 느껴졌다.

오, 하늘과 땅의 신명이시여, 감사합니다. 생명을 원하신다면 이 몸의 생명을 드릴 테니, 부디 이 어린 목숨만은 이 땅에 남겨두시기를 간절히 바랍니다.

문득 가까운 곳에서 사람의 기척이 느껴졌다. 피곤에 지친 몸과 달고 시원한 물이 잠시 유화의 주의력을 앗아갔다. 유화는 재빨리 주몽을 품에 안고는 잔자갈이 깔린 개울가를 달렸다. 비탈 위에 어린아이 키만 한 다복솔이 밀생한 숲이 있었다. 유화가 다복솔 더미 속으로 몸을 던진 것과 동시에 개울 위쪽 비탈에서 사람들의 발걸음이 쏟아져 내려왔다. 무장을 한 대여섯 명의 군사였다.

말투로 보아 산야전 훈련에 나선 요동군의 병사들임이 분명해 보였다. 머잖은 곳에 부대의 본진이 있고, 아마도 이들은 척후에 나선 병사들 같아 보였다.

다복솔 숲을 기어 달아나기에도 지나치게 가까운 거리였다. 유화는 뛰는 가슴을 손으로 눌러 진정시키며 군사들의 움직임에 귀를 기울였다.

물을 마시고 손발을 씻어 몸의 먼지를 털어낸 군사들이 다시 무기를 챙겨들고 일어섰다. 그들이 조용한 걸음으로 유화가 몸을 숨긴 다복솔 더미 곁을 지나갔다.

그 순간이었다. 무리의 맨 뒤에서 걷던 병사가 문득 걸음을 멈추었다. 그리고 앞서가는 동료들을 불러 세웠다.

"비장님! 여기 좀 보십쇼!"

병사의 눈길이 향한 모래흙 바닥 위에 붉은 비단 천이 떨어져 있었다. 유화의 가슴이 벼락처럼 요동치기 시작했다. 서둘러 몸을 피하던 도중에 떨어뜨린 자신의 손수건이었다.

"어라, 이거 웬 비단수건이야?"

손수건을 집어든 비장의 얼굴에 의아한 빛이 떠올랐다. 한눈에도 심심산곡에서 보기에는 지나치게 값비싼 물건이었다. 사방을 날카롭게 둘러보던 비장의 눈길이 유화가 있는 다복솔을 향했다. 그가 성큼성큼 걸음을 옮겨 다가왔다.

유화가 몸을 일으켜 비탈 위쪽을 향해 뛰었다. 그러나 비장의 날랜 손길이 먼저였다. 어깨를 잡힌 유화가 바닥으로 쓰러졌다.

본영을 떠나 오랜 훈련에 지친 병사들을 설득할 말은 애당초 없었다. 유화의 변명에도 불구하고 병사들은 처음부터 창을 들이대고 으르기 시작했다.

"거짓말 마라! 우리 군진을 염탐하러 온 부여의 첩자가 분명하다! 당장 사실대로 말해라!"

"아닙니다, 저는 저편 산 아래 마을에 사는 아낙입니다. 산나물을 뜯으러 왔다가 길을 잃어…….."

"거짓말 마라! 네년의 차림새가 대체 어느 산골 아낙의 것이란 말이냐!"

비장이 잠시 갈등하는 눈치더니 그예 환도를 뽑아들었다. 유화를 묶어 척후에 나서기도, 그렇다고 그냥 놓아줄 수도 없다고 판단한 듯했다.

비장이 막 칼을 들어 유화를 베려는 순간이었다.

"헉!"

허공으로 칼을 치켜들었던 비장이 단말마의 비명을 지르며 바닥으로 나동그라졌다. 등을 지고 쓰러진 그의 가슴에 깃털을 단 맥궁의 호시弧矢가 박혀 있었다.

비장의 난데없는 죽음에 당황한 병사들이 일제히 칼을 뽑아들고 사방을 둘러보았다. 그 순간 다시 바람을 꿰뚫는 날카로운 휘파람 소리와 함께 한 병사가 비명을 삼키며 바닥으로 나가떨어졌다. 그의 목을 꿰뚫은 것도 같은 모양의 화살이었다.

"웬 놈이냐!"

남은 병사들이 우왕좌왕하며 소리쳤다.

그때 비탈 위에서 한 인마가 거침없이 한의 병사들을 향해 내달려 왔다. 마상에 우뚝 올라앉은 사람은 검은 복면으로 얼굴을 가린 사내였다.

"네놈은 누구냐!"

이미 겁을 먹을 대로 먹은 병사들이 더듬거리듯 소리쳤다. 비탈을 살처럼 달려 내려온 복면 무사가 내뻗은 칼이 순식간에 앞선 병사의 목을 베어 두 몸으로 갈라놓고 말았다. 뒤이어 남은 서너 명의 군사들마저 그가 작정하고 휘두르는 칼날 아래 피를 뿌리며 쓰러졌다. 참으로 하늘에서 내려온 신장과도 같은 솜씨요, 모습이었다.

순식간에 병사들을 해치운 복면 무사가 환도의 핏물을 닦은 뒤 말에서 뛰어내렸다.

"뉘신지 모르나 천은과도 같은 도움을 입었습니다."

유화가 떨리는 가슴을 진정시키며 고개 숙여 말했다. 다가온 복면 무사가 공수의 예를 취한 뒤 유화를 바라보았다. 두 사람 사이에 짧지 않은 침묵이 이어졌다. 말없이 유화를 건너다보는 복면 무사의 눈길에 곤혹스러워하는 빛이 뚜렷이 어렸다.

유화가 말했다.

"감사합니다. 귀한 함자라도 알려주신다면 이 몸이 죽기 전에 크나큰 은공의 어섯이나마 갚을 수 있기를 소원합니다."

"유화 아가씨!"

"저를 아시는 분이군요!"

"부여국 대장군 적치입니다."

그가 얼굴을 가린 검은 복면을 벗어던졌다. 드높은 이마와 강인해 보이는 관골을 가진 대장부의 얼굴이 드러났다. 유화의 얼굴에 한 가닥 의혹의 빛이 떠올랐다.

유화가 다시 한번 사의한 후 말했다.

"대장군께서 이 몸을 구하신 것이 적연한 일이 아니라면, 필시 이곳까지 저를 좇으신 이유가 있으리라 여겨집니다."

적치가 다시 곤혹스러운 듯 고개를 돌려 먼 눈빛으로 골짜기 저편을 바라보았다. 잠시 뒤 그가 건조한 목소리로 말했다.

"그렇습니다. 저는 부여국 대왕 폐하의 지엄하신 영을 거행하기 위해 왔습니다."

"……."

"……두 분의 목숨을 취하기 위함입니다."

유화가 짐작하고 있던 일이라는 듯 가만히 고개를 끄덕였다.

"알겠습니다, 대장군. 이 몸의 목숨을 원하신다면 그것이 열 개라도 남김없이 내어드리겠습니다. 하나 이 아이만은 살려주십시오. 이제 세상에 나온 지 백일이 된 아이입니다. 이 아이에게 무슨 큰 죄업이 있어 도검의 화를 당하겠습니까. 부디 은혜를 베푸시길 바랍니다."

적치가 환도를 뽑아들었다.

"용서하십시오, 아가씨. 명부冥府가 있다면 그곳에서 이 죗값을 구하겠습니다!"

하늘 높이 치켜든 환도가 막 유화와 품속의 아이를 향해 날아들려는 찰나였다.

"앙―"

지금껏 죽음과도 같이 깊은 잠에 빠져 있던 주몽이 울음을 터뜨렸다. 카랑카랑한 어린아이의 울음소리가 골짜기를 울리며 퍼져나갔다. 유화가 놀란 눈으로 주몽의 얼굴을 들여다보았다.

"오, 내 아가야! 깨어났구나! 이제야 눈을 뜨다니, 이 절명의 순간에. 오, 천지신명이시여……."

유화가 아이를 굳게 껴안은 채 하늘을 향해 소리쳤다.

칼을 내리치려던 적치의 눈길이 주몽을 향했다. 순간 그의 얼굴에 한 가닥 의아한 빛이 떠올랐다. 주몽의 얼굴을 뚫어질 듯 응시하던 적치가 칼을 든 손을 내리며 유화를 향해 물었다.

"유화 아가씨! 송구하나, 이 아이가 어느 분의 핏줄인지 말씀해주시겠습니까? 심중에 떠오르는 사람이 있어서 그렇습니다."

"……."

"유화 아가씨!"

"이 아이는 옛 조선의 위장군이며 다물군의 대장군이셨던 해모수님의 자식입니다."

"오……."

나직이 탄성을 토하는 적치의 얼굴에 감격해하는 빛이 완연했다. 한동안 가만히 고개를 들어 하늘을 우러르던 적치가 탄식처럼 나직이 중얼거렸다.

"하늘의 뜻이로다!"

환도를 칼집에 꽂은 적치가 유화와 주몽을 향해 허리 숙여 절을 올렸다. 놀란 유화가 함께 무릎을 꿇으며 적치의 절을 받았다.

"어인 일이십니까, 대장군!"

"아가씨, 저는 일찍이 해모수 장군의 드높은 기상과 절의, 공전절후의 무용을 사모하여 장군과 뜻을 같이하기로 서원한 몸입니다. 장군의 최후를 금와 태자님께 전해 듣고도 불공대천의 원수인 양정을 죽여 장군의 한을 풀어드리지 못함이 늘 한이고 마음의 병통이었습니다. 그런데 이제 장군의 영부인과 핏줄을 대하니 어찌 감격치 않을 것입니까."

새삼 서러움이 복받치는 듯, 적치의 칼날 앞에서도 의연함을 잃지 않던 유화가 굵은 눈물을 쏟기 시작했다. 품속의 주몽이 문득 울음을 그치고 그런 유화를 올려다보며 방긋 웃음을 머금었다.

"아기씨의 이름이 주몽이라 하였습니까?"

"그렇습니다."

"과연…… 해모수님을 빼닮았습니다. 가히 천하의 영걸이 될 자품을 타고났음이 분명합니다."

그때였다.

"저기, 저놈입니다!"

산골짜기 위쪽으로 소란한 발걸음 소리가 들리더니 수십 명의 무장한 군사들이 시내를 건너뛰며 몰려오고 있었다. 조금 전의 싸움 중에 요행히 몸을 빼내 달아난 자가 본진의 무리를 이끌고 달려온 것이었다. 몰려오는 무리의 머릿수를 살피던 적치가 결연한 목소리로 말했다.

"유화 아가씨! 두려워 말고 이곳을 피하십시오! 제가 있는 한 아무도 아가씨를 해치지 못할 것입니다."

"하나……."

"이곳을 떠나 아무도 찾지 못할 곳으로 피신하십시오! 그리고 부디 아기씨를 큰 인물로 키우셔서 해모수 장군께서 이루지 못하신 꿈을 반드시 이루시길 바랍니다."

"장군님……."

"시간이 없습니다, 어서……."

산비탈 위로 아기를 안고 뛰어가는 유화가 숲 속으로 온전히 사라지길 기다려 적치가 다가오는 적을 향해 몸을 돌렸다.

자갈을 걷어차며 몰려오는 한의 군사들을 바라보며, 적치는 오늘 자신이 산 목숨으로 이 자리를 벗어나지 못하리란 걸 예감했다. 하지만 비록 이름 모를 산골짝에서 외로운 혼령이 된다 해도 해모수의 유일한 혈손을 위해 싸우다 목숨을 버리는 것이니 어찌 보람되지 않을 것인가. 적치는 천천히 환도를 뽑아들고 달려드는 적들을 노려보았다. 수많은 전장을 겪은 맹장의 기개와 의연함이 그의 굳은 얼굴을 가득 채우고 있었다.

◆ ◆ ◆

몇 개의 고개를 넘고 몇 개의 계곡을 건넜는지 기억할 수 없었다. 유화는 야트막한 계곡의 물가에 앉아 두 발을 차가운 물 속에 담갔다. 찢기고 부르튼 발에 찬물이 닿자 바늘끝으로 찌르는 듯한 통증이 느껴졌다. 궁궐에서 신고 나온 비단신은 잃어버린 지 오래였다. 부드러운 풀에다 칡으로 감발을 쳐 산길을 걸었던 것인데, 대개는 맨발일 때가 많았다.

푸른 나뭇잎 빛깔을 띤 밀잠자리 몇 마리가 개울 건너편 풀밭 위를 한가로이 날고 있었다. 그 위론 손을 대면 푸른 물이 주르르 흘러내릴 것 같은 하늘이 끝없이 펼쳐져 있었다. 바람은 부드럽고, 햇살은 더할 나위 없이 맑았다. 이런 풍경이 무언가를 떠올리게 했다.

그날 시비인 자운영은 산비탈에서 빨간 산앵두를 따서 자신의 손 위에 올려놓았다. 그리고 물가에 쓰러진 그를 보았다. 흰 저고리에 상투를 풀어헤친 채 물가에 쓰러진 그의 모습은 얼핏 칠칠맞지 못한 아낙네가 빠뜨리고 간 빨래 더미처럼 보였다…….

생각하면 모든 것이 한바탕의 꿈만 같았다. 더없이 강렬하고 아름다웠던 꿈은 그러나 덧없을 만큼 짧았다. 그를 만나고 사랑하고 헤어진 것이 현실의 일이 아니라 그저 오랫동안 간절히 꿈꿔왔던 일들이 자신의 가슴속에 하나씩 빛깔이 되고 형상이 되어 새겨진 것처럼 느껴졌다.

금와는 해모수가 자신을 구하기 위해 고삐를 벤 뒤 말과 함께 계곡으로 한 마리 커다란 새처럼 날아서 사라졌다고 했다. 천첩만학의 계곡이라 했다.

하지만 양정의 군사들이 그랬듯이, 금와 또한 군사들을 동원해 오랫동안 계곡을 뒤졌지만 해모수의 시신은 발견되지 않았다. 금와는 하늘이 그의 몸을 거둬갔으리라 했다. 죽음에 이르는 순간까지 그는 지상의 어떤 자보다 의연했으며, 아름다웠다고 했다. 맑고 빛나는 눈빛도 여전했으며 희고 부드러운 피부도 그대로였다고 했다.

유화는 고개를 돌려 물가에 누인 주몽을 내려다보았다. 조금 전까지 어미의 메마른 젖을 빨며 칭얼대더니 어느새 쌔근쌔근 잠에 빠져 있었다.

세상의 모든 아름다움과 평화로움을 더한다 한들 잠든 이 아이의 얼굴만 하랴.

유화는 절망감과 두려움과 불안으로 떨리던 마음이 더없이 편안하고 넉넉해지는 것을 느꼈다. 비록 그를 만나고 사랑한 일이 그저 한바탕 허무한 봄밤의 꿈이었다 할지라도 나의 곁에는 이 아이가 있다. 내 남은 목숨으로 갈음하더라도 반드시 지키고 보호해야 할 이 아이……음부陰府를 다스리는 황토의 주인이거나 설혹 천지신명이라 하더라도 이 아이를 해하려 하면 결단코 용서치 않고 맞서 싸우리라…….

유화는 두 발을 푸른 냇물 속에 담근 채 그렇게 오래 앉아 있었다. 허공에 떠 흐르는 바람과 구름보다 더 많은 생각이 유화의 머릿속을 쉴 새 없이 찾아왔다가 사라졌다. 하늘로부터 푸른 어둠이 내려와 주위의 사물을 하나씩 지워가는 것도 알지 못한 채 유화는 그렇게 생각에 잠겨 앉아 있었다.

이윽고 하늘 위로 몇 개의 별이 꽃봉오리를 열 듯 피어났다. 사방은 곧 어둠에 잠겼다. 유화가 마침내 자리에서 일어섰다. 그리고 여전히 잠에 빠져 있는 아이를 품에 안았다.

그로부터 사흘이 지난 날의 저녁 무렵, 궁성의 파수를 선 위병이 궐문 안으로 들어서는 한 남루한 여인의 앞을 가로막았다. 이곳은 대왕이 계시는 곳이니 얼씬거리지 말고 물러가라는 위병의 말에 여인이 품에 안은 아이를 내밀며 위엄 있게 꾸짖었다.

"무엄하다, 이놈! 대부여국 금와 태자님의 아들인 주몽 아기씨니라! 썩 달려가 태자님께 사실을 고하지 못할까!"

비무대회

부여의 도성 거리가 사람들로 그득했다. 어깨에 잔뜩 힘이 들어가 공연히 허공을 향해 두 팔을 휘둘러보는 젊은이들뿐 아니라, 호기심 어린 눈빛의 아낙에다 늙은 할아비의 손을 잡은 아이들까지 많은 사람들이 찬바람 부는 거리를 서성이고 있었다.

어느 때 먼 허공으로부터 뚜우 하는 나팔 소리가 바람에 실려왔다. 사람들의 시선이 일제히 성문 쪽을 향했다. 성질 급한 아이들이 노인의 손을 뿌리치고 소리 나는 쪽을 향해 뛰어가기 시작했다.

여운이 긴 무소뿔 나팔 소리를 뒤따라 절도 있는 행고 소리가 이어졌다. 소리가 가까워질수록 거리의 소음이 잦아들고, 무겁고 느린 북소리만이 집과 땅과 거리를 온통 채우며 들리기 시작했다.

둥 둥 둥—

마침내 거리 저편에 늠름한 인마의 무리가 모습을 드러내었다. 행렬을 앞에서 이끄는 것은 기치와 창검을 드높이 세운 기마대였다. 그리고 뒤를 이어 대오를 정연히 한 보병들이 넓은 길을 가득 메우며 들어섰다.

지난 가을, 북쪽의 흉노를 정벌하러 떠난 부여의 정병이 석 달 만에 개선하고 있었다. 길을 가득 메운 사람들 속에서 환호성과 박수가 일었다.

"와—"

무엇보다 늠름하고 의젓한 것은 대장군기를 앞세운 기마대의 선머리에 선 젊은 장군이었다. 갈기와 몸이 먹빛같이 검은 오환마烏丸馬에 올라앉은 장수는 그 억센 체격과 준수한 풍모가 가히 군계일학이라 할 만큼 빼어났다. 젊은 장수가 거리로 들어서자 연도에 선 사람들이 일제히 소리를 질렀다.

"대소 왕자님 만세!"

"대소 왕자님 만세!"

이번 원정군을 이끈 대장군이자 부여국 왕 금와의 장자인 대소 왕자였다. 대소의 뒤, 커다란 체격에 갑옷을 걸치고 철극을 올려멘 장수는 그 아우인 영포 왕자였다.

행고 소리에 맞춰 씩씩하고 절도 있는 걸음으로 보병이 지나가자 그 뒤로 이번 원정의 노획물인 흉노의 포로들이 두름으로 줄줄이 엮여 끌려오고 있었다. 개선군을 향해 환호성을 올리던 사람들이 일제히 욕설과 야유를 보내기 시작했다. 짐승의 털가죽으로 사추리만 겨우 가린 몸에 얼굴과 가슴에는 개흙을 칠한 모습이 인육을 먹는다는 소문만큼이나 야만스러워 보였다.

"아니, 저게 대체 사람이여 승냥이 새끼들이여? 살다 살다 별놈의 종자들을 다 보내그려."

"으이그, 꿈에라도 다시 볼까 무섭네."

"아니, 저렇게 인간이 되다 만 짐승 같은 것들이 우리 부여를 그렇게 괴롭혔단 말이야? 다신 못된 짓을 못하게 이 참에 아주 씨를 싹 말려버려야 해!"

예부터 기질이 강인하고 잔인무도하기로 소문난 흉노였다. 한무제의 계속된 정벌로 몽골의 초원에서 중원의 동북방까지 밀려난 흉노의 일족이 때 없이 무리를 지어 부여의 북쪽 경계를 침범해 약탈을 자행한 것이 벌써 여러 해였다.

북쪽 변방의 소란이 조정의 큰 골칫거리가 되기에 이르자 금와왕은 마침내 군사를 보내 이를 정벌하기로 마음먹었다. 왕자 대소가 정병 5백을 거느리고 흉노를 치기 위해 도성을 떠난 것이 지난 가을이었다. 그리하여 연전연승한 부여군이 흉노 일족의 우두머리와 그 잔병 30여 명을 사로잡아 개선한 것이었다.

대소와 영포가 대전 마루에서 고두배를 올리고 좌정했다. 자색 용포에 과대를 두르고 머리에는 백라관을 쓴 금와가 용상에 앉아 전장에서 돌아온 자식들을 치하했다. 그의 좌우에 황후 원씨와 유화가 자리했다.

"수고했다. 어디 상하거나 아픈 곳은 없느냐?"

"예, 폐하! 크신 성은에 힘입어 폐하의 경계를 욕보인 적도들을 소탕하고 무사히 귀환하였습니다."

"다행히 우리 병사 가운데 죽고 상한 자가 적다 하니 짐의 마음이 기쁘구나. 장졸을 막론하고 빠짐없이 논공하여 후히 치하할 것이다."

"황공합니다, 폐하!"

올해 스물이 되는 큰아들 대소는 일국의 왕자로서 부족함이 없는 풍모를 지니고 있었다. 부드러운 피부와 섬세한 얼굴선이 얼핏 가녀려 보이기도 하지만 곧은 콧대와 각 진 완강한 턱이 범인에게선 보기 힘든 강한 의지를 드러내고 있었다. 하지만 날카롭게 빛나는 강한 눈길이 이따금 지나친 야심가의 빛을 띠는 것이 금와는 늘 마땅치 않았다.

두 살 아래 아우인 영포는 대소와는 달리 영락없는 무부武夫의 모습이었다. 넓은 이마에 관골이 두드러진 호상에다 눈빛이 화경火鏡같이 부리부리하고 체격 또한 보통사람보다 머리 하나는 더 컸다. 남다른 풍신과 용력에 걸맞게 성격도 괄기가 그지없어 늘 큰일을 벌이지나 않을까 조마조마했다. 하시만 두 형제가 이렇게 군사를 이끌고 나가 국경을 어지럽히는 도적들을 다스리고 돌아오니 금와의 마음이 기쁘지 않을 리 없었다.

두 아들을 바라보던 금와가 문득 곁의 유화를 돌아보며 물었다.

"그런데 어찌하여 주몽의 모습은 보이지 않소? 형들이 돌아오길 날마다 그렇게 기다리던 아이가……."

아까부터 무거운 표정을 하고 있던 유화의 얼굴에 난처한 기색이 뚜렷했다. 금와의 바른편에 앉아 있던 원후가 차가운 웃음을 띠며 말했다.

"무술 선생인 흑치 장군의 말이 오늘도 수련 중에 몰래 달아났다고 합니다. 보나마나 또 어디선가 궁녀의 꽁무니를 쫓아다니고 있겠지요."

원후의 말에 대소와 영포가 웃음을 터뜨렸다. 영포가 걸걸한 목소리로 퉁명스럽게 말했다.

"이런 한심한 자식! 형들은 오랑캐와 죽을둥살둥 전쟁을 하고 왔는데, 저는 대궐에서 계집 꽁무니나 쫓아다니고 있어? 찾아서 혼구녕을 내놓아야겠구만."

금와가 유쾌한 듯 너털웃음을 터뜨리며 곁에 앉은 유화를 돌아보았다.

"허허허! 그 녀석이 꼭 내 어릴 적 흉내를 내고 있구먼. 대기는 만성이라 하였으니 두고 보시오. 그 녀석이 그래도 장차 이 나라에 큰일을 할 재목이 될 것이오."

금와의 말에 원후가 샐쭉한 표정이 되어 빈정거렸다.

"계집 쫓아다니고 말썽 피우는 팔난봉이라면 벌써 한 인물이 났지요. 우리 부여를 다 뒤져도 어디 그만한 인물이 있을라구요."

원후가 내쏘듯 하는 말에도 금와는 여전히 사람 좋은 웃음을 지을 뿐이었다.

"그나저나 이제 대소가 큰 공을 세우고 왔으니, 약속하신 대로 곧 태자 책봉을 내외에 선포하시고, 이번 영고 기간 중에 책봉식을 거행하여야겠습니다."

원후의 말에 금와의 얼굴에서 천천히 웃음기가 걷혔다. 잠시 생각에 잠긴 듯 먼눈이 되었던 금와가 천천히 고개를 끄덕였다.

"그러지요. 내일 조회를 열어 신료들에게 대소의 태자 책봉을 알리겠소."

벌써 여러 해 전부터 원후가 한결같이 졸라온 일이었다. 생각하면 장자인 대소의 태자 책봉을 더 이상 미룰 까닭이 없었다. 성년의 관례를 올린 지도 벌써 여러 해였다.

원후의 얼굴이 꽃을 피우듯 환하게 밝아졌다. 원후가 기쁜 빛을 감추지 않은 채 대소를 향해 말했다.

"폐하의 말씀을 들었느냐? 폐하께서 너를 이 나라 태자로 삼으시겠다 하시는구나."

"폐하의 성은에 감사드립니다."

대소가 다시 용상을 향해 일어서 이마를 바닥에 두드리며 절했다.

◆ ◆ ◆

바람이 흐르는 소리가 들릴 만큼 조용하던 신궁의 뜰 한켠에서 작은 소란이 일었다. 다과상을 들고 신당으로 조심스런 걸음을 옮기던 부영芙英이 기둥 뒤에서 불시간에 뛰어나온 그림자에 놀라 저도 몰래 소리를 질렀다.

"에그머니나!"

혼겁한 표정을 짓고 있는 부영 앞에 버텨 선 것은 머리에 절풍을 쓰고 두 가닥 새 깃털까지 꽂은 주몽 왕자였다. 주몽이 짓궂은 웃음을 띤 얼굴로 요모조모 부영을 뜯어보았다.

"부영아, 잘 있었어?"

한숨을 내쉰 부영이 다시 몸을 돌려 달아나려 했다. 주몽이 달려가 그 앞을 막아서며 덥석 손을 잡았다.

그 바람에 찬방饌房에서 끓인 석간수 찻물과 다기와 차봉지가 바닥에 내동댕이쳐졌다. 중원에서 의약의 신으로 추앙받는 신농神農이 약용 여부를 가리기 위해 초목 백여 가지를 입에 넣고 씹다 독초에 중독되어 쓰러졌을 때, 마침 날아온 찻잎을 삼키고 살아난 뒤부터 마시기 시작했다는 그 차였다. 울상이 된 부영이 빽 소리를 질렀다.

"왕자님!"

"왜? 너도 내가 보고 싶었구나, 그렇지?"

"이걸 어떡해요? 전 이제 죽었어요, 신녀님한테요."

주몽이 싱글거리며 동동대는 부영의 주위를 돌았다.

"쳇! 이 정도로 죽을 목숨이면 난 벌써 백 번은 더 죽었겠다. 이왕 이렇게 되었으니, 나랑 궐 밖으로 놀러나 가자. 서역에서 온 상인들이 성안 저자에 들어왔대. 어떠냐?"

"어서 가세요. 다시 찻물을 끓여야 해요. 신녀님께서 아시면 불벼락 떨어집니다."

"부영아, 그러지 말고 나랑 가자. 니가 좋아하는 청동거울이랑 유리구슬도 있대."

"안 됩니다. 어서 돌아가세요. 또 신궁에 드나드신 걸 황후님께서 아시면 어쩌시려구요."

황후라는 말에 주몽이 두려움을 느끼는지 멈칫하는 얼굴이 되었다. 하지만 곧 다시 부영의 손을 잡아끌었다.

"아실 리가 없어. 어서 가자, 부영아. 내가 유리구슬 사줄게."

아직 소년티를 벗지 못했지만 하늘의 해가 무색할 만큼 뛰어난 용모의 주몽이었다. 넓고 반듯한 이마와 명미明媚한 두 눈, 화필로 그린 듯한 입술, 우윳빛 도는 피부가 세상의 어느 여인과 견주어도 빠지지 않을 듯 청수했다. 궁녀 가운데 미모로 이름이 높은 방년의 부영도 주몽 앞에서는 오히려 초라하게 느껴질 정도였다.

하지만 이런 빼어난 용모에도 불구하고 어딘지 유약해 보이는 모습과 철모르는 언행은 늘 사람들의 안타까움을 사는 까닭이 되곤 했다.

"또 무술 수련하다 도망치셨지요? 폐하께서 찾으시면 어쩌시려구요?"

"걱정 마. 폐하께선 지금쯤 편전에서 고리타분한 대신들이랑 계실걸."

"지금 대전에서 왕자님의 조현朝見을 받고 계시던걸요."

"왕자? 난 여기 있는데?"

"주몽 왕자님 말구요. 대소 왕자님과 영포 왕자님……."

"형님들이 돌아오셨어?"

갑자기 신궁의 기둥이 울릴 정도로 주몽이 소리를 질렀다. 장난기 어린 웃음을 띠고 있던 얼굴이 환하게 밝아졌다.

"네. 조금 전에 전쟁터에서 돌아오셔서……."

"이 바보야, 그럼 진작 얘기했어야지! 이제야 말하면 어떡해!"

주몽은 부영을 향해 손을 흔들고는 돌아섰다.

"부영아, 유리구슬은 다음에 사줄게. 나 지금 바빠. 안녕!"

주몽이 한 마리 건강한 사슴처럼 신궁의 뜰을 가로질러 달려갔다.

그런 주몽의 모습을 진작부터 가만히 지켜보던 눈길이 있었다. 여미을이 신당의 문가에 무표정한 얼굴로 서서 신궁을 빠져나가는 주몽을 바라보고 있었다.

"형님!"

대전 회랑을 걸어오는 대소와 영포 앞으로 주몽이 달려들며 소리쳤다.

"정말 형님들이 오셨구나!"

두 형들 앞에서 넙죽 절을 올린 주몽이 고개를 들었다. 반가움과 기쁨이 얼굴 가득 피어 있었다.

"우와! 두 분 형님들, 몇 달 만에 더 늠름하고 멋있어진 것 같아요.

다치신 데 없이 무사하신 거예요?"

"그래, 너도 잘 있었니?"

대소가 별다른 표정의 변화 없이 덤덤하게 말했다.

"예, 형님. 형님들이 안 계셔서 심심하긴 했지만요. 그 무서운 흉노족을 중원으로 모두 쫓아버렸다는 게 사실이에요?"

"그래, 임마. 형님과 나는 그놈들과 목숨을 걸고 싸우다 돌아왔는데, 넌 뭘 하고 있었어? 무술 수련은 열심히 했어?"

영포가 한심하다는 듯 퉁바리를 놓았다. 주몽이 히, 어린아이같이 천진하게 웃었다.

"무술을 열심히 수련한다 한들 형님들을 당할 수 있겠어요? 전 그냥 경사經史 강독이나 부지런히 하여 폐하를 기쁘게 해드릴 생각입니다."

"자식하고는. 자고로 사내대장부란 창검 한 자루로도 산을 무너뜨리고 바다를 가를 수 있는 무예를 지녀야 그게 진짜 사내인 법이야. 그렇지 않다면 그게 치마 입은 계집이지 사내라 할 수 있겠어?"

그들의 뒤편에서 유화와 함께 걸어오던 원후가 짐짓 부드러운 목소리로 주몽을 향해 말했다.

"그렇잖아도 이번 국중대회에서 비무대회를 열 모양인데, 너도 참가하는 게 어떻겠느냐?"

"비무대회라 하셨습니까? 저, 저는……."

"알았다. 이제 너도 관례를 올린 몸이니 이번엔 형들을 따라 참가토록 하여라. 내가 그리 조치해놓을 터이니."

그제서야 당황한 얼굴로 어쩔 줄 몰라 하는 주몽을 유화가 우울한 눈길로 바라보았다.

◆　◆　◆

　깊은 겨울의 날카로운 한기가 옷 속을 파고들었지만 나무 아래의 유화는 추위를 잊었다. 건권을 쓰고 큰 소매에 긴 녹색 포를 입은 유화의 단아한 자태에서 풍기는 고고한 기품은 마흔이 가까운 나이에도 예나 변함없이 보는 이로 하여금 탄성을 자아내게 했다. 하지만 지금 그녀의 가슴은 슬픔과 우울로 가득했다.

　무엇이 잘못되고 무엇을 바로잡아 나가야 할지 유화는 알 수 없었다.

　찬바람 속에 앉은 유화의 시선이 향한 곳은 궁궐 근위대 병영의 연무장 한켠이었다. 주몽이 무술 선생인 흑치의 가르침 아래 검술 수련을 하고 있었다. 사제의 목검이 서로 맞닿았다 떨어졌다를 반복하면서, 찌르고 막고 후리고 베는 동작이 이어졌다.

　"후⋯⋯."

　아들의 움직임을 하나도 놓치지 않으려는 듯 주의 깊게 지켜보고 있던 유화의 입에서 긴 한숨이 흘러나왔다.

　기껏해야 세 척 다섯 치가량 되는 목검이었다. 그것을 들고 선생의 기합에 따라 일합의 공격과 일합의 방어를 연이어 펼치는 주몽이 마치 천 근의 쇳덩이라도 손에 든 듯 쩔쩔매며 힘겨워하고 있었다. 가볍고 민첩해야 할 걸음도 노인의 그것처럼 굼뜨고 힘이 없어 보였다.

　한 차례의 겨루기를 마치고 칼을 거두는 선생이 내쉬는 한숨 소리가 바람 속에 들려오는 듯했다.

　그지없이 심성이 곱고 효성스러운 아이였다. 또한 미목眉目이 청수하기로는 부여를 통틀어도 견줄 자가 없으리라고들 했다.

하지만 주몽이 누구인가. 동이 제일의 무사이며 천하의 다시없는 영걸이라던 해모수의 자식이 아닌가. 그런데 어찌하여 무예를 익힘에 이토록 깨우침이 늦고 노둔한 것인가.

벌레 하나 죽이지 못하는 여린 심성 탓으로 돌리기에도 당치 않은 일이었다. 살육을 즐겨 검술을 익히는 자가 있을 것인가. 검이란 원래 사람을 해하기 위해 있는 것이 아니라 살리기 위해 있는 것이고, 무예 또한 그 근본은 살법殺法이 아니라 활법活法에 있다고 하지 않던가.

저 겁약한 성정과 문약한 몸으로 범 같고 곰 같은 대소와 영포가 버티고 있는 이 궁궐에서 어찌 스스로를 지켜낼 것인가. 원후와 그녀의 두 아들을 생각하자 유화는 뜨거운 기운이 가슴속에 소용돌이치는 듯 답답해져왔다.

"검은 곧 잡는다는 뜻입니다. 따라서 마음과 몸이 하나로 모아진 상태에서 쥐었을 때 비로소 검이 될 수 있습니다. 현금을 연주하는 악공의 활은 '소리의 검'이며 글씨를 쓰는 문사의 붓은 곧 '글씨의 검'입니다. 이처럼 검의 정신이란 온몸과 마음과 숨이 하나가 되는 고도로 집중된 정신에 있습니다."

스승 흑치의 가르침이 자못 절절했다.

"방금 왕자님이 쥐고 휘두른 것은 검이 아니라 그저 칼일 뿐입니다. 마음이 함께하지 않은 검술은 검술이 아닙니다. 아셨습니까, 주몽 왕자님!"

"……예."

주몽이 주눅 든 목소리로 웅얼거리듯 대답했다. 흑치가 다시 한번 다짐을 두었다.

"마음이 가는 곳에 검이 가는 것입니다. 마음으로 먼저 베지 않고는 아무것도 벨 수 없습니다. 따라서 마음으로 베지 못한 것은 다만 칼이란 물건이 벤 것이지 내가 벤 것은 아닙니다. 이를 반드시 명심하셔야 합니다."

"예."

시린 손에 연신 입김을 불던 주몽이 저편 장대 곁 나무 그늘 아래 앉아 있는 유화를 발견하곤 금세 환한 얼굴이 되었다.

"어머니!"

주몽이 껑충거리며 손을 흔드는 양을 본 흑치가 어쩔 수 없다는 듯 고개를 저었다.

"왕자님, 오늘 수련은 이만 하겠습니다. 내일은 수련시간에 늦지 않도록 하셔야 합니다."

"예, 스승님!"

씩씩하게 허리를 굽혀 읍을 한 주몽이 유화를 향해 달려갔다.

◆ ◆ ◆

국왕과 만조백관, 지방 사출도四出道*의 제가가 다 함께 국조신인 동명왕과 동신성모東神聖母에게 천제를 지내고 나면 바야흐로 부여의 낮과 밤은 음주와 가무로 하염없이 깊어진다. 영고의 시작이다.

영고는 곧 하늘의 축제이자 땅의 축제였다. 하늘은 지상의 인간이 올리는 경건하고 거룩한 제사로 인해 영광스럽고, 땅은 함께 나누고 누리는 사람들의 유락으로 인해 흥겹다. 이 기간만큼은 관품과 지위

---

* 사출도: 부여국의 지방 행정 조직으로, 사가四加인 마가馬加 · 우가牛加 · 저가猪加 · 구가狗加
가 다스렸다.

의 상하나 행년의 다소를 내세우지 않아 모든 백성들이 다 함께 서로 공경하고 나누는 잔치를 베풀고, 대궐에서도 궐문을 열어 출입을 자유롭게 하고 궁궐의 동산을 개방하여 여민동락與民同樂했다.

매년 한 해를 마감하는 섣달에 열리는 이 국중대회 기간 중에는 많은 놀이와 행사와 잔치가 하루도 빠짐없이 날을 다투어 열렸다. 사람이 모인 곳이면 뿔나팔 연주에 맞추어 말 등에서 여러 가지 묘기를 보이는 말타기 재주, 여러 개의 막대기와 공을 공중으로 서로 엇바꾸어 던지고 받는 손재주, 완함 반주에 맞춰 높은 나무다리에 올라가 춤추는 발재주, 두 사람이 짝을 이뤄 칼을 서로 부딪는 칼부림 재주 등이 펼쳐졌다.

뿐만 아니라 수박희手搏戲, 마사희馬射戲, 석전놀이 같은 경기가 열려 많은 장사와 재사들이 저마다 가진 재주를 뽐내었고, 우인優人들의 잡희는 사람들을 울리고 웃기기에 빈틈이 없었다. 그 가운데서도 특히 부여의 백성들에게 인기 있는 것이 비무대회와 마지막 날에 열리는 사냥대회였다.

이번 비무대회에서는 경향 각처에서 온 여룡여호如龍如虎하는 호걸들이 전에 없이 많이 참가해 불꽃 튀는 경쟁을 벌였다. 그리고 그 마지막 우승자는 지난해에 이어 올해도 대소 왕자였다. 참가자들은 저마다 그동안 익힌 창술, 검술, 궁술을 펼쳐보여 사람들의 탄성을 자아냈다. 그런 가운데 단연 발군의 솜씨를 보인 이가 대소였다.

자루의 길이만 해도 일곱 척이나 되는 협도挾刀를 들고 나선 대소는 신기라 할 만한 솜씨로 상대를 차례차례 구새 먹은 나무등치를 베듯 쓰러뜨렸다. 국왕과 원후, 백관이 참견한 자리에서 대소는 상대자들을 압도하는 빼어난 솜씨와 늠름한 용자를 선보여 사람들로부터 가히 인중룡人中龍이란 칭송을 들었다.

하지만 이날의 비무대회에서 사람들의 기억에 더욱 오래 남을 만했던 일은 대소의 빛나는 무예와 그 영광이 아니라 대왕의 세 번째 왕자인 주몽이 산 비웃음이었다.

주몽이 비무대회에 참가한 것은 이번이 처음이었다. 왕실의 겁보 왕자로 소문이 나 있던 주몽 왕자가 비무대회에 출전키로 했다는 소문은 대회 전부터 사람들에게 적잖은 호기심을 불러일으켰다.

일의 잘못이라면 공교롭게도 그 첫 상대가 다름 아닌 대소였다는 점일 것이었다. 차례가 되어 비무장 위로 올라선 주몽의 준수하고 의젓한 모습을 볼 때만 해도 사람들은 세상 소문의 허황함을 다시 한번 한탄했다.

그와 함께 주몽의 맞은편으로 하늘을 꿰일 듯 협도를 치켜든 장사가 들어섰다. 대소였다. 전해에 보여준 대소의 놀라운 무예를 잊지 않고 있던 사람들이 우레 같은 함성을 올렸다.

제법 의젓한 태도를 보이던 주몽의 태도가 돌변한 것은 그때였다. 자신의 상대자가 대소란 것을 알게 된 주몽은 돌연 신색이 바래면서 낙망한 표정을 지었다. 잔칫상에 불려나온 강아지처럼 잔뜩 주눅이 든 모습으로 나선 주몽은 싸움의 시작을 알리는 신호가 떨어지고 나서도 앞으로 나설 생각을 않고 있었다.

심판자가 앞으로 나서기를 재촉하자 기어들어가는 목소리로 내놓은 말이 이랬다.

"나는 싸우지 않겠소. 저분은 나의 백형이시오. 그런 분과 어찌 감히 칼을 맞댈 수가 있단 말이오."

처음부터 주몽이 하는 양을 지켜보던 대소가 빙그레 미소 띤 얼굴로 말했다.

"그건 그렇지가 않다. 이것은 싸움이 아니라 겨룸일 뿐이다. 이는 곧 훈련이 전쟁이 아님과 같은 것이다. 그러니 어려워 말고 덤벼라."

그럼에도 주몽은 여전히 품고 나선 예도를 내밀 염을 내지 않았다. 대소가 문득 큰 소리로 웃음을 터뜨렸다.

"하하하…… 주몽 왕자께서 겸양지덕을 베풀어 내게 선공先攻을 양보하실 모양이구려. 하지만 나 또한 어찌 사랑하는 아우를 먼저 공격할 것인가. 그럼 이렇게 하자."

대소가 오만한 눈길로 사방을 천천히 둘러본 뒤 주몽에게 말했다.

"네가 먼저 스무 합을 공격하여라. 그동안 나는 협도를 들지 않겠다. 그 결과 네가 내 옷자락 한 조각이라도 벤다면 이 대전의 승리는 네 것이다."

"아……."

사람들의 놀라는 소리가 곳곳에서 솟아올랐다.

다시 몇 번의 다그침이 있고 나서야 마침내 주몽이 예도를 뽑아들고 앞으로 나섰다.

일찍이 비무대회를 통해 전에도 없었고, 앞으로도 없을 기괴한 대결이 그로부터 펼쳐졌다. 결과는 설마 하던 사람들의 기대를 보기 좋게 빗나갔다.

허망하리만큼 일방적인 주몽의 참패였다. 처음 무기를 들지 않는 대소를 상대하는 것을 꺼려 주춤거리던 주몽이 대소의 재빠른 몸놀림에 허공 베기를 거듭하자 곧 전력을 다해 칼을 휘두르기 시작했다. 사람들의 탄성을 자아낸 것은 참으로 절묘하고 신묘막측한 대소의 보법이 아니라 한눈에도 어설퍼 보이는 주몽의 검초였다. 대소를 베기는

커녕 홀로 허공에 그림 그리기를 거듭하다 종내에는 스스로 지쳐 술취한 노인처럼 허둥거리기에 이르렀다.

사람들의 박장대소가 비무장을 울렸다.

종횡으로 칼을 휘두르다 지친 주몽이 헐떡이는 숨을 몰아쉬자 대소가 득의만면한 얼굴로 말했다.

"스무 합이다. 네가 약속한 공격을 마쳤으니, 이번엔 내 차례다."

말을 마침과 동시에 협도를 세워든 대소가 주몽을 향해 짓쳐들었다. 태산이 무너져내리는 듯한 대소의 공격에 이미 반은 혼이 나간 주몽이 얼결에 예도를 내밀었다.

쨍!

날카로운 쇳소리와 함께 주몽의 칼이 손을 떠나 허공을 날았고, 그기세에 주몽이 엉덩방아를 찧으며 나동그라졌다.

"어쿠!"

대소의 공격은 거기서 그치지 않았다. 다시 한번 허공을 휘저은 협도가 쓰러진 주몽을 향해 바람처럼 날았다. 사색이 된 주몽이 눈앞으로 날아드는 칼날에 질끈 눈을 지려 감으며 소리쳤다.

"어이쿠, 형님!"

사람들의 박장대소가 혼미한 주몽의 정신을 되돌렸다. 눈을 뜨자 대소의 협도가 자신의 목 바로 아래 다가와 있었고, 사람들이 바닥을 두드리며 웃음을 쏟아놓고 있었다. 주몽의 눈길이 버티고 선 대소를 향했다. 그 순간 겁에 질려 있던 주몽의 얼굴이 기묘한 빛을 띠었다.

주몽이 천천히 자리에서 일어섰다. 큰 충격을 받은 듯한 표정이었다. 사람들의 쏟아지는 비웃음을 온몸으로 고스란히 받으며 그는 비무장을 떠났다. 비무대회 최고의 얘깃거리로 그후로도 사람들의 입에 두고두고 오르내리게 되는 그날 사건의 시말이 그러했다. 그리고 그날의 사건을 현장에서 가장 유쾌한 심사로 지켜본 이라면 아마도 대사자 부득불이었을 터였다.

◆ ◆ ◆

백성들의 기쁨에 함께하려는 듯 겨울답지 않게 맑고 따뜻한 날들이 이어졌다. 성 안 거리마다 사람들의 웃음소리와 노랫소리가 흘러넘쳤다.

후원 연못가에 주몽이 잔뜩 풀이 죽은 얼굴로 앉아 있었다. 계속된 따뜻한 날들로 연못은 얼음이 풀려 맑고 푸른 물빛을 고스란히 드러내고 있었다. 주몽이 잊은 듯 한 번씩 잔돌을 주워 연못 위로 던졌다. 그럴 때마다 맑은 수면 위로 동심원이 생겨나 넓게 파문을 그려갔다.

정전 앞 동산에서 잡희가 벌어지는지 흥겨운 음악 소리와 사람들의 왁자한 웃음소리가 담장을 넘어 들려왔다. 잡희가 끝나면 서역에서 온 술사들이 기막힌 환술을 펼쳐 보이리란 말도 들었다.

환술 따윈 늙은 개나 물어가라지.

주몽은 심통이 나서 중얼거렸다. 비무대회 이후 주몽은 계속 우울했다. 아침에도 우울했고, 낮에도 우울했고, 저녁이 가까워오는 지금도 우울했다.

비무대회에서 겪은 수치와 모욕은 낙천적인 주몽에게도 작지 않은 충격을 주었다. 하지만 정작 주몽에게 지워지지 않는 충격을 안겨준 것은 그것이 아니었다.

파문 지는 물결 위로 한 얼굴이 떠올랐다. 차가운 비웃음 위에 형언

할 수 없는 적의와 경멸을 고스란히 드러낸 얼굴, 예도를 잃어버리고
나동그라진 자신을 내려다보던 대소의 얼굴이었다. 대소 형은 어째서
그런 얼굴로 나를 바라보았던 것일까.

자신이 얼마나 두 형을 사랑하고 존경하는지는 하늘도 아시리라.
대소와 영포의 뛰어난 무술과 대장부다운 늠름한 행동이 자신의 얼마
나 큰 자랑인지도.

아마도 자신이 잘못 본 것이리라고 주몽은 고개를 흔들었다. 대왕
과 조정 대신들과 많은 백성들 앞에서 당한 수치가 자신을 잠시 제정
신이 아닌 상태로 몰아간 탓이리라. 그러자 자신에 대한 모멸감이 다
시 온몸을 덮쳐왔다.

"왕자님!"

등뒤에서 누군가가 부르고 있었다. 주몽이 아랑곳하지 않은 채 돌
멩이 하나를 다시 연못 위로 던졌다.

"주몽 왕자님!"

주몽이 풀 죽은 얼굴로 돌아보았다. 부영이었다.

"……"

"바람이 찬데 왜 여기 이러고 계세요. 감기 걸리시려구요."

"어쩐 일이야, 여긴?"

"신녀님 심부름 온 길이에요. 곧 가봐야 돼요."

자신만 보면 달아날 궁리를 하던 부영이가 이렇게 사근사근한 걸
보면 전날의 비무대회 얘길 들었음이 분명했다. 주몽이 풀 죽은 얼굴
이 되어 고개를 연못 쪽으로 돌렸다.

"너도 들었겠지? ……난 쓸모없는 인간이야."

"아녜요, 왕자님. 왕자님은 좋은 분이세요. 따뜻하고, 지혜롭고, 감

정이 풍부한 분이세요. 그깟 무예가 무어라구요. 세상 모든 사람들이 다 무술만 잘하면 세상이 밤낮 싸움만 하다 끝날 거예요. 안 그래요?"

"……."

"사람들은 모두 저마다 자기가 하고 싶어하고, 또 잘할 수 있는 일들이 따로 있는 법이에요. 중국의 요임금도 농사짓는 일은 자기보다 농부에게 물어보라고 말했다잖아요. 왕자님은 학문을 좋아하시니까, 장차 큰 학자가 되실 거예요."

알 수 없는 것이 칼이란 물건이었다. 주몽은 칼이, 무예가 결코 싫거나 무섭지 않았다. 처음 칼을 손에 들면 온몸에서 알 수 없는 기운이 느껴지고 마음이 뜨거워졌다. 스승과의 수련에서도 그랬고 비무대회에서도 그랬다.

하지만 막상 칼을 들어 대결에 나서려 하면 가슴 한가운데가 꽉 막힌 듯 답답해지면서 사지에 힘이 빠지고 손에 쥔 칼이 천 근의 쇳덩이처럼 무거워졌다. 그렇게 되면 아무리 기를 써 대결에 임해보려 해도 소용이 없게 되는 것이었다. 참으로 알 수 없는 일이었다.

"저 곧 가봐야 돼요. 왕자님도 이제 들어가보세요. 곧 저녁이 될 텐데, 바람이 추워요."

부영을 바라보는 주몽의 얼굴에 비로소 웃음이 떠올랐다. 빤히 부영의 얼굴을 바라보고 있던 주몽이 나직이 말했다.

"부영이, 너 참 예쁘다. 세상에 너보다 더 예쁜 여자는 없을 거야."

총명하게 반짝이던 부영의 얼굴이 발그레해졌다.

"정말이야. 난 지금껏 너보다 더 예쁜 여자를 본 적이 없어. 가지 말고 나랑 조금만 더 놀아."

"안 돼요. 그랬다간 신녀님한테 혼나요."

"상관없어. 난 이 나라 왕자인걸. 나한테 맡겨. 여긴 추우니까 날 따라와."

주몽이 부영의 손을 잡고 끌었다.

"안 돼요, 왕자님! 그만 가야 한다니까요."

그들이 궁궐 안의 건초장으로 몸을 숨기게 된 것은 마침 조정 대신들과의 연회를 마치고 대전으로 향하던 대왕과 원후, 유화 부인과 마주칠 뻔했던 탓이었다. 주몽이 부영의 손을 끌어 잡고 문이 반쯤 열려 있는 건초장 안으로 뛰어들었다.

"쉿! 이리 와."

전날 비무대회를 마치고 돌아가 유화를 만났을 때, 어머니의 얼굴에 떠오른 슬픈 표정이 생각나 주몽은 마음이 아팠다. 여관들을 통해 소식을 전해 들었을 유화는 그러나 아무 말도 하지 않은 채 예나 다름없이 아들을 맞았다. 하지만 얼핏 그 얼굴에 떠오른 슬픈 듯, 쓸쓸한 듯한 표정을 주몽은 보았다.

건초장 안은 마른풀에서 풍겨나오는 기분 좋은 냄새가 감돌고 있었다. 부드러운 저녁빛과 건초 속에 깃들어 있던 훈기가 뒤섞여 자아내는 안락한 느낌이 우울한 기분을 걷어가주었다. 주몽이 금세 환한 웃음을 띠며 부영을 끌었다.

"야, 좋다! 이리 와!"

"안 돼요, 왕자님! 그만 절 보내주세요. 신녀님이 아시면……."

"지금 이곳에서 나가다 들키면 아마도 신궁에서 쫓겨나고 말걸. 잠시만 있다 사람들이 가면 그때 나가."

둘은 한쪽 벽을 가득 채우고 쌓아둔 마른 꼴 더미 위에 앉았다.

올 봄 수릿날 천제를 드리는 자리에서 처음 부영을 보았다. 올해 새로 신궁에 들어온 여관이라 했다. 주몽은 한 떨기 제비꽃처럼 아름답고 청초한 모습의 부영이 보는 순간 좋아졌다.

"넌 어쩌다 신궁으로 오게 된 거니?"

부영의 얼굴에 저녁 어스름 같은 우울이 깃들었다.

부영은 원래 부여에서 이름난 장군의 셋째 딸이었다. 몇 해 전 동쪽 국경을 넘보는 숙신의 초적들을 토벌하기 위해 장군이 기마 5백과 보병 1천을 이끌고 나섰다. 무난히 동변을 평정하고 돌아오리라 기대했던 장군이 어이없게도 5백에 불과한 적의 계략에 들어 장졸을 모두 잃고 그 자신은 투항하고 말았다는 소식이 부여로 날아들었다. 화가 난 부여의 조정에서는 그때 막 환로에 나선 그의 두 아들의 관직을 끊어 하호로 삼고 세 딸과 가솔은 지방 제가의 비복으로 보냈다. 그러다 태백산으로 기도길에 나섰던 신녀가 한 제가의 비녀를 살고 있는 부영을 발견하여 신궁의 여관으로 들인 것이었다.

그런 이야기를 나직한 한숨과 함께 털어놓는 부영의 눈시울이 붉어져 있었다. 주몽이 손을 내밀어 가만히 부영의 어깨를 잡았다.

"그랬구나…… 너무 걱정 마. 너와 가족들은 잘못이 없으니 곧 죄를 벗게 될 거야."

"왕자님! 신녀님이 절 찾기라도 하시면 야단이 납니다. 그만 절 보내주세요."

두 사람이 막 몸을 일으키려던 그때였다. 뚜벅뚜벅 발소리 하나가 다가오더니 벌컥 창고의 문이 열렸다.

놀란 두 사람이 건초 더미 속으로 몸을 숨겼다. 창고 안의 어둠이 눈에 익지 않은 사내가 미처 그들을 발견하지 못하고 돌아서며 투덜거렸다.

"젠장, 이 작자들이 정신이 있는 거야. 창고를 비워놓고 문을 열어두면 어쩔 셈인 게야, 대체……."

양마꾼으로 보이는 사내가 문을 나서더니 철컥 빗장을 닫아거는 소리가 들렸다. 얼결에 부둥켜안은 채 건초 더미 속에 엎드려 있던 주몽과 부영이 퉁기듯 놀라 일어났다.

"어떻게 해요, 왕자님! 문을 잠갔어요!"

주몽이 걸어가 문을 밀어보았지만 꿈쩍도 하지 않았다.

"문이 닫혔네. 어떡하지?"

"이제 어떡합니까? 전 어쩌라구요……."

하얗게 질린 얼굴의 부영이 울먹이는 소리를 내며 동동걸음을 쳤다. 생각에 잠긴 듯 뒷짐을 지고 한 바퀴 건초장 안을 돌고 난 주몽이 할 수 없다는 듯 말했다.

"어차피 밤인데, 어디서 자면 어때. 자고 나면 수가 생길 거야. 너무 걱정 마."

주몽이 건초 더미 쪽으로 걸어가 몸을 누였다. 한바탕 길게 기지개를 켜고 난 듯하더니 이내 코 고는 소리가 들려오기 시작했다.

주몽과 부영이 건초장을 나선 것은 이튿날 해가 중천에 오른 다음이었다. 말에게 먹일 꼴을 가지러 온 양마꾼이 문을 열어젖히자 밤새울어 눈이 부은 부영이 제 발로 걸어나왔다. 건초 더미 속에는 아직도 잠에 빠진 주몽의 코 고는 소리가 들리고 있었다.

그러는 사이 궁궐에서는 한바탕 광풍과도 같은 소동이 지나갔다. 전날 주몽이 당한 수치를 기억하고 있던 유화는 밤새 돌아오지 않는 아들을 기다리며 온갖 사위스러운 생각에 떨려오는 몸을 가누기 어려웠다.

두려움에 잠을 이루지 못한 유화가 침전으로 달려가 금와에게 고하기에 이르렀고, 급기야 도성의 안팎을 모두 뒤져서라도 주몽 왕자를 찾으라는 왕명이 내려졌다. 궐문을 지키는 수문장이 달려오고, 대왕의 엄명을 받은 위사들이 궐 밖의 저잣거리와 주루로 달려나갔다. 수문장이 떨리는 목소리로 궐문을 나서는 주몽 왕자를 본 적이 없다고 했지만 유화의 불안감은 줄어들지 않았다.

대전 뜰에 고개를 숙이고 선 주몽을 보는 유화의 눈길에 깊은 슬픔이 어려 있었다.

"신궁의 여관과 희롱하였다는 말이 사실이냐?"

금와가 믿기지 않는다는 표정으로 주몽을 향해 물었다.

"……."

"신궁의 여인들과 상관하는 것은 누구나 엄히 삼가야 할 일이란 것을 몰랐더냐? 어찌 그리 철없는 짓을 하였더란 말이냐?"

"송구합니다, 폐하. 그것이 아니라…… 잠시 얘기를 하려던 것인데 그만 빗장이 잠기는 바람에……."

"흥! 늙어 죽어도 동티 탓이라더니, 지금 그걸 변명이라고 하는 게냐? 그럼 거기도 계집이 먼저 끌어서 간 것일 테고 또 밤새 잠만 잤겠구나. 그런 게냐?"

소식을 듣고 누구보다 먼저 달려온 원후가 신이 난 듯 빈정거렸다.

"……."

"여러 말 할 것 없습니다, 폐하. 이 일은 결코 사소하게 넘길 일이 아닙니다. 신령을 모독하고 궁실의 법도를 어지럽힌 놈입니다. 몸을 더럽힌 계집은 목을 베어 신령께 용서를 구하고, 저 녀석도 궐 밖으로 내

쫓아 잘못을 깨닫도록 해야 할 것입니다."

"목을 베어요? 안 됩니다. 부영이에겐 아무 잘못도 없습니다. 그건 제가……."

듣고 있던 영포가 부아를 참기 어렵다는 듯 우렁우렁한 소리를 내질렀다.

"시끄럽다, 이놈아! 신성한 신궁의 여관을 희롱하고도 할 말이 남았느냐? 폐하, 어머님의 말씀이 옳습니다. 용서할 수 없는 죄를 지은 이 놈을 즉시 궐 밖으로 내쫓아 다신 궁궐 출입을 못하도록 해야 합니다."

주몽을 바라보는 금와의 눈길에 안타까움과 연민이 짙게 어렸다. 금와가 이윽고 무거운 입을 열었다.

"신궁의 여관은 신녀의 처분에 맡기도록 하라. 왕자의 잘못이 비록 가볍지 않으나 지금은 온 나라가 화락한 국중대회 중이라 죄를 논함이 온당치 않다. 차후에 징계토록 할 터이니 그동안 처소에서 근신토록 하여라!"

다물활 전설

태자 책봉식이 있던 날은 겨울답지 않게 천지간에 따뜻한 기운이 가득한 맑은 날이었다. 사람들은 이날을 기려 음주와 가무에 겨운 몸을 씻고 깨끗한 옷으로 갈아입었다. 많은 사람들이 새로운 태자의 탄생을 보기 위해 북쪽의 금성산 아래에 있는 천신당으로 달려갔고, 그렇지 못한 사람들도 집 안에 있거나 집 밖에 있거나 때때로 눈길을 들어 북쪽 하늘 아래를 바랐다.

해가 중천에 걸린 오시午時 무렵, 거룩한 예복을 차려입은 대왕의 행렬이 궁궐을 나서 천신당으로 향했다. 그 뒤를 엄숙한 표정의 문무대신이 따르고, 부월과 창을 든 의장대와 악대가 따랐다.

하늘의 신령을 모신 사당 앞에 이르렀을 때 눈같이 흰 백마를 탄 금와가 문득 주위를 둘러보고는 말했다.

"주몽은 아직도 처소에서 근신하고 있는가?"

청라관을 쓰고 장식이 화려한 자주색 포를 입은 대사자 부득불이 공손히 아뢰었다.

"그렇습니다, 폐하."

"사람을 보내 태자의 책봉식에 참예케 하라 이르시오. 비록 지은 허물이 커 근신 중이라 하나, 오늘은 태자를 책봉하는 뜻 깊은 날이니 그 아이도 자리를 함께하는 것이 옳은 듯하오."

"허나 폐하, 주몽은 중한 죄를 지어…….."

불만을 고하던 영포가 금와의 엄한 눈길을 받고 그만 입을 닫았다.

이윽고 신령을 모신 사당의 문이 열리고 천제의 신상을 가린 난막이 걷혔다. 한 번도 사람의 손길이 닿은 적 없는 깨끗한 새끼 사슴이 제물로 바쳐졌다.

신녀 여미을의 인도에 따라 대왕이 앞으로 나서 신명께 부여의 태자로 삼을 왕자의 이름을 고유했다. 그리고 국조신인 동명왕과 동신성모에게도 고유제告由祭가 올려졌다.

황금 조우관鳥羽冠을 쓴 대소가 앞으로 나서 세 번 절하고 말벌집의 꿀로 빚은 울창주鬱鬯酒를 제신께 올렸다. 그리고 하늘과 땅의 신과 자신의 피와 살과 뼈에 이른 조상의 신성한 힘에 감사했다.

"거룩한 천제와 이 땅에 새로운 하늘을 여신 국조신께 고하나이다. 당신의 예손裔孫 대소가 택함받은 땅 부여에서 위로는 위대한 대왕의 성충과 아래로는 만백성의 어진 뜻에 따라 나라의 질서를 수호할 종의 대임을 받았습니다. 부디 신들의 성스러운 영이 임하여 이 몸에, 힘에 힘을 더하시고 지혜에 지혜를 더하시어 그 대임을 이루기에 부족함이 없도록 도우소서. 그리하여 저로 인해 대부여의 영광이 하늘과 땅에 가득 차고, 자손만대에 이르도록 그치지 않고 이어지게 하소서!"

금와가 천천히 사당 정면에 놓인 백단향 나무상자 앞으로 걸어갔다. 상자 안에는 붉은빛을 띤 낡고 작은 활과 흰 화살 하나가 놓여 있었다. 부여의 시조 동명왕이 남긴 신물인 다물활이었다.

금와가 엄숙한 손길로 다물활을 들어 바닥에 엎드린 대소의 머리에 갖다댔다. 그리고 그가 부여국의 태자임을 하늘과 땅에 고했다. 새로운 태자의 이름을 외치는 산호만세 소리가 하늘에 메아리쳤다.

"대소 태자님 만세!"

"대왕 폐하 만세!"

다물활은 박달나무로 만든 석 자 다섯 치 크기의 전통적인 동이단궁東夷檀弓이었다. 이 다물활에는 예부터 전해오는 이야기가 있었다.

옛날 하늘에 해가 열 개나 한꺼번에 떠오르는 변괴가 있었다. 이 해들은 부상扶桑이라는 뽕나무에 등불처럼 걸려 있다가 하나씩 차례로 떠올라야 하는데, 무슨 조화인지 한꺼번에 하늘 위로 솟아오른 것이었다. 열 개나 되는 해들이 마치 불항아리처럼 하늘 한가운데 떠서 대지를 달궈대기 시작하니 인간의 괴로움이 이만저만이 아니었다. 사람이든 짐승이든 낮에는 밖으로 나오지 못하고 물가로 숨거나 동굴로 숨어들었다.

견디다 못한 인간들의 원성이 하늘에까지 이르자, 놀란 천제가 자신의 아들 가운데 가장 활을 잘 쏘는 이를 뽑아 지상으로 내려보냈다. 천제는 그에게 아름답고 튼튼한 붉은 활 하나와 하얀 화살 열 개를 주고 하늘의 질서를 어지럽히는 해들을 혼내주라고 명했다.

땅에 내려온 왕자는 뜨거운 태양 때문에 죽어가는 백성들을 보고 화가 치밀 대로 치밀었다. 그는 수많은 높은 산을 넘고 수많은 깊은 강을 건너고 수많은 험한 협곡을 지나 동해에 이르렀다. 높은 산에 오른 왕자는 천제가 준 붉은 활에 흰 화살을 메겨 떠오르는 해를 향해 쏘았다. 왕자가 활을 쏘자 하늘의 해는 커다란 불덩어리가 되어 폭발하고 그때마다 그 불 속에서 황금빛 세 발을 가진 거대한 까마귀가 땅으로 떨어져내렸다. 곧 하늘의 정령인 삼족금오三足金烏였다.

왕자의 분노가 너무 커 자칫 태양이 다 없어지면 큰일이라고 생각한 천제가 급히 사람을 보내 화살통에 꽂힌 열 개의 화살 가운데 하나를 몰래 뽑았다. 그래서 하늘에는 한 개의 해가 남게 되었고, 자연의 질서가 회복되자 지상의 사람들은 예전의 평화를 되찾았다.

땅 위의 사람들이 평화를 되찾자 이를 기쁘게 여긴 천제는 왕자를 그 땅의 임금으로 삼아 사람들을 다스리게 했다. 그가 곧 부여의 국조인 동명왕이었다. 그때 천제가 동명왕에게 주어 하늘의 해를 쏘아 떨어뜨린 활이 바로 이 다물활이었다.

이러한 전설이 깃들인 다물활은 부여의 가장 신성한 물건으로 받들어졌다.

금와가 두 손으로 활을 받들어 다시 백단향 나무상자 속에 고이 내려놓았다. 사람들의 환호와 찬양을 온몸으로 받으며 일어선 대소가 씩씩한 걸음으로 나무상자를 향해 걸어갔다. 한동안 감격스러운 눈길로 다물활을 바라보던 대소가 금와에게 청했다.

"폐하! 한 가지 청이 있습니다. 다물활을 당길 수 있도록 허락하여 주십시오."

잠시 아들을 건너다보던 금와가 말했다.

"다물활은 우리 부여의 성물이다. 그리고 지금껏 어느 누구도 그 시위를 당긴 적이 없었다.”

“알고 있습니다, 폐하. 하지만 제가 반드시 당겨 보이겠습니다.”

다물활에는 전해오는 또 하나의 전설이 있었다. 국조 동명왕이 하늘의 해를 쏘아 떨어뜨린 이 활의 시위를 당겨 화살을 쏘는 자가 있다면 그는 진정 천제가 사랑하는 자손으로, 장차 천하를 아우르는 새로운 천년 왕국의 왕이 되리라는 것이었다. 하지만 이 작은 활이 얼마나 단단하고 강한지 지금껏 누구도 그 시위를 당긴 자가 없었다.

금와가 허락했다.

“그리해보아라!”

대소가 다물활을 향해 큰절을 하고 다가가 활을 들어올렸다. 호기심에 찬 사람들의 눈길이 일제히 대소를 향했다.

대소가 흰 살을 들어 시위에 얹었다. 화살을 메운 대소가 힘주어 시위를 당겼다.

시위는 꿈쩍도 하지 않았다. 크게 숨을 몰아쉰 대소가 다시 한번 힘을 다해 활을 당기기 시작했다. 대소의 얼굴이 붉게 상기되어갔다. 여전히 시위는 아무런 움직임이 없고 대소의 얼굴은 불에 달군 듯 더욱 시뻘개져갔다. 바람도 숨을 죽인 긴장된 시간이 자꾸만 흘러갔다.

“커억!”

마침내 대소가 폐부 깊숙한 곳에서 터져나오는 듯한 기묘한 신음과 함께 두 손을 내렸다. 아쉬움에 찬 사람들의 탄성이 곳곳에서 솟아올랐다. 대소의 붉게 상기된 얼굴 위에 짙은 패배감과 수치심이 떠올라 있었다.

그러자 곁에서 지켜보고 있던 영포가 불쑥 앞으로 나서며 소리쳤다.

“형님! 제가 한번 해보겠수! 제게 그 활을 줘보시우!”

영포가 그 커다란 몸을 앞으로 내밀어 다물활 앞으로 다가섰다.

"폐하! 이번엔 제가 한번 해보겠습니다. 허락하여 주십시오!"

금와가 고개를 저었다.

"의식은 끝났다. 제관은 성물을 삼가 모셔라. 이제 궁으로 돌아가 태자의 책봉을 축하하는 연회를 벌이리라."

영포가 소리쳤다.

"폐하! 제게도 한번 기회를 주십시오! 제가 저 활을 당겨 보이겠습니다!"

금와가 돌아섰다. 아쉬움이 진한 듯 큰 숨을 들이쉬고 내쉬던 영포가 불쑥 걸어가 다물활을 집어들었다.

"영포야!"

대소가 소리쳤지만, 아랑곳하지 않고 화살을 시위에다 메겼다.

"형님은 기다려보시우. 내가 한번 쏘아보리다."

영포가 활을 들어올려 허공을 겨누었다. 나무둥치만 한 팔뚝에 힘이 가해지더니 시위를 건 손의 힘줄이 팽팽해졌다. 영포가 있는 힘을 다해 시위를 당기기 시작했다. 하지만 조금 움찔하던 활줄은 그예 더이상 움직일 줄 몰랐다.

"끄응……."

소싯적부터 산을 뽑아 던질 만한 힘을 타고났다고 소문이 난 영포였다. 영포가 죽을힘을 다해 시위에 매달렸다. 터질 듯 힘줄이 불거진 두 팔이 부들부들 떨리고 이마에서 굵은 땀방울이 굴러 떨어졌다. 영포의 호흡이 풀무질을 하듯 빠르게 거칠어졌다.

이윽고 고삐 풀린 황소의 울음소리를 토하며 영포가 팔을 거두어내렸다. 혹시나 하는 기대에 차 영포가 하는 양을 바라보던 사람들 사이에 다시 실망의 소리가 흘러나왔다.

금와가 몸을 돌려 사당의 문을 나섰다. 대왕이 막 말에 오르려던 순간이었다.

히히힝!

대왕이 오르기를 기다리던 왕의 애마가 갑자기 거친 울음소리를 토해내며 허공으로 솟구쳐 올랐다. 갈기와 털이 눈송이같이 흰 그 백마였다. 왕의 말이 마치 불에 달군 쇠에 심장을 찔린 듯 땅을 박차며 길길이 날뛰기 시작했다.

"폐하를 보위하라!"

곁에 서 있던 부득불이 소리치며 금와를 향해 달려들었다. 하지만 솟구치던 말의 발굽에 어딘가를 걷어채인 듯 힘없이 바닥으로 쓰러졌다. 다시 한번 공중으로 뛰어오른 백마의 앞굽이 우두망찰 서 있는 금와를 덮치려는 찰나였다.

휙!

바람을 가르는 휘파람 소리와 함께 화살 하나가 날아와 백마의 목을 꿰뚫었다. 허공으로 솟구쳤던 백마가 고통스런 울음을 쏟으며 땅으로 허물어져내렸다.

털썩!

백마의 몸뚱어리가 썩은 나무등치처럼 힘없이 바닥으로 떨어졌다. 부들부들 몸을 떠는 백마의 목덜미로 붉은 핏줄기가 번지기 시작했다. 그 가운데 흰 화살 하나가 깊숙이 박혀 있었다.

왕의 위사들이 칼을 뽑아들고 금와를 둘러쌌다. 자리를 털고 일어선 부득불이 금와에게 다가가 말했다.

"폐하! 무고하십니까?"

금와가 고개를 끄덕였다. 그리고 천천히 고개를 돌렸다. 제단 곁 백 단향 나무상자 앞에 주몽이 겁에 질린 표정으로 우두커니 서 있었다. 그의 손에 들린 것은 붉은빛을 띤 낡은 활, 다물활이었다.

"아……."

경악을 억누르지 못하는 사람들의 탄성이 이곳저곳에서 어지럽게 쏟아졌다.

금와가 걸음을 옮겨 주몽에게 다가갔다.

"네가 활을 쏘았느냐?"

"예, 폐하. 용서하여 주십시오……."

여전히 겁에 질린 표정의 주몽이 털썩 바닥에 무릎을 꿇었다.

"활을……."

주몽이 두 손으로 다물활을 내밀었다.

"활을 부러뜨렸습니다. 용서하여 주십시오, 폐하!"

내미는 다물활의 한가운데 손으로 쥐는 줌통 부분이 두 동강 나 있었다.

바람도, 구름도, 하늘의 해도 움직임을 멈춘 듯한 침묵의 시간이 잠시 이어졌다. 얼음처럼 맑고 단단한 하늘만이 경악에 찬 눈길로 서 있는 사람들을 지켜보고 있었다. 이윽고 누군가의 입에서 나직이 숨을 몰아쉬는 소리가 들렸다.

다물활이 부러졌다!

비로소 사람들 속에서 비명과도 같은 경악에 찬 소리들이 두서없이 쏟아지기 시작했다. 하얗게 질린 얼굴의 대소가 불을 뿜는 듯한 눈길로 주몽을 쏘아보고 있었다.

◆ ◆ ◆

　불안한 침묵이 신당 안을 무겁게 내리누르고 있었다. 부득불도 여미을도 침묵 속에 몸을 담근 채 할 말을 잃고 있었다.

　새로운 태자를 위한 축하연은 장돌뱅이 없는 저자처럼 처음부터 잔치의 흥을 잃었다. 수라간에서 밤을 밝히며 장만한 갖가지 귀한 음식과 술을 앞에 두고도 사람들은 어딘지 여유를 잃은 듯한 표정이었다. 연회가 시작되고 술이 겨우 한 순배 좌중을 돌았을 때 부득불은 말에게 입은 변고를 핑계로 자리를 빠져나왔다.

　"무슨 말씀이라도 해보시오, 여미을. 어찌 밝은 하늘 아래 이런 일이 있을 수가 있단 말이오?"

　부득불이 답답함을 이기지 못한 듯 입을 열었다.

　"천하의 내로라하는 역사와 무장들도 당기지 못한 다물활을 어찌 그 어린아이가 당길 수 있었단 말이오?"

　"……."

　"더구나 동명천제의 신물인 그 활이 부러지고 말았소. 대체 이 무슨 해괴한 일이란 말이오?"

　아까부터 장방 속에 꼿꼿이 앉아 눈을 감고 있던 여미을이 이윽고 눈을 떴다. 깊이를 알 수 없는 심연처럼 텅 빈 눈길이 정면을 향해 열렸다.

　"하늘의 일월과 성신을 살펴도, 윷을 던져보아도, 작괘점을 보아도, 그 일이 뜻하는 바는 오직 한 가지밖에 없는 듯합니다."

　백마에 걷어채인 데가 아픈 듯 부득불이 허리로 손을 가져가며 미간을 찌푸렸다.

"그래, 대체 이 해괴한 일이 뜻하는 바가 무엇이오? 그 활이 어떤 물건이오? 시위를 당기는 자는 천제의 고임받는 자손이며, 천하를 통일하여 이 땅에서 영원히 사라지지 않을 신성왕국을 다스릴 군왕이 될 거라 이른 하늘의 신령스러운 물건이 아니오. 그렇다면 주몽 그 아이가 바로 우리가 기다려온 그 전설 속의 영웅이란 말이오?"

"하늘의 뜻을 알기는 어렵고 하늘의 뜻을 바꾸기는 더더욱 어려운 법입니다. 하지만 하늘이 나타내는 징조를 살피고 정성을 다해 행하면 땅 위에 미칠 하늘의 화를 피할 수도 있습니다. 오래전, 유화 부인께서 주몽 왕자를 생산하셨을 때 제가 그 일을 행한 적이 있습니다."

"......."

"아이의 강건함과 총명함을 천지신명과 조상신께 축수 발원하는 기도를 올리겠다 하여 아이를 신당에 들인 적이 있습니다. 그때 제가 독향을 써 아이의 기경팔맥奇經八脈*의 일부를 폐하였습니다."

"무엇이? 그것이 사실이오?"

"비무대회에서 주몽 왕자가 행한 일을 보셨지 않습니까. 아마도 주몽 왕자는 타고난 기백과 의용을 잃어버린 채 일생 겁 많고 무기력한 소인으로 살게 될 것입니다."

"......."

"그렇게 믿었습니다. 그런데 다물활을 쏘아 대왕을 위험에서 구하고 또 그 활을 부러뜨렸습니다. 이 일에는 반드시 인간의 헤아림을 벗어난 하늘의 힘이 미쳤으리라 생각됩니다."

"하늘의 힘이라니, 그렇다면 그대의 말은 오늘의 일에 하늘의 뜻이

---

* 기경팔맥 : 인체 각 기관의 활동을 연락, 조절, 통제하는 작용을 하는 여덟 개의 경락. 독맥·임맥·충맥·대맥·양교맥·음교맥·양유맥·음유맥 등이 있다.

깃들어 있다는 말이오? 하늘이 저 아이를 돕고 있다는 말이오?"

"주몽이 전설에서 이른 동이의 새로운 영웅이라는 사실은 아마도 틀림이 없는 듯합니다."

"오…… 어찌 그럴 수가."

부득불이 낙심한 듯 고개를 저었다.

"그렇다 하나, 한번 자신의 몸에 미친 위해와 재앙의 굴레에서 벗어나는 일은 쉽지 않을 것입니다. 하지만 기연奇緣을 얻는다면 그 또한 장담할 일은 못 됩니다. 만약 그리된다면 이 나라에는 아무도 짐작하지 못할 풍파와 비극이 도래하게 될 것입니다."

부득불이 노하여 소리쳤다.

"내가 살아있는 한 그런 일은 결코 없을 것이오! 어떤 희생이 따르더라도 그런 일은 막아야 하오. 대체 어떻게 가꾸고 지켜온 부여의 사직이란 말이오. 수많은 충신과 영웅들의 각고면려로 지켜온 나라를 씨를 알 수 없는 사생아에게 넘겨줄 수는 없는 일이오. 무슨 일이 있더라도 그 일만은 막아야 하오!"

"옳으신 말씀입니다. 때가 늦기 전에 막아야 합니다. 그렇지 않으면 부여의 국기國基는 바람에 불리는 낙엽처럼 아무도 짐작할 수 없는 곳으로 쓸려가버리고 말 것입니다."

"말해보시오. 대체 무엇을 어찌하여야 그런 비극을 막을 수 있겠소?"

"주몽 왕자가 타고난 영웅의 기상을 영원히 폐하는 길은 그를 이 땅에서 없애는 길밖에는 없습니다."

"형님! 이게 대체 말이나 되는 일이우? 형님이나 나도 못한 걸 그 겁쟁이 병신자식이 해내다니 말이우?"

"……."

"참나, 이거 세상 부끄러워서 어디 낯을 들고 다니겠수. 아, 말씀을 좀 해보시우!"

"그래. 이 일은 결코 가벼이 여길 일이 아닌 듯하구나, 태자야. 대소 네가 태자로 책봉되는 날 그 녀석이 그런 일을 저질렀으니, 소견 없는 사람들이 무어라 할지 걱정이 크구나. 혹, 이 나라 대통을 이어야 할 사람은 태자인 네가 아니라……."

"어머니!"

영포와 원후가 하는 말을 묵묵히 듣고 있던 대소가 마침내 노한 소리를 냈다.

"이 나라의 태자는 이 몸이고, 대통을 이을 사람도 이 몸입니다! 그걸 부정하거나 가로막는 자가 있다면 누구라도 제가 용서하지 않을 것입니다!"

"그야 이를 말이겠수. 하지만 주몽 그 녀석이 있는 한 사람들이 그 일을 기억할 것이고 이러쿵저러쿵 입초시에 올릴 게 뻔하니 하는 말 아니우."

"아닌게아니라 장차 이 일을 어찌해야 할지 모르겠구나. 오뉴월 홍수는 막아도 사람들 소문은 막지 못한다고 하지 않더냐. 그년이 처음 이 나라에 들어왔을 때 장차 큰 우환을 몰고 오리란 걸 내 알았다. 생각하면 이 모든 일의 근원은 왕인지 금개구리인지 하는 그 작자가 계집질을 한 때문이 아니냐."

"어머니!"

"왜 말을 못하느냐! 너희들은 내 가슴속에 박힌 이 철천의 한을 모른다. 두고 봐라, 내가 죽어 흙이 되더라도 이 원한은 반드시 갚고야 말 것이니."

"……."

"길게 생각할 일이 아니다. 주몽 그놈이 살아있는 한 우리 모두는 잠시도 편한 날이 없을 테고, 이 나라 사직도 안녕을 장담할 수 없게 될 것이다. 무슨 일이 있더라도 그놈을 없애야 한다. 내 진작부터 그럴 작정이었는데 어리숙한 바보여서 두고 보았더니, 하마터면 큰일을 만들 뻔했구나."

"어머니 말씀이 맞수. 형님, 제게 맡기시우. 그깟 놈이야 내 단매에 쳐죽일 테니."

한동안 깊은 생각에 잠겨 있던 대소가 무거운 입을 열어 말했다.

"이 일은 제게 맡겨두십시오, 어머니. 제가 처리하도록 하겠습니다."

원후가 긴 한숨을 내쉬며 끓어오르는 분을 삭였다.

"후…… 내 전생에 무슨 죄를 지어서 너희까지 이런 흉한 일을 겪게 하는지……."

◆ ◆ ◆

부여의 하늘과 땅을 술과 음악과 웃음소리로 채운 영고는 국왕이 직접 참여하는 사냥대회로 마무리된다. 그날 구름 한 점 없이 맑은 하늘은 부여의 성읍과 산야 위에서 차고 흰 빛으로 밝게 빛났다.

여운이 긴 뿔나팔 소리가 울리자 궁성의 문이 열리고 사냥 행렬이 사냥터를 향해 나섰다. 왕실의 수비대가 앞서고 나면 이윽고 비단 절풍에 황금 깃을 꽂고 궁대와 동개를 안장에 매단 사냥복 차림의 금와가 마상에 드높이 앉고 태자와 왕자들, 제가와 문무대신과 그 자제들이 뒤를 따랐다. 백여 인을 헤아리는 사냥꾼들이 행렬을 이끌고 나서면 다시 그 뒤로 악대와 궁인, 몰이꾼, 그리고 필요한 물품을 실은 수레와 마차 따위가 차례로 뒤따랐다.

그들이 향하는 곳은 성의 남쪽에 있는 형혹산이었다. 1년에 한 번 영고의 사냥대회를 위해 산짐승을 관리하는 이곳은 평소에는 사람들의 출입을 엄격히 금하고 있었다.

사냥대회는 사흘 동안 계속되었다. 사냥 방법은 활을 이용한 기마 사냥이었다. 이 기간 동안 대회에 참가한 사람들은 갖은 재주와 실력을 발휘하여 짐승을 사냥했다. 그리고 사냥이 끝나면 수확물을 제물로 하여 다 함께 하늘과 땅의 신께 제사를 올리며 한 해 동안 나라의 안녕과 태평을 기원했다.

사냥꾼 행렬의 후미에서 검은 머릿수건을 쓰고 팔에는 토시를 한 채, 끄덕끄덕 말 위에 실려가고 있는 주몽의 얼굴은 먹구름이 내려앉은 듯 어두웠다. 어차피 근신해야 할 몸이라 사냥은 엄두를 내지 않은 터였는데 전날 대소가 왕에게 청해 허락을 얻었다. 지난 잘못을 용서할 테니, 마지막 축제의 장인 사냥대회에 참가하여 신민들과 동락함으로써 왕자로서의 마음과 자세를 새로이 하라는 것이었다.

어차피 사냥에 별다른 기대를 가진 바도 아니었다. 사냥에 나선다 한들 고라니나 토끼 뒤꽁무니만 하염없이 쫓다 지쳐 돌아올 것이 뻔한 노릇이었다. 그저 바라기는 호랑이나 멧돼지 같은 사나운 짐승을 만나지 않는 일이었다.

마음이 아픈 것은 부영의 일이었다. 전날 주몽과의 일이 신녀의 불 같은 노여움을 사 부영은 심하게 매를 맞은 뒤 신궁에서 쫓겨났다. 소식을 들은 주몽이 달려갔을 때 이미 신궁에선 부영의 그림자도 찾을 길이 없었다. 어디로 갔느냐고 여관들을 잡고 물었지만 한결같이 모른다는 대답이었다.

　나라에 죄를 지어 아비는 죽고 식구들은 지방 제가의 노복으로 팔려간 집안이었다. 대체 어디로 가서 그 여린 몸을 무사히 건사할 것인가. 이 찬바람만 가득한 겨울, 메마른 땅 위에서……

　부영을 생각하면 마음 한구석이 예리한 칼로 베인 듯 아파왔다. 명색 나라의 왕자 된 몸으로 가여운 여인 하나 지키지 못하다니, 나는 대체 어찌된 인간이란 말인가. 이전에 느껴보지 못한 슬픔과 자괴감이 찬바람처럼 온몸을 엄습했다. 사냥대회가 끝나면 먼저 부영을 찾아 나서리라 생각했다.

　사냥 첫날은 예상과 한 치도 다르지 않았다. 하루 종일 한 일이라곤 아침 나절 잠깐 고라니 한 마리를 쫓다 계곡 위쪽 밤나무 숲에서 놓치고 말았고, 잔솔밭에서 먼빛으로 꿩 두어 마리가 날아가는 것을 보았을 뿐이었다.

　몰이꾼들의 북소리와 뿔나팔 소리를 아스라이 들으며 홀로 낯선 숲 속을 어슬렁거리다 저녁빛이 비칠 무렵 숙영지로 돌아왔다. 한 가지 놀라운 일이라면 활솜씨가 빼어난 대소 또한 자신처럼 한 마리도 사냥하지 못했다는 것이었다.

　그날 밤, 막 잠이 들려는 주몽의 천막 안으로 대소가 들어섰다.

　"오늘 너도 나처럼 공쳤다는 게 사실이냐?"

　"……예, 형님!"

　"내일은 날 따라오너라. 지난해 내가 사냥했던 곳으로 가자. 그곳에 가면 오늘 잡지 못한 것까지 봉창할 수 있을 게다."

　지난해 대소는 사냥대회에서 가장 많은 짐승을 사냥해 왕으로부터 오금*을 황금으로 장식한 활과 황금촉으로 된 화살을 하사받았다.

이튿날, 동녘 하늘 위로 붉은빛이 막 비치기 시작하는 이른 아침 무렵 뿔나팔 소리가 우렁차게 허공으로 울려퍼지기 시작했다. 그와 동시에 잿빛 하늘 위로 피리 소리를 내며 명적鳴鏑을 끼운 적시鏑矢가 솟아올랐다.

신호를 기다리던 기마들이 일제히 말발굽을 울리며 언덕 위로 달려나갔다. 얼음같이 차가운 새벽 공기가 소리를 내며 부서지고 온 산이 씩씩한 사내들의 사냥 열기로 달아오르기 시작했다.

이미 어두울 때부터 산 속에 자리를 잡고 있던 몰이꾼과 사냥개들이 짐승을 몰아오는 소리가 들렸다. 달아나는 짐승을 뒤쫓는 말발굽 소리도 요란했다. 대소는 그런 소란과는 멀찍이 거리를 둔 채 한곳을 바라고 빠르게 말을 몰아갔다. 그 뒤를 주몽이 묵묵히 따랐다.

길도 없는 산 속을 그들은 반나절가량 빠르게 달렸다. 몰이꾼들이 올리는 북소리와 나팔 소리가 아스라이 사라진 지도 한참 전이었다. 몇 개의 산을 넘고 몇 개의 계곡을 건넜는지 몰랐다.

두 사람이 당도한 곳은 울울한 주목이 하늘을 가린 깊은 숲 속이었다. 이따금 어디선가 알 수 없는 짐승의 울음소리가 들려올 뿐, 숲에는 태초의 무거운 정적이 감돌고 있었다.

"이곳이다. 이제 각자 흩어져서 사냥을 하자. 두려움만 없다면 네가 원하는 만큼 짐승을 사냥할 수 있을 게다."

대소가 주몽을 바라보며 말했다. 사냥이 문제가 아니었다. 벌써부터 낯선 숲이 주는 알 수 없는 위압감에 잔뜩 주눅이 든 주몽이었다. 끝까

---

* 오금 : 활의 한가운데 손잡이 부분인 줌통 바깥의 구부러진 부분.

지 형을 따르고 싶었지만 대소의 차갑게 굳어 있는 표정에 주몽은 말을 삼킨 채 고개를 끄덕였다.

주몽을 바라보는 대소의 눈길에 얼핏 연민의 그림자가 드리웠다. 한동안 주몽을 말없이 건너다보던 대소가 말했다.

"사냥이 끝나면 이곳에서 다시 만나자. 행운을 빈다."

대소가 말의 고삐를 낚아채더니 빠르게 숲 속으로 사라져갔다.

아직 한낮에 이르지 못한 시간이었지만 워낙 수림이 빽빽해서 숲 속은 어둠이 드리운 듯 어둑신했다. 주몽은 안장에서 활을 꺼내들었다. 그리고 딱히 방향을 마음에 두지 않은 채 천천히 말을 몰았다. 말 굽에 밟히는 마른 낙엽 소리가 유난히 버석거렸다.

짐승의 자취는 쉬 눈에 들지 않았다. 나아갈수록 숲 속에는 더욱 단단한 정적이 도사리고 있을 뿐이었다. 이따금 고개를 흔드는 말의 울음소리만 공허한 메아리를 몰고 올 뿐 어디에도 살아있는 것들의 기척은 들리지 않았다.

대소 형은 지금 어디서 짐승을 쫓고 있는 것일까.

문득 아름이 넘게 우람한 나무둥치들 사이로 수상한 바람이 한 줄기 강하게 불어왔다. 주몽은 공연히 마음이 서늘해지는 느낌이었다. 세상에 홀로 버려진 듯한 외로움과 공포감이 몰려왔다.

주몽은 말을 멈추었다. 알 수 없는 불안감이 뼈를 얼릴 듯 차갑게 온몸으로 엄습했다. 주몽이 두려움에 찬 시선을 돌린 순간, 곁의 우람한 주목둥치 뒤에서 검은 그림자 하나가 불쑥 나타났다. 곧 진저리를 칠 만큼 잔인하고 무거운 충격이 머리를 쳤고 주몽은 정신을 잃었다.

앞쪽에서 검은 말 한 필이 숲을 뚫고 다가왔다. 대소였다. 손에 쇠뭉치를 들고 서 있던 영포가 씨익 웃음을 지었다.

대소가 바닥에 쓰러져 누운 주몽을 바라보았다. 머리에서 흘러나온 피가 낙엽 위로 번지고 있었다.

"어찌되었냐?"

"죽지는 않은 것 같수."

말에서 내려선 대소가 주몽의 코밑으로 손을 갖다댔다. 느껴지지 않을 만큼 가는 숨결이 느껴졌다. 대소가 수렵용 단도를 꺼내 피가 밴 주몽의 사냥복 저고리 자락을 베어 품속에 갈무리했다.

"주몽이 널 보았어?"

대소가 영포를 돌아보며 물었다.

"모르겠수. 아마 보진 못했을 거유. 하지만 무슨 상관이우. 곧 죽을 녀석인데. 망할 자식. 어쩌나 걸음이 더딘지 내가 얼어 죽는 줄 알았수."

영포가 쇠뭉치를 치켜들고 성큼 주몽 앞으로 다가들었다. 대소가 손을 내밀어 영포를 말렸다.

"기다려!"

"왜 그러시우? 일을 깨끗하게 매듭지어야 한다고 다짐을 놓은 건 형님이우."

"다시 네 손에 피를 묻힐 필요가 있겠느냐. 그냥 두어도 잠시 뒤면 절로 절명할 것을. 오다 보니 저쪽에 큰 구덩이가 있더구나. 거기 던져두고 가자."

"하지만⋯⋯."

"구덩이가 깊어 성한 사람도 제 힘으로는 오르기 힘들겠더구나. 거기 던져두면 굶어죽든, 아니면 짐승의 먹이가 되든 하겠지."

"알았수."

영포가 주몽의 목덜미를 틀어쥐고 끌기 시작했다.

높이가 족히 열 자는 될 만한 깊은 구덩이였다. 아마도 수렵꾼들이 사냥한 산짐승을 가두어두는 용도로 파둔 구덩이 같았다. 영포의 손을 떠난 주몽의 몸이 구덩이 속으로 굴러 떨어졌다.

"형님, 어서 돌아갑시다. 이러다간 정말 이번 사냥은 공치겠수."

영포의 재촉을 받고서도 대소의 눈길이 한동안 구덩이 속의 주몽을 떠나지 못했다.

소서노

숲을 에워도는 산 속의 비탈길을 힘겹게 오르는 일단의 무리가 있었다. 이고 진 짐과 부담마들로 보아 현토성으로 향하는 상고의 무리같아 보였다.

산마루터기에 오른 무리가 근처의 공터를 살펴 짐을 부리고 중화참을 대기 위한 준비를 시작했다. 고개를 넘는 바람도 시장기를 느낄 만한 정오 무렵이었다. 돌밭 위에 솥이 걸리고 불이 지펴지고 하는 사이 마필이 매인 곳 뒤편에서 날카로운 호통이 일었다.

"어리석은 놈! 대체 그걸 변명이라고 하는 게냐?"

"송구합니다……."

"상로에 나선 말은 그 등에 진 물화만큼이나 중하다는 것을 모르느냐? 그런데 말굽의 편자가 없어진 줄도 모르고 이 험한 산을 올랐다니, 자칫 말굽이 상하기라도 했다면 어쩔 뻔하였느냐?"

"소인이 잘못했습니다요, 아가씨. 앞으로는 조심하여 그런 일이 없도록 하겠습니다."

"솜씨가 천하에 다시없는 장인도 일을 잘하기 위해서는 반드시 그 쓰는 도구를 잘 벼리고 닦는 법이거늘, 상로에 나서는 말의 편자도 제대로 살피지 않았다니, 대체 정신을 어디다 두었단 말이냐?"

동지 한파의 서릿발같이 매서운 질타의 주인은 남장을 한 젊은 여인이었다. 청년 마부를 앞에 두고 내리는 질타가 바위를 쪼갤 듯 냉정하고 엄숙했다.

"말굽이 상하지 않았는지 다시 한번 살핀 다음 당장 편자를 달도록 해라. 그리고 오후에는 짐을 나누어 말의 피로를 덜게 하여라."

"알겠습니다."

백배사죄한 마부가 꼬리가 보이지 않게 매어놓은 말 쪽으로 달려갔다.

잠시 엄한 눈길로 짐꾼이 하는 양을 지켜보던 여인이 돌아섰다. 공터를 가로질러 걸어나오는 여인의 모습이 눈길을 끌었다. 천하를 눈 아래에 둔 듯 오연한 표정과 총기가 넘쳐흐르는 눈길, 봄날의 꽃같이 화사한 얼굴이 보는 이로 하여금 눈길을 돌리지 못하게 할 만큼 어여뻤다. 엉덩이를 덮은 긴 동저고리와 대님을 한 바지에 가죽으로 만든 목이 긴 화靴를 신은 남장 차림에도 불구하고 가는 허리선과 길고 늘씬한 다리가 고스란히 드러나 보이는 자태는 성장한 어느 여인네보다 더 우아하고 고혹적으로 보였다.

계루국 군장 연타발의 딸이자 이번 상단의 행수인 소서노가 바로 그였다. 소서노가 상단의 행수로 나선 것은 이번이 처음이었다. 어려서부터 아비를 따라 장삿길에 나선 탓인지 셈속이 밝은 데다 상술이 그의 상단에서는 이미 따를 자가 없어 아들이 없는 연타발로서는 소서노를 상단의 후계자로 마음먹은 지 오래였다. 거기다 일신의 도량과 기개 또한 뭇 사내를 능가하는 바 있어 연타발이 그녀를 이번 상고길의 행수로 세워 보낸 것이었다. 보름 전 졸본성을 떠난 그들은 부여로 가 영고 기간 동안 각국의 상고들과 거래하고 회정하는 길에 현토성에 들러 마지막 상담을 치르기로 되어 있었다.

"아가씨!"

좁은 산길 건너편의 수풀 입구에서 우태優台가 소서노를 손짓해 부르고 있었다. 젊은 나이에도 배포가 남달라 웬만한 일에는 눈길도 돌리지 않는 우태의 목소리가 어딘지 심상치 않게 느껴졌다. 소서노는 걸음을 빨리 해 얕은 고개턱을 올랐다.

지난 30여 년 세월 동안 아버지 연타발을 곁에서 그림자처럼 보필해온 계필 아저씨의 아들이 우태였다. 세 살 손아래의 소서노와는 신분의 차이가 엄연했지만 함께 지낸 시간이 많아 오누이처럼 허물이 없는 사이였다.

"무슨 일이에요, 오라버니?"

우태의 눈길을 따르던 소서노가 순간 숨을 들이쉬었다.

"살았어요?"

마른 풀밭 위에 한 사람이 쓰러져 있었다. 온몸에 덮어쓰다시피 한 핏자국이 그가 당한 참혹한 정황을 한눈에 보여주고 있었다.

"그런 듯합니다. 실낱같은 숨이 붙어 있지만 워낙 피를 많이 흘려 그리 오래가진 못할 것 같습니다. 저길 보십시오."

우태가 가리키는 둔덕 아래로 까마득한 깊이의 구덩이가 아가리를 벌리고 있었다. 가파르게 비탈진 흙 위로 검은 핏자국이 흔적을 남기고 있었다.

"저 몸을 하고서 저 깊은 구덩이를 기어올라왔단 말예요?"

"믿어지지 않는 일이지만 그런 것 같습니다. 차림새로 보아 사냥을 나온 귀한 집 자제인 듯합니다만……."

소서노의 눈길이 땅 위에 엎드려 누운 사내를 향했다. 둔기에 다친 듯 머리에서 흘러내린 피가 저고리를 붉게 물들이고 있었다. 구덩이를 오르느라 갖은 애를 쓴 듯 두 손끝이 흙과 피로 범벅이 되어 있었다.

"어떡할까요?"

우태가 난감한 얼굴로 소서노를 돌아보았다. 딱한 노릇이 아닐 수 없었다. 한눈에 보기에도 이미 절반은 저승에 발을 들여놓은 모습이었다. 요행히 목숨을 구해낸다 한들 촌각을 다투어야 할 길에 그 구완을 어찌 감당할 것인가. 하지만 그렇다 하더라도 우선은 사람을 살리고 볼 일이었다.

"제가 살펴보겠습니다."

두 사람의 등뒤에서 바람에 실려온 듯 가벼운 음성이 들렸다. 발소리 한 점 남기지 않고 어느새 두 사람의 등뒤로 다가와 선 이는 사용泗茸이었다.

사용이 다가가 주몽의 몸을 반듯하게 뉘었다. 그리고 말없이 주몽의 얼굴을 응시하기 시작했다.

백화白樺처럼 흰 빛을 띤 사용의 얼굴이 오늘따라 더 창백해 보인다고 소서노는 생각했다. 소서노의 오랜 벗이자 의지하는 정신의 스승인 사용은 졸본 땅을 통틀어서도 가장 이채로운 존재일 것임이 분명했다. 남녀를 구분하기 어려운 섬세하고 아리따운 용모, 출생에 얽힌 믿기지 않는 비밀스러운 이야기, 핏덩이로 연타발의 행랑 문간에 버려진 후 지금껏 그를 둘러싸고 오간 갖가지 신비롭고 기이한 소문들로 인해 사람들은 그를 인간의 몸을 입은 이계異界의 존재로 바라보았다.

사용은 그를 둘러싼 신비로운 소문만큼이나 일신에 지닌 신묘한 능력 또한 사람의 그것을 뛰어넘는 바 있어, 아직 약관에 불과한 나이에도 천문과 역, 산술, 의술에 달통해 하늘의 진기를 살피고 땅의 흐름을 살펴 삼라만상이 생멸하는 이치에 대해 정통하지 않은 것이 없었다. 그 가운데서도 특히 의술은 그 재주가 신통하고 영묘해 죽은 자를 살린다는 옛 편작의 환생이란 소문이 날 정도였다.

사용은 맥을 짚고 상처를 살필 생각은 않은 채 말없이 그저 주몽의 얼굴을 응시하고 있을 따름이었다. 그런 그의 눈길 위로 놀라움과 의혹의 빛이 짙게 어려 있었다.

"왜 그래? 무슨 일이야, 사용?"

평소와는 다른 사용의 태도에 소서노가 의아하여 물었다.

"……."

"죽은 거야, 그 사람?"

"아닙니다. 우선 이 사람을 조용한 곳으로 옮겨주십시오. 제가 이자를 돌보도록 하겠습니다."

자리에서 일어선 사용이 그렇게 말하고 언덕을 내려갔다.

주몽의 몸이 천막 안에 뉘어졌다. 사용이 홀로 천막 안으로 들어가 한 시진이 넘는 시간을 보냈다.

천막을 나서는 사용의 얼굴이 핏기 한 점 없이 창백해 위태로워 보일 지경이었다.

"어떻게 됐어?"

소서노의 물음에 사용이 기력이 진한 듯 가늘고 긴 숨을 몰아쉬었다.

"인간이 할 수 있는 일은 다 하였습니다. 이제 저자가 죽고 사는 일은 인간의 손을 떠난 듯합니다. 인간의 길흉화복은 제 손으로 만드나 요수는 하늘의 뜻이라 하니 기다려볼 따름입니다. 보통사람들 같았으면 벌써 다섯 번은 저승문을 드나들고도 남았을 것이나, 워낙 생명력이 놀라운 사람이어서……."

"이제 어떻게 하지?"

"저런 상태로는 길 위에 나설 수가 없습니다. 오늘 하루는 이곳에서 머무는 것이 좋겠습니다."

"그럴 수는 없습니다!"

반대하고 나선 것은 계필이었다. 오랜 객로에서 얻은 피로와 고독이 늙은 몸에 이런저런 병으로 돋아나 근자 들어 상로에 서는 일이 드물었는데, 소서노의 첫 행수길이라 연타발이 특별히 딸려보낸 것이었다.

계필은 그렇잖아도 점심 후 반나절을 길 위에서 버린 것에 잔뜩 화가 나 있던 터였다.

"현토성에서 행인, 구다국의 상고들과 만나기로 약속한 날이 열흘 후입니다. 갈사수 가에서 겨울비를 만나 이틀을 허비한 탓에 이제는 서둘러도 빠듯한 길입니다. 살지도 죽을지도 모를 자를 위해 또 하루를 허비할 수는 없습니다."

"하지만 현토성이야 부지런히 걸음을 돋우면 이레 길이 아니에요, 아저씨?"

"장차 노상에서 또 무슨 사단이 일어나지 않는다고 장담하겠습니까. 만약 저쪽 상고들과 약속에 대지 못한다면 졸본 상단의 신용에 금전으로 따질 수 없는 손실이 따를 것입니다. 그렇다면 이 몸은 살아서 군장님을 뵐 수 없습니다."

소서노의 말에 계필이 결코 물러서지 않겠다는 뜻을 분명히 했다.

소서노의 영에 따라, 일을 돕기 위해 따라온 곁꾼에게 부담이 지워지고 의식을 잃은 주몽이 급하게 엮은 조악한 수레에 실려 행렬의 뒤를 따랐다.

◆　◆　◆

사흘이 지나도록 주몽은 의식을 찾지 못했다. 날이 지날수록 사용의 얼굴에 불안해하는 기색이 짙어졌다.

"이상한 일입니다. 뜸을 떠도, 침으로 기맥을 열어보아도 소용이 없습니다."

일행이 저녁을 마치고 저마다 다리를 쉬고 있는 때, 주몽의 천막에서 한참을 머물다 나온 사용이 중얼거리듯 말했다.

"네 말처럼 하늘이 내린 그자의 명이 거기까지겠지 뭐. 네가 어쩌지 못한다면 틀림없어. 너무 마음 쓰지 마."

"아마도…… 아주 어린 시절 무언가에 중독이 된 듯합니다. 모진 독이 근골과 염통에 깊이 박혀 타고난 생명의 힘을 누르고 있는 듯합니다."

"쳇! 누군지 적잖게 사연이 복잡한 놈이 틀림없구만. 그래서 어쩔 셈이야?"

"오늘 밤 자시에 천지신명께 제를 올리고 저자의 기맥을 열어보겠습니다. 허나 제 힘으로 가능한 일일지 장담은 못하겠습니다."

시각을 짐작키 어려운 밤, 소서노는 알 수 없는 힘이 자신을 흔드는 느낌에 놀라 잠에서 깨어났다. 자신을 흔든 것은 꿈속에서의 어떤 손길이었다. 하지만 그것이 무엇인지, 누구의 것인지 기억이 나지 않았다. 며칠 전부터 소서노는 밤마다 뒤숭숭한 꿈자리에 잠을 설쳤다.

몸을 감싼 짐승의 가죽에서 빠져나와 천막을 나섰다. 엷은 달빛이 차가운 대지 위에 살얼음같이 덮인 겨울밤이었다.

사용의 천막에서 여린 불빛이 흘러나오는 것을 보고서야 오늘 밤 그 사내를 위해 사용이 무엇을 어찌한다고 했던 말이 생각났다. 소서노는 가만히 불빛이 비치는 천막을 향해 걸음을 옮겼다.

천막 안은 꽃기름으로 지핀 등불이 희미하게 밝혀져 있었고, 사용의 모습은 보이지 않았다. 이미 기도와 치료를 끝낸 모양이었다. 천막 한가운데 담요를 덮은 사내가 누워 있었다. 호기심이 소서노의 몸을 천막 안으로 이끌었다.

사내는 아직도 의식을 되찾지 못한 듯했다. 바람에 일렁이는 등빛이 그의 얼굴을 희미하게 비추었다.

생각보다 어린 나이였고, 뜻밖에도 매우 잘생긴 사내였다. 자신의 생명이 생사의 갈림길을 넘나든 것을 아는지 모르는지 그저 깊은 잠에 빠진 듯 평온해 보이는 얼굴이었다. 그 참혹한 핏자국과 사용의 갖은 노력과 사람들의 불만과 다툼이 모두 다른 세상의 일 같아 소서노는 피식 웃음이 솟았다.

그 순간, 소서노는 사내가 눈을 떠 자신을 바라보고 있는 것을 발견했다.

"에그, 깜짝이야!"

얼결에 놀란 소서노가 소리쳤다.

"이 자식아! 정신이 들었으면 얼른 일어나! 너 때문에 얼마나 많은 사람들이 죽을 고생을 한 줄 알아?"

잠시 두 눈을 끔뻑거리던 주몽이 뜻밖에도 맑은 목소리를 냈다.

"여기가 어디야?"

"지옥은 아니니까 걱정 마."

"어디냐고 묻지 않느냐?"

주몽의 목소리에 전에 없던 위엄이 서려 있었다. 소서노가 피식 웃음을 흘렸다.

"어, 되게 건방진 놈이네. 죽은 걸 기껏 살려준 사람한테 도리어 고함질이야? 그러는 넌 누구야?"

주몽이 천천히 자리에서 몸을 일으켰다. 그리고 우울한 눈길로 천막 안을 둘러보았다.

"우린 현토성으로 가는 상단 사람들이다. 넌 누군데 그런 험한 꼴을 당한 거냐? 혹시 죄를 짓고 도망 중인 거야?"

"날이 밝으면 나를 부여성으로 데려다다오. 그러면 내 후히 사례할 것이다."

"부여성? 흥, 네가 옥황상제의 자식이라 해도 그리는 못해. 우린 현토성으로 가는 길이라구."

"어서 나를 부여성으로 데려가줘!"

주몽이 화가 난 듯 버럭 소리를 질렀다. 그러다 갑자기 중동이 부러진 막대기처럼 풀썩 바닥으로 쓰러져 의식을 잃었다.

천막 안으로 사용이 들어서고 있었다.

"쳇! 이상한 자식이야. 혼자 고함을 지르더니만 또 기절해버렸어."

주몽의 안색을 살피고 난 사용이 소서노를 돌아보며 말했다.

"조금 전 이자의 막힌 기혈을 뚫었습니다. 제 짐작이 맞았습니다. 누군가가 독을 써 이자의 기혈을 막았습니다. 기혈이 뚫리자 갑자기 기가 역상하여 잠시 혼절한 것입니다. 한숨 자고 나면 괜찮아질 것입니다."

"그럼 이제 완전히 회복이 된 거야?"

"시간이 지나면 머리의 상처는 회복이 될 것입니다. 하지만 독이 근골에 깊이 뿌리를 박고 있어 완전한 회복은 아마도 어려울 듯합니다. 제가 앞으로 한 번 더 시도해보겠습니다만, 지금은 이자의 체력이 쇠해 그나마도 어려울 듯합니다."

"한 가지 궁금한 게 있어."

소서노가 사용의 눈을 바라보며 말했다.

"그날, 이자를 처음 보았을 때 너의 얼굴, 마치 이자를 전부터 알고 있었던 듯한 표정이었어. 이자를 알고 있었던 거야? 대체 누구야, 이 사람은?"

"생면부지의 사람입니다. 하지만……."

"……."

"처음 보는 순간 마치 이자를 만나기 위해 제가 그곳에 있었던 것 같은 느낌이었습니다. 어떤 거역할 수 없는 힘이 저를 그곳으로 이끈 듯한…… 생각하면 졸본을 떠나기 전부터 알 수 없는 계시와 암시가 있었습니다. 하늘의 해와 삼족오와 달 속의 황금 두꺼비와…… 이 모든 것들이 저를 그 산으로 보냈습니다. 제가 이번 상로에 따라나선 것도 바로 그런 까닭입니다."

이튿날, 잠에서 깬 주몽은 침 먹은 지네처럼 풀 죽은 모습으로 묵묵히 사용이 이끄는 말 잔등에 올랐다. 사람들이 다가가 이런저런 질문을 해댔지만 종시 묵묵부답이었다.

점심을 마치고 짐꾼들이 잠시 다리를 쉴 무렵, 주몽이 소서노의 앞으로 다가갔다.

"그대가 이 무리의 영수시오?"

"그렇다, 왜?"

소서노가 뜨악하게 답했다.

"이 몸을 살려준 은혜에 감사하오. 나는 이제 그만 떠나겠소."

"떠나? 누구 마음대로?"

"무슨 말이시오?"

"너도 명색이 사내대장부니 세상의 지켜야 할 도리와 예는 알 것이 아니냐? 우린 죽어가는 널 살렸어. 그러니까 넌 우리한테 목숨을 빚진 거야. 그렇지 않아?"

"그렇소."

"그런데도 그냥 가버리겠다구? 그게 너의 도리고 예란 말이냐?"

"하지만 지금 내게는 그 빚을 갚을 만한 값진 물건이 없소. 뒷날 부여로 오면 내 후히 사례할 것이오."

"또 그놈의 부여 타령이냐? 쳇! 우린 그런 거 몰라. 돈이 없으면 몸으로라도 갚아야지. 우린 널 물목에 넣어 노예로 팔까 생각 중이다. 제법 곱상하게 생겨 찾는 사람이 있을지도 모르겠는걸."

주몽이 놀란 얼굴을 했다.

"날 노예로 팔겠다고 하였소?"

노예라는 말에 주몽은 크게 낙심한 얼굴이었다.

"그렇다. 하지만 한 가지 방법이 있다."

"……."

"나랑 무술을 겨뤄 이긴다면 널 풀어주마. 어때?"

"그렇게는 할 수 없소."

"왜?"

"당신은 여자가 아니오. 사내대장부가 아녀자와 싸울 수는 없소."

소서노가 빙긋 웃었다.

"그런 소리는 다음에 니 색시한테나 하도록 해. 어때, 할 거야 말 거야?"

"……."

"사흘 후면 현토성에 도착한다. 그러고 나면 여자와 싸우는 것이 아니라 여자의 시중을 들게 될 거야. 보아 하니 갈데없는 책상물림 같은데, 자신이 없으면 관둬."

"좋소!"

이리하여 물화를 앉혀둔 산중 공터에서 창졸간에 남녀의 무술 대결이 펼쳐졌다. 소서노가 쌍검을 들고, 주몽은 호위무사의 예도를 청해 들었다. 여러 날의 노독에 지친 사람들이 예기치 않은 볼거리에 입술을 벙글거리며 몰려들었다. 계필이 불만 가득한 얼굴로 멀찍이 서서 그들을 지켜보았다.

가히 놀라운 것이 소서노의 가녀린 몸에서 펼쳐지는 강하고 빠른 검의 위세였다. 양손에 나눠 쥔 짧고 가벼운 칼이 서로 엇갈리며 변화불측하게 펼쳐지는 양이 마치 흰 꽃송이가 만공滿空에 비무飛舞하는 듯 보는 이의 눈을 어지럽게 했다.

어릴 적부터 독선생을 두고 검술을 익혀온 소서노의 무공이 남다르다는 것을 들어 알고 있는 계필과 우태로서도 소서노가 작정하고 펼쳐 보이는 칼솜씨에 새삼 놀란 기색이 역연했다.

또한 한 가지 놀라운 것은 파리한 낯빛에 유약해 보이는 주몽이 펼치는 검술 솜씨였다. 아직 검결과 초식의 완숙함은 소서노에 미칠 바 못 돼 보였지만, 위맹한 기세와 빠른 손놀림은 그런 부족과 미숙을 갈음하고도 남음이 있었다. 좌우 양손을 회전하며 쉴 새 없이 몸의 빈틈을 향해 달려드는 소서노의 쌍검을 가벼운 칼끝으로 빈틈없이 막고 빗겨내고 있었다.

칼이라곤 시늉으로 쥐어본 백면서생으로 여겼던 주몽의 무술이 뜻밖에도 고강한 데에 소서노는 적이 놀란 심정이었다. 하지만 또한 반드시 이자를 꺾어 누르고야 말겠다는 호승심이 마음 한구석에서 강하게 솟아올랐다.

하지만 무엇보다 놀란 것은 주몽 자신이었다. 병기를 손에 쥐기만 해도 가슴 한가운데가 꽉 막힌 듯 답답하고 사지에서 힘이 빠지며 두 발이 쇳덩이를 매단 듯 무거웠던 주몽이었다. 하지만 오늘 소서노의 쌍검을 맞아 예도를 휘두르고 보법을 펼칠수록 뱃속 깊은 곳에서 새로운 힘이 용솟음치는 느낌이었다. 칼을 든 손이 날개를 단 듯 가볍고, 두 발이 구름 위를 걷듯 경쾌하게 느껴졌다. 더구나 자신은 중한 상처를 입은 몸. 아직도 몸을 움직일 때마다 뒷머리 쪽에서 무언가로 두드리는 듯한 통증이 느껴졌다.

호흡을 가다듬은 소서노가 양손의 칼을 흔들어 주몽의 목과 가슴을 동시에 베고 들었다. 주몽의 예도가 아래위로 춤을 추듯 움직이며 어김없이 쌍검의 공격을 막아냈다. 그와 동시에 주몽이 움츠린 몸을 크게 일으켜 세우며 전력을 다한 공격을 펼치려는 순간이었다.

"억!"

허공을 향해 몸을 솟구치려던 주몽이 문득 답답한 신음을 토해내며 바닥으로 쓰러졌다. 뜻밖의 사태에 사람들이 당황한 소리를 냈다.

쓰러진 주몽은 정신을 잃었는지 더 이상 움직임이 없었다. 쌍검을 내리고 잠시 주몽을 내려다보던 소서노가 주위를 향해 말했다.

"이자를 단단히 결박하여 수레에 실어라. 휴식은 끝났다. 자, 모두 출발 준비를 하여라!"

돌아서는 소서노의 곁으로 사용이 다가왔다. 희고 아름다운 얼굴에 웃음이 어려 있었다.

"수고하셨습니다, 아가씨."

"쳇! 만만한 놈이 아니었어. 하마터면 창피를 당할 뻔했는걸."

"하지만 아직 아가씨의 상대는 아닌 듯하였습니다. 고맙습니다, 아가씨. 아가씨가 저자의 목숨을 구하셨습니다."

"그럼 어떡해. 지금 저 몸으로 도망가면 틀림없이 도중에 죽어 자빠질걸. 그럼 또 누가 그 고생을 해야 할 텐데…… 그런데 또 몸에서 기가 뒤집힌 거야?"

"그렇습니다."

"쳇! 정말 이상한 놈이야."

소서노가 투덜거리며 짐바리를 지고 일어서는 짐꾼들 속으로 걸어갔다.

그로부터 사흘간은 몸이 묶인 채 말 위에 실려가는 주몽이 내지르는 고함과 욕설을 견디는 시간이었다. 정신을 차리고부터 주몽은 소서노를 향해 고래고래 고함을 질러대기 시작했다.

"날 풀어줘! 왜 날 묶어두는 거야!"

"난 노예로 팔려가기 싫어! 날 어서 풀어줘!"

"야, 이 계집애야! 사람을 이렇게 묶어서 노예로 팔아버리겠다고?
날 풀어주고 제대로 다시 한번 붙어보자!"

하지만 소서노는 동네 개 짖는 소리인 듯, 말의 귀에 동풍인 듯, 가
타부타 응대를 않은 채 묵묵히 걸음을 옮길 뿐이었다.

현토성에서의 상담은 성공적으로 끝이 났다.

거래의 상대자가 젊은 여인임을 만만히 여겼던 행인과 구다국의 상
고들이 소서노의 명석하고 노성한 언변과 태도에 고패를 숙인 형국이
되어 돌아갔다. 거래를 곁에서 지켜보던 계필이 비로소 마음이 놓인
다는 듯 연신 고개를 끄덕였다.

소서노가 상단이 묵고 있는 객관으로 돌아오자 뜻밖의 소식이 기다
리고 있었다. 줄로 묶어 객관 방에 넣어둔 주몽이 줄을 풀고 달아났다
는 것이었다.

"점심을 들여놓으려 방문을 열어보니 빈방에 줄만 남아 있었다고
하는군요."

무슨 까닭인지 사용은 재미난 놀이를 앞둔 아이처럼 즐거워 보였
다. 놀란 표정의 소서노가 물었다.

"찾아는 보았어?"

"그토록 기를 쓰고 달아난 자를 이 넓은 성읍 어디에서 찾을 수 있
겠습니까. 아마도 벌써 제 고향집으로 가고 있겠지요."

"망할 자식! 그러고 보니 어디 사는 누구인지도 말하지 않고 달아나
버렸네."

"……."

"하긴 잘됐지 뭐. 거추장스러운 혹덩어리를 떼버렸으니 시원하기만 한걸. 그만큼 건사해줬으니 노상에서 죽지는 않을 거야."

그렇게 말하는 소서노의 표정 위에 문득 아쉽고 서운해하는 기색이 돋을새김한 듯 떠올라 있었다.

◆ ◆ ◆

궁실을 뒤덮은 슬픔과 우울 속에 부여성의 겨울이 깊어갔다.

메마르고 차가운 날들이 끝도 없이 계속되었다. 부여국 왕 금와의 삼왕자인 주몽의 장례식이 끝난 지도 어언 보름이 지난 뒤였다. 하지만 아직도 참척의 아픔을 당한 왕실의 비탄과 애통은 보이지 않는 안개처럼 왕도의 하늘과 땅을 채우고 있었다. 더구나 왕자의 시신조차 수습하지 못한 장례가 아니었던가.

왕실의 슬픔은 곧 백성의 우울이 되어 온 성읍의 고샅과 담장 안으로 퍼져갔다.

그런 어느 날이었다. 여윈 햇살이 빗기는 거리 한구석에서 어두운 얼굴을 맞대고 이야기를 나누던 사람들 가운데 하나가 문득 놀란 눈을 뜨며 중얼거렸다.

"그런데 저기, 저이가 누구여?"

자욱한 먼지바람 때문에 길의 끝이 미처 건너다보이지 않는 성문 거리 위로 초라한 행색의 한 남자가 걸어오고 있었다. 먼 길을 걸어온 듯 지친 걸음의 사내는 바람이라도 한 줄기 세차게 불어온다면 금방 검불이 되어 날아가버릴 것처럼 위태로워 보였다.

봉두난발에 해지고 찢어진 입성에도 불구하고 사내의 얼굴과 걸음걸이가 어딘지 눈에 익다고 처음 그를 발견한 사람은 생각했다. 바람 너머로 길 위의 사내를 살피던 그의 머릿속에 어느 순간 지난 영고 때의 한 장면이 떠올랐다.

그가 주춤주춤 걸음을 옮겨 길 위로 걸어오는 사내를 마주 향해 갔다. 문득 걸음을 멈춘 그가 이윽고 고개를 들어 목이 메도록 큰 소리로 외치기 시작했다.

"주몽 왕자님이다! 왕자님이 살아 돌아오셨다!"

(2권에서 계속)

주몽 1

1판 1쇄 발행 2006년 5월 15일
1판 18쇄 발행 2009년 8월 4일

극 본 | 최완규 · 정형수
소 설 | 홍석주
발행인 | 박근섭
펴낸곳 | 민음사출판그룹 **(주) 황금나침반**

출판등록 | 2005. 6. 7. (제16-1336호)
주소 | 135-887 서울 강남구 신사동 506 강남출판문화센터 4층
전화 | 영업부 (02)515-2000 / 편집부 (02)514-2642 / 팩시밀리 (02)514-2643

ISBN 978-89-91949-74-4 04810
     978-89-91949-73-7 (세트)